제49호 품목의 경매

The Crying of Lot 49

THE CRYING OF LOT 49
by Thomas Pynchon

세계문학전집 147

제49호 품목의 경매

The Crying of Lot 49

토머스 핀천

김성곤 옮김

민음사

차례

1장

어느 여름날 오후, 에디파 마스 부인은 터퍼웨어 파티*
에 갔다가, 그 집 안주인이 버찌 브랜디를 너무 많이 넣은
퐁뒤를 주는 바람에 약간 취한 채 집으로 돌아왔다. 집에
와 보니 자신이 피어스 인버라리티의 유산 관리인으로 위
촉되었다는 편지가 와 있었다. 인버라리티는 캘리포니아
부동산계의 거물로, 심심풀이로 200만 달러를 날린 적도
있지만 아직도 수많은 재산이 여기저기 복잡하게 얽혀 있
어서, 그것을 모두 정리하는 일이 결코 한가로운 명예직일
수만은 없었다. 에디파는 텔레비전의 죽은 듯한 초록빛 눈
이 자신을 노려보고 있는 거실에 서서 신의 이름을 부르
며, 가능한 한 많이 취한 것처럼 느끼려 했다. 그러나 그

---

* 밀폐 용기 제조 회사인 터퍼웨어(Tupperware)에서 제품 판매를 위해
벌이는 모임. 도시 교외에 거주하는 미국 중산층 주부들을 대상으로 큰
성공을 거두었다. 터퍼웨어는 지금도 비공식 판매망을 통해 유통된다.

것도 아무 소용없었다. 현관 근처에 있던 새 200마리를 모두 깨우며, 쾅 소리와 함께 문이 닫혔던 마자틀란*의 한 호텔방을 생각했다. 서향이라 아무도 본 적이 없던 코넬 대학교 도서관 언덕의 일출, 바르토크의 「관현악을 위한 협주곡」 4악장의 무미건조한 불협화음, 피어스가 침대 위 아주 좁은 선반에 올려놓아 머리로 떨어지지나 않을까 늘 두려워했던 제이 굴드**의 석회 바른 흉상도 떠올렸다. 피어스는 꿈을 꾸다가 집 안에 하나 있던 그 흉상에 깔려 죽은 게 아닐까? 이 생각에 에디파는 참지 못하고 큰 소리로 웃어 버렸다. '너무 엽기적이잖아.' 어쩌면 모든 것을 알고 있을 그 방을 생각하며, 그녀는 혼자 중얼거렸다.

로스앤젤레스에 있는 '와프·위스트풀·큐비셰크·맥밍거스 법률사무소'에서 온 그 편지는, 메츠거라는 사람이 서명한 것이었다. 편지에 따르면, 피어스는 지난봄에 사망했으나 이제야 유언장이 발견됐다고 했다. 메츠거라는 사람은 유언 집행과 관련된 모든 소송의 특별 고문이자 유산의 공동 관리인이었는데, 일 년 전 날짜로 작성된 추가 유언장에 에디파도 공동 관리인으로 위촉된 것이었다. 그녀는 일 년 전에 무슨 특별한 일이 있었던가 생각해 내려고 애썼다. 오후 내내, 자신이 살고 있는 마을인 키너릿 어몽 더 파인스 시내 상가에서 리코타 치즈를 사고, 매장에서 흘러나오는 싸구려 음악을 듣고(오늘 그녀가 주렴이 쳐진 입구에 들어섰을 때, 포트웨인 세테첸토 앙상블이 보이드 비버와

---

* 태평양에 면한 멕시코의 도시.
** 19세기 후반 미국의 운송 및 통신 사업을 독점한 재벌.

함께 녹음한 비발디의 커주 협주곡 집주판 4번이 흘러나왔다.),* 집 정원에서 햇볕에 말린 마조람과 향이 좋은 바질을 거둬들이고, 《사이언티픽 아메리칸》 최신호의 서평을 읽고, 라자니아 위에 양념을 입히고, 빵에 마늘 버터를 바르고, 상추를 다듬고, 드디어는 남편 웬델 (무초) 마스가 직장에서 돌아올 때를 대비해서 위스키 샤워를 만드는 내내,** 마치 한 벌의 두툼한 트럼프처럼 모두 같아 보이거나(그녀 자신이 누구보다도 먼저 그걸 인정하지 않겠는가?) 아니면 모든 것이 마술사의 카드 패처럼 똑같아 보여 단 한 장이라도 이상한 것이 있으면 금방이라도 드러날 듯한 자신의 지난날을 되돌아보며, 도대체 일 년 전에 무슨 일이 있었던가를 생각하고 또 생각했다. 「헌틀리와 브링클리」를 중간쯤 보았을 때에야 비로소 그녀는, 작년 어느 날 새벽 3시쯤 인버라리티가 마치 트란실바니아 영사관의 이등 비서 같은 강한 슬라브어 억양으로, 도망친 박쥐***를 찾는다는 장거리 전화를 어딘가에서(만일 그가 일기장이라도 남기지 않았다면 어딘지 영원히 알 수 없을 곳에서) 걸어온 일을 기억해 냈다. 그 목소리는 희극적인 흑인 억양으로 바뀌더니 이윽고 적의에 찬, 외설적인 스페인어식 영어로, 그런 다음엔 게슈타포 장교의 새된 목소리로 독일에 친척

---

* 비발디는 커주 협주곡을 작곡하지 않았다. 이 부분은 고전음악조차 슈퍼마켓 식으로 바꾸어 버리는 미국 대중문화를 패러디한 것으로 보인다.
** 1960년대 미국 중산층 주부들의 전형적인 일과이다.
*** 드라큘라의 상징으로 뒤에 나오는 트리스테로와 연관된다.

이 있는지를 물었고, 마지막에는 언젠가 그가 마자틀란까지 가는 길 내내 흉내 냈던 라몬트 크랜스턴*의 억양으로 말했다. "피어스, 제발 그만둬요." 에디파가 가까스로 끼어들며 말했다. "난 우리 사이가 이미 끝난 걸로……."

"하지만 마고,**" 피어스는 진지하게 말했다. "지금 막 웨스턴 총경 집에서 오는 길인데 그 놀이 공원 안 유령의 집에 있던 노인이, 퀘켄부시 교수를 살해하는 데 쓰였던 것과 같은 장총으로 살해되었소."***

"제발……." 그녀가 말했다. 무초가 몸을 돌린 채 그녀를 바라보고 있었다.

"끊어 버려." 무초가 현명하게 제안했다.

"방금 그 말 나도 들었어." 피어스는 말했다. "웬델 마스도 이젠 「섀도」의 방문을 받아야 할 때가 된 것 같아." 결정적이고 완전한 침묵이 이어졌다. 그것이 그녀가 들은 그의 마지막 목소리였다. 라몬트 크랜스턴. 그 전화에 무슨 의미가 있었는지 또 어떤 목적이 있었는지 알 수 없다. 전화가 온 지 몇 달 후, 그 목소리의 고요하고도 모호한 느낌은 갓 되살아난 기억으로 바뀌었다. 그의 얼굴과 육체에 대한 기억, 그가 그녀에게 준 모든 것과 못 들은 척하곤 했던 그의 말에 대한 기억으로 말이다. 하지만 그 기억

---

　* 1940년대 인기리에 방송되었던 추리물 시리즈 「섀도」의 주인공. 낮에는 변호사로 밤에는 정의의 집행관으로 활동하는 인물로 오손 웰스가 목소리 연기를 맡았다.
　** 「섀도」의 여주인공 이름.
　*** 「섀도」의 내용이다.

도 이제는 회미하게 잊히던 참이었다. 그런데 일 년 뒤, 그때의 그림자가 다시 찾아온 것이다. 이번에는 메츠거의 편지로 말이다. 그때 피어스는 이 추가 유언을 말하려고 전화했던 것일까? 아니면 그녀가 귀찮은 기색을 보이고 무초는 관심이 없어 보이자, 나중에야 그녀를 유언에 집어넣었던 것일까? 그녀는 자신의 정체가 드러나고 음모에 빠진 것처럼, 무언가에 의해 제지당한 것처럼 느꼈다. 그녀는 한 번도 유언 집행이라는 걸 해 본 적이 없었기 때문에 어디에서부터 시작해야 할지 몰랐고, 어디에서부터 시작할지조차 모른다는 사실을 로스앤젤레스에 있는 그 법률 회사에 어떻게 말해야 할지 난감했다.

"무초." 그녀는 무력감에 사로잡혀 울음을 터뜨렸다.

현관문을 열고 무초 마스가 들어왔다. "오늘도 패배의 날이었어." 그가 입을 열었다.

"내 말 좀 들어 봐요." 에디파도 말을 시작하려다 무초가 먼저 말하도록 내버려 두었다.

샌프란시스코 남부에서 디스크자키로 일하는 무초는 늘 자신의 직업에 대해 양심의 가책을 느끼고 있었다. "난 아무것도 믿지 않아, 에디파." 그는 대개 다음과 같은 말을 토해 내곤 했다. "노력은 하지만, 난 정말 아무것도 믿을 수가 없어." 그가 저 너머, 그녀는 도달할 수 없을 저 먼 곳에 존재하고 있다는 생각에 에디파는 종종 극도의 두려움에 사로잡히곤 했다. 그가 다시 정신을 차릴 수 있었던 것은 아마도 그녀가 이렇듯 자제력을 잃어 가는 모습 때문이었을 것이다.

"당신은 감수성이 너무 예민해요." 할 말은 너무나 많았지만 그녀는 이 말만 할 수 있을 뿐이었다. 어쨌든 그건 사실이었다. 이 년 동안 그는 중고차 판매원이었는데, 그 직업의 의미를 과도하게 의식한 나머지 일하는 시간은 그에게 끔찍한 고문이었다. 무초는 매일 아침 콧수염이 남은 흔적까지도 말끔하게 미느라 입술 위를 세 번씩이나 면도했고, 그러느라 늘 새 면도칼에 피를 묻혔지만 그 일을 그만두지 않았다. 양복을 사면 양복점에 가져가서 재킷의 옷깃을 비정상적으로 좁게 만들어 입었으며 머리에는 물만 발라 마치 잭 레먼*처럼 갈라 빗었다. 톱밥이나 연필 깎은 가루만 보아도 그것들이 고장 난 자동차 변속기의 소음을 줄이는 데 사용된다는 생각에 흠칫했다. 다이어트 중이긴 했지만 에디파처럼 커피에 설탕 대신 꿀을 타서 마시지는 못했는데, 찐득거리는 것이 모두 그러하듯, 엔진오일과 섞인 채 피스톤과 실린더 벽 사이에서 흘러나오는 점액을 연상시켜 그의 신경을 건드렸기 때문이었다. 누군가가 '슈크림'**이라는 단어를 말하는 것을 듣자마자 파티 도중에 나와 버린 적도 있었다. 그에게는 악의에 찬 말처럼 들렸기 때문이다. 그 말을 한 사람은 헝가리 출신의 이민자로 빵을 만드는 자신의 일에 대해 이야기한 것이었지만, 민감한 무초는 견딜 수 없었다.

하지만 적어도 그는 자동차에 대해 나름의 신념을 지니

---

* 1950년대부터 활동한 미국의 영화배우.
** 불량 중고차를 의미하는 속어.

고 있었다. 어쩌면 너무 과할 정도로 말이다. 자기보다 더 가난한 흑인이나 멕시코인, 백인 빈민들이 더 나은 차와 교환하려고 일주일 내내 줄지어 끔찍한 중고차들을 가져오는 것을 보고 어찌 그렇지 않을 수 있었으랴. 금속화되고 기계화된 자기 자신과 가족의 모습을, 무초와 같은 낯선 사람에게도 너무나 초라해 보이는, 자신들의 전 인생과 다름없는 낡은 차를 가져오는 모습을 말이다. 구겨진 형체, 녹슨 내부, 무초를 우울하게 하진 않아도 차의 매매가격은 떨어뜨리고도 남을 만큼 덧칠한 티가 나는 범퍼에다, 어린 애들 냄새, 슈퍼마켓에서 파는 싸구려 술 냄새, 이삼 대째 내려오는 찌든 담배 냄새, 먼지 냄새가 나는 그런 차를 말이다. 차를 뜯어낼 때면 그들 인생의 찌꺼기를 볼 수밖에 없었고, 그들의 인생에서 진정으로 거부당한 것이 무엇인지(그들 인생에는 너무나 적은 것만이 허용되었기에 그들은 그것이나마 잃을까 두려워 받아서는 모두 보관해 두고 있었다.), 그들이 그저 잃어버리고 만 것은 무엇인지(아마도 비극적으로), 확실하게 알아낼 방법은 없었다. 차 안에는 가위로 오려 낸 5센트, 10센트짜리 할인 쿠폰, 다른 사람과 교환하려던 우표들, 시장에서 파는 특별 상품을 광고하는 분홍빛 전단지, 담배꽁초, 이 빠진 빗, 구인 광고, 전화번호부에서 찢어 낸 광고지, 차 속에서 드라이브 인 영화를 보기 위해, 지나가는 여자나 갖고 싶은 멋진 차, 연습삼아 차를 세우는 경관을 보기 위해, 차창에 입김을 뿜은 후 닦는 데 썼을 유행이 지난 해묵은 내의나 헌 옷 조각들이 뒹굴고 있었다. 그 걸레 조각과 부속은 모두 마치 절망의 샐러드처럼 회색빛 재와 농축된 배기가스, 먼지와 더러운 때로 뒤범벅되어 있었다. 이들을 볼 때마다 그는 비위가 상했다. 그러나 보아야만 했다. 차라리 폐차장이었더라면 그는 잘해 나갔을 것이다. 모든 죽음이 막상 자신에게 닥치기 전까지는 불가사의한 것으로 느껴지듯, 그에게 있어서도 폐차 지경까지 이르는 대형 사고란 자신과는 아무 상관이 없는 일처럼 느껴졌을 것이기 때문이다. 하지만 끝없는 트레이드인*의 의식이 몇 주일이고 계속되는 그곳에는 사고나 유혈 사태도 없어서 감성이 예민한 무초가 오래 견디기는 어려웠다. 늘 똑같은 잿빛 질병에 오랫동안 노출되어 면역이 되었다고는 해도, 각 차의 주인들 또는 각 차의 그림자들이 자신들의 구부러지고 고장 난 부분만을, 마치 그렇게 하는 것이 세상에서 가장 자연스러운 일이나 되는 것처럼, 다른 사람의 똑같이 미래 없고 자동적인 투영(投影)과 맞바꾸어 가려고 하는 것을 그는 아직 수긍할 수 없었다. 무초에게 그것은 끔찍한 일이었다. 마치 끝없이 얽히고설킨 근친상간처럼 보였다.

에디파는 어떻게 그가 지금까지도 그런 것들을 떠올리며 괴로워할 수 있는지 의아했다. 그녀와 결혼했을 때 그는 이미 중고차 판매일을 그만두고 KCUF 방송국**에 이 년째 근무하던 중이었다. 그리고 그때쯤이면, 그보다 더 나이든 남

---

* 헌 차를 가지고 와서 새 차로 교환한 뒤 그 차액을 지불하는 것을 말한다.
** 거꾸로 읽으면 '사랑 없는 성행위'를 뜻하는 단어로서 왜곡된 인간 관계를 상징한다.

자들이 2차 세계대전이나 한국전쟁에 참전했던 경험을 잊어버리듯, 핏기 없고 시끄러운 프리웨이의 중고차 판매장도 이미 기억 속에서 사라져 가고 있어야만 했다. 어쩌면 그는 전쟁터에 나갔어야 했는지도 모른다. 숲 속에 숨어 있는 일본군, 타이거 탱크 속의 독일군, 밤에 꽹과리를 치며 진군하는 중공군. 차라리 그랬더라면 그는 지난 오 년 동안이나 머릿속을 떠나지 않는 그 중고차 판매장을 잊어버릴 수도 있었을 것이다. 오 년 동안이라. 전장에서 돌아온 남편들이 식은땀을 흘리며 잠에서 깨어나거나 악몽의 언어로 비명을 지를 때, 그들을 위로하면서 붙잡고 진정시키면 언젠가는 그들도 잊어버리겠지. 그녀는 그것을 알고 있었다. 하지만 무초는 언제쯤이나 그 악몽을 잊을 수 있을 것인가? 그녀는 '인기 팝송 200'과 심지어는 기계에서 재잘거리며 나오는 뉴스까지도 복사해 내보내는(모두 십대들의 입맛에 맞춘 거짓 꿈이었다.) 디스크자키의 작업실이(이 직장은 무초가, KCUF의 광고 담당 매니저이면서 중고차 판매장의 광고주로서 일주일에 한 번씩 방문하던 친구를 통해 얻은 것이었다.) 사실은 그와 그 중고차 판매장 사이에 자리한 완충 지대가 아니었나 생각해 보곤 했다.

그는 중고차 판매장에 대해서는 지나친 신념을 지녔던데 반해, 방송국에서 자신이 하는 일에 대해서는 신념이 없었다. 하지만 석양이 비치는 거실에서 찬 이슬이 맺혀 있는 술잔을 향해 마치 상승기류를 탄 거대한 새처럼 내려앉으며 독한 담배 연기 한가운데서 미소 짓는 지금의 모습을 보면 모든 것이 고요하고 최상이며 평온해 보였다.

적어도 그가 입을 열 때까지는 그랬다. 그가 그녀에게 쏟아 놓았다. "오늘 펀치가 부르더니 내 이미지에 대해 이야기하더군. 내 이미지가 마음에 안 든대." 펀치는 프로그램 편성부장인데 무초의 적이었다. "너무 선정적이라는 거야. 나더러 젊은 아버지나 큰오빠 노릇을 하라는 거지. 그자가 듣기에, 어린 계집애들이 욕정적인 목소리로 전화해서 음악을 신청하고는 내가 하는 말 한 마디 한 마디에 감동해서 자지러진다는 거야. 그래서 이제부터 전화 내용을 다 녹음하라더군. 결국 자기가 보기에 심한 부분은 다 가위질하겠다는 건데, 그렇게 되면 대화의 의도가 다 잘려 나가는 거지. '검열을 할 셈인가? 밀고자 같으니.' 하고 투덜거리고는 뛰쳐나왔어." 둘은 일주일에 한 번은 늘 그렇게 싸우곤 했다.

에디파는 메츠거에게서 온 편지를 무초에게 보여 주었다. 무초는 그녀와 피어스의 관계를 잘 알고 있었다. 자신과 결혼하기 일 년 전 둘의 관계가 끝났던 것이다. 무초는 편지를 읽은 다음 조심스럽게 눈을 깜빡거리며 편지를 도로 접었다.

"어떻게 할까?" 그녀가 물었다.

"맙소사." 무초는 말했다. "나한테 묻지 마. 난 몰라. 나는 종합소득 신고도 제대로 해 본 적이 없는 사람이야. 유언 집행에 관해서라면 백지라고. 로즈만을 만나 보지그래." 로즈만은 그들의 변호사였다.

"무초. 웬델. 피어스와의 관계는 이미 끝났어. 그가 내 이름을 유언장에 써넣기 전까진 말이야."

"그래. 그래. 난 단지 아무것도 모른다는 뜻으로 한 말이야. 에디파. 난 정말 몰라."

다음 날 아침 에디파는 로즈만을 만나러 갔다. 그녀는 화장대 거울 앞에서 삼십 분 동안이나 아이라인을 그리고 또 그렸는데, 다 그리고 붓을 막 떼려고 할 때마다 선이 이상하게 망가지거나 비뚤어져 버리곤 했다. 그녀는 이날 새벽 3시에 또 한 통의 전화를 받고는 밤새 잠을 이루지 못했다. 전화벨 소리는 심장이 얼어붙는 듯한 느낌을 주었고, 처음에는 잘 들리지 않았지만 다음 순간 비명을 지르는 것 같았다. 처음 전화벨이 몇 번 울리는 동안 두 사람은 벌떡 일어나 몸을 추스르면서 서로 얼굴조차 보려고 하지 않은 채 앉아 있었다. 그녀는 더 이상 잃을 것이 없다는 것을 깨닫고 결국 수화기를 들었다. 정신과 의사 힐라리어스였다. 그러나 그의 목소리는 피어스가 게슈타포 장교를 흉내 내며 전화했을 때처럼 들렸다.

"설마 깨운 것은 아니겠지요?" 그는 담담하게 말을 시작했다. "겁에 질린 것 같은 목소리군. 약은 효과가 어떻소, 듣지 않던가요?"

"약은 안 먹고 있어요." 에디파가 말했다.

"왜, 약 먹는 것이 겁나요?"

"그 속에 무엇이 들었는지 모르니까요."

"진정제라고 해도 믿지 않는군요."

"당신을 믿을 수 있나요?" 그녀는 힐라리어스를 믿지 않았다. 다음과 같은 말은 왜 그녀가 그를 믿지 않는지 설명해 주었다.

"우리에겐 아직도 다리*를 위한 104번째 실험 대상이 필요하오." 의사는 무미건조하게 웃었다. '다리'는 그가 돕고 있는 병원 공동 프로젝트의 애칭으로, 그는 교외에 사는 가정주부들을 대상으로 LSD-25, 홍분제, 환각제 등과 같은 마약의 효과를 실험하고 있었다. 여기서 다리란 내면 세계를 연결한다는 뜻이었다. "언제 우리 계획에 동참해 주겠소?"

"싫어요." 그녀는 말했다. "나 말고도 당신이 뽑을 수 있는 가정주부들이 100만 명은 될 거예요. 지금은 새벽 3시란 말이에요."

"하지만 우린 당신을 원해요." 그녀는 침대 끝에 걸터앉은 채 모든 우체국 앞에 붙어 있는 낯익은 엉클샘의 초상화**를 환상 속에서 보았다. 그의 눈은 음흉하게 빛났으며 움푹 꺼진 누런 뺨은 격렬한 붉은색이었고 손가락은 그녀의 눈 사이를 가리키고 있었다. 나는 너를 원한다. 그녀는 대답을 듣기가 두려워서, 왜 자기를 원하는지 힐라리어스에게 물어본 적이 없었다.

"난 지금 환상을 보고 있어요. 마약을 먹지 않아도 이미 환각에 빠져 있는 사람이에요, 난."

"그 말은 그만둡시다." 그는 재빨리 말했다. "다른 할 말이 있소?"

"전화를 건 사람이 누군데요?"

---

* 다리(bridge)는 마약의 속어이며, 두 세계(현실과 환상)를 연결한다는 의미이다.
** 베트남전 당시의 징집 포스터.

"아, 참. 내가 걸었지." 그가 말했다. "난 느낌이 있어요, 텔레파시는 아니지만. 환자와 친밀한 관계를 맺는 것은 때로 묘한 느낌을 주지요."

"이번엔 그렇지 않을걸요." 에디파는 수화기를 놓아 버렸다. 그러고는 잠을 잘 수가 없었다. 하지만 그가 준 진정제는 절대 먹지 않을 것이었다. 만일 먹었다가는 말 그대로 저주를 받게 될 것이다. 그녀는 어떤 식으로든 걸려들고 싶지 않았다. 힐라리어스에게도 그렇게 말했던 터였다.

"그래." 그는 어깨를 으쓱했다. "당신이 내게 걸려들지 않았다고? 그렇다면 내게서 떠나시오. 당신은 완치되었소."

하지만 에디파는 떠나지 않았다. 그 정신과 의사가 자신에게 어두운 영향력을 행사해서가 아니라, 다만 그대로 머물러 있는 것이 더 편해서였다. 완쾌되는 날, 누가 그날을 알 수 있을 것인가? 그 의사조차 알 수 없을 것이다. 그 자신도 그것을 인정했다. "환각제는 또 다른 문제예요." 그녀는 항변했다. 힐라리어스는 전에도 그랬듯이 단지 얼굴을 찌푸려 보일 뿐이었다. 그에게는 언제나 이런 식으로 정통 치료법과 거리를 두는 유쾌한 면이 있었다. 예컨대 얼굴이란, 로르샤흐* 검사에 나오는 그림처럼 대칭적이고, TAT** 그림처럼 이야기를 하며, 일종의 암시적인 단어처럼 반응을 유발한다는 것이 그의 이론이었다. 그는 한때 발작적인 시력 상실 증세를 보이는 사람을 자신의 37번인

---

* 스위스의 심리학자. 열 개의 추상적인 형태에 대한 환자의 해석을 통해 심리를 분석하는 검사를 발명했다.
** 애매한 그림을 주고 그 내용을 묻는 심리 분석이다.

푸만추* 요법으로 고친 적이 있는데(각기 다른 푸만추의 수 많은 얼굴들에는 독일 교향곡처럼 숫자와 별명이 붙어 있다.), 검지로 눈을 비스듬히 밀어 올리고, 중지로는 콧구멍을 벌 리고, 새끼손가락으로는 입을 벌려 혀를 잡아 빼서 병을 고쳤다는 것이다. 힐라리어스가 그랬다는 것은 정말이지 놀랄 만한 일이었다. 사실 엉클샘의 환상이 희미해지자 대 신 에디파에게 나타난 것은 바로 이 푸만추의 얼굴이었으 며, 그것은 날이 샐 때까지 계속 남아 있었다. 그래서 로 즈만을 만나러 갈 때쯤엔 그녀의 얼굴이 말이 아니었다.

로즈만 역시 그 전날 저녁, 텔레비전에서 방영한 「페리 메이슨」**에 대해 생각하느라 잠을 이루지 못했다. 로즈만 의 아내는 그 프로그램을 아주 좋아했지만 그는 대단히 격 렬한 혐오감을 품고 있었다. 페리 메이슨처럼 성공적인 변 호사가 되고 싶었으나 그렇게 되지 못했고, 그러자 대신 그가 파멸되어 버리기를 바랐던 것이다. 에디파는 자신의 믿음직한 고문 변호사가 각기 다른 크기와 색깔의 종이 뭉 치를 죄지은 사람처럼 황급히 서랍 속으로 쓸어 넣는 것을 다소 놀란 눈으로 바라보며 들어섰다. 그녀는 그것이 「페 리 메이슨과 그의 직업—신빙성 있는 고발」이라는, 「페리 메이슨」이 방영된 이래 그가 꾸준히 집필해 온 원고라는 사실을 알고 있었다.

"전에는 죄지은 사람처럼 보이지는 않았는데요." 에디파

---

* 아서 워드의 소설에 등장하는 기괴한 동양인 악당.
** 미국의 탐정 소설가 얼 가드너가 창조한 변호사 겸 사립 탐정, 페리 메이슨이 등장하는 TV 드라마.

가 말했다. 그들은 가끔 자신을 배구공이라고 생각하는 팰러앨토 출신의 사진사와 함께 차를 타고 집단심리치료를 받으러 가곤 했다. "그건 좋은 징조예요. 그렇지 않아요?"

"당신이 페리 메이슨의 스파이 중 하나일 수도 있으니까요." 하고 로즈만이 말했다. 그리고 잠시 생각하더니 덧붙였다. "하, 하."

"하, 하." 에디파도 웃었다. 둘은 서로 바라보았다. "유언을 집행할 일이 생겼어요." 에디파가 말했다.

"하세요." 로즈만이 말했다. "말리지는 않겠어요."

"그런 게 아니에요." 에디파는 모든 것을 얘기해 주었다.

"그가 왜 그랬을까요." 로즈만은 편지를 읽은 뒤 어리둥절한 표정으로 말했다.

"그가 왜 죽었냐고요?"

"아니요. 왜 당신을 유산 관리인으로 임명했느냐는 겁니다."

"그는 종잡을 수 없는 사람이었어요." 둘은 점심 식사를 하러 나왔다. 로즈만이 식탁 아래에서 발로 에디파를 건드렸지만, 그녀는 부츠를 신고 있었기에 별 감촉을 느끼지 못했다. 그녀는 그와 절연되어 있다고 느끼며 소란을 피우지 않기로 했다.

"나와 함께 달아납시다." 커피가 나왔을 때 로즈만이 말했다.

"어디로요?" 에디파가 물었다. 그는 할 말이 없었다.

다시 사무실로 돌아와서 로즈만은 그녀가 해야 할 일들을 간략하게 설명해 주었다. 경리 장부와 사업체를 면밀히

조사할 것, 유언장을 읽을 것, 빌려 준 돈을 모두 받을 것, 재산을 정리할 것, 부동산 시가를 감정할 것, 처분할 것과 남겨 둘 것을 결정할 것, 청구서들을 확인해 지불할 것, 세금을 처리할 것, 유산을 분배할 것……

"이거 봐요." 에디파가 말했다. "그런 일들이라면 누군가 나 대신 처리해 줄 사람을 구하면 되지 않을까요?"

"내가 할 수도 있지요." 로즈만이 말했다. "일부는요. 하지만 당신은 이 일에 흥미를 느끼지 않아요?"

"무엇에 말이에요?"

"당신이 알아낼지도 모를 것들에 대해서 말이에요."

사태가 진전됨에 따라, 그녀는 결국 많은 것들에 눈을 뜰 것이었다. 피어스 인버라리티나 그녀 자신에 대해서는 물론 아니지만, 이번 일이 있기 전에는 드러나지 않았던 어떤 것을 밝혀낼 수 있을 것이었다. 이번 일에서 자신이 어떤 중개나 완충 역할을 하게 되리라는 것, 그리고 결국엔 다시 고립되리라는 느낌이 들었다. 영사 기사가 제대로 조정하지 않아 알아볼 수 없을 만큼 초점이 맞지 않는 영화를 볼 때처럼, 모든 것이 선명하지 않았다. 그녀는 호기심 많고 사색적인 라푼첼*처럼 마술에 걸려 자신이 살고 있는 키너릿 어몽 더 파인스에서, 그리고 안개 속에서 포로가 되어, "자, 당신의 머리카락을 내려뜨리시오."라고 말해 줄 누군가를 찾는 역할을 맡은 것은 아닌지 곰곰이 생각해 보았다. 그리고 그 왕자가 피어스임이 드러났을

---

* 동화 속 여주인공으로 높은 탑 속에 갇혔으나 지나가던 왕자가 그녀의 머리채를 타고 올라가 구해 주었다.

때, 그녀는 기꺼이 머리핀을 빼고 고상한 머리카락을 눈사태처럼 속삭이듯 내려뜨렸다. 다만 피어스가 반쯤 올라왔을 때, 그녀의 아름다운 머리는 사악한 마법에 걸려 거대한 가발이 되어 버렸고 그는 떨어져 엉덩방아를 찧고 말았다. 그러나 불굴의 의지를 지닌 피어스는 자신이 가지고 다니던 많은 신용카드 중 하나를 사용해 탑의 자물쇠를 연다음, 소라 모양의 나선형 계단을 올라왔다. 사실 그 사악한 속임수가 좀 더 자연스럽게 그에게 드러났더라면 처음부터 아예 그 방법을 택했을 것이다. 하지만 그들 사이에 있었던 모든 일들조차도 그 탑 속의 감금 상태에서 벗어나게 해 주지는 못했다. 멕시코시티에서 그들은 스페인 출신의 망명 화가 레메디오스 바로의 전시회에 우연히 들러 아름다운 그림을 한 점 보았다. 삼면화 가운데 「지구의 덮개를 수놓으며」라는 그림으로, 하트형 얼굴에 커다란 눈과 금실 같은 머리카락을 지닌 연약한 소녀들이 원형 탑 꼭대기에 갇혀 있었다. 그 소녀들이 짜고 있는 태피스트리는 세로로 좁게 난 창문 너머로 아무 소용없이 공허를 채우려는 듯 길게 뻗어 있었다. 지구상의 모든 건물과 동물, 파도와 배, 숲이란 숲은 모두 담고 있는 이 태피스트리야말로 바로 세계 그 자체였다. 에디파는 혼란스러워져 그 그림 앞에 서서 눈물을 흘렸다. 짙은 녹색 선글라스를 끼고 있어 아무도 눈치 채지는 못했다. 잠시 동안 그녀는 자신의 안구 주위가 너무 좁은 나머지 흘러나오는 눈물이 그대로 눈 전체에 가득 괴어 결코 마르지 않는 것은 아닐까 생각했다. 그 순간의 슬픔을 영원히 간직할 수도 있었다. 울고 또 우는 사이에 미처 눈에 띄지 않았던 어떤 징후들이 서로 다른 중요한 방식으로 나타나기라도 하듯, 이 특별한 눈물을 통해 굴절된 세상을 볼 수도 있었다. 그녀는 자신의 발치를 내려다보고, 지금 서 있는 곳이 그녀 자신의 탑에서 3000여 킬로미터 떨어진 곳에 세워진, 우연히도 멕시코라 불리는 또 하나의 탑임을 그 그림을 보며 깨달았다. 그렇다면 자기를 여기로 데려온 피어스는 결국 자신을 구하지 못한 것이며, 처음부터 탈출은 불가능했던 것이다. 과연 그녀는 무엇으로부터 도망치려 했던가? 그녀같이 생각할 시간이 많은 갇혀 있는 여인들이란, 자신이 갇힌 탑의 높이와 구조가 자신의 자아와 같아 보이는 것이 단지 우연에 불과하다는 사실을 곧 깨닫게 된다. 현재 자기를 가두고 있는 것은 이유도 없이 외부에서 찾아온 알 수 없는 고약한 마술이라는 사실을 말이다. 여성적인 영민함과 두려움을 제외하고는 이 형체 없는 마술을 조사해 볼 어떠한 수단도, 이 마술이 어떻게 돌아가고 있는지 그 힘은 또 얼마나 강하고 센지 이해하거나 측정할 어떠한 방법도 그녀에겐 없었다. 다만 미신에 의존하거나 수놓기 같은 유용한 취미를 갖거나 미쳐 버리거나 아니면 디스크자키와 결혼하는 수밖에 없었다. 만일 탑이 어디에나 있다면, 그리고 구원의 기사가 그 마술을 풀 수 없다면, 도대체 어떻게 해야 한다는 말인가?

2장

그 후, 그녀는 새로운 것을 향해 간다는 생각도 없이 키너릿 어몽 더 파인스를 떠났다. 에디파가 샌나르시소로 가서 피어스의 경리 장부와 기록을 살펴보고 공동 유산 관리인인 메츠거와 상의하겠다고 이야기하는 동안, 무초 마스는 의뭉스럽게 호주머니에 손을 찔러 넣고는 식 딕과 폭스바겐(그때 그가 좋아했으나 신뢰하지는 않았던 영국의 그룹사운드)의 신곡 「난 그대 발에 키스하고파」를 흥얼거리고 있었다. 무초는 그녀가 떠나는 것이 슬펐지만 필사적으로 붙잡지는 않았다. 그녀는 힐라리어스가 전화를 걸어오면 끊어 버리고, 정원에 있는 이상한 반점이 생긴 향초를 좀 돌봐 달라고 말한 다음 길을 떠났다.

샌나르시소는 먼 남쪽, 로스앤젤레스 근처에 있었다. 캘리포니아에 있는 다른 지역들처럼 그곳도 도시라기보다는 도시와 관련된 개념들을 한데 모아 놓은 곳 같았다. 인구

조사를 위해 나누어 놓은 구획들과 금융가, 쇼핑센터, 도시 내 프리웨이로 통하는 수많은 접근로 등을 모아 놓은 곳 말이다. 그러나 무엇보다도 피어스가 사는 곳이었고 그의 사업 본부였다. 또한 피어스가 십 년 전부터 부동산 투기를 시작한 곳으로, 자본을 쏟아 부은 뒤부터 그곳에 지은 건물들은 아무리 무너질 듯하고 기괴해 보여도 한결같이 모두 하늘을 향해 치솟아 있었다. 바로 이 점이 샌나르시소를 다른 곳과 구별 짓는 특유의 분위기를 준다고 에디파는 생각했다. 그러나 다른 남부 캘리포니아 지역과 결정적으로 다른 점은 첫눈에는 보이지 않는 어떤 것이었다. 그녀는 일요일에 임팔라*를 빌려 타고 샌나르시소로 들어갔다. 아무 움직임 없이 조용했다. 그녀는 햇빛 때문에 눈을 가늘게 뜨고, 멋없는 갈색 대지 위에 잘 손질해 놓은 농작물처럼 집들이 한데 모여 끝없이 뻗어 있는 언덕 아래를 바라보았다. 건전지를 갈아 끼우느라 트랜지스터라디오를 열자 처음 보았던 전기 배선이 생각났다. 높은 곳에서 내려다보는 집과 거리는 라디오의 전기 배선처럼 놀랄 만큼 질서 정연했다. 그녀는 비록 남부 캘리포니아만큼 라디오에 대해서도 잘 알지 못했지만, 그 둘의 외형적 패턴은 모두 어떤 숨은 의미가 내포된 상형문자 같았다. 라디오의 전기 배선은 끝도 없이 어떤 말을 할 수 있을 듯 보였다.(만일 그녀가 알아내려고 한다면 말이다.) 그래서 샌나르시소에서의 첫 순간에 그녀는 자신이 이해할 수 있는 영역

---

* 제너럴모터스에서 나온 차종.

의 문턱을 넘어 어떤 계시가 떨려 나오고 있음을 느꼈다. 지평선 주위에는 스모그가 가득했고 밝은 베이지빛 시골 마을에 내리비치는 햇빛은 고통스럽게 느껴졌다. 그녀와 자동차는 기묘한 종교적 순간의 한가운데에 멈춰 서 있는 것 같았다. 마치 라디오의 다른 주파수에서 흘러나오는 것 같은, 또는 너무나 천천히 회전해서 그녀의 뜨거운 피부에 원심성의 서늘한 기운조차 주지 못하는 회오리바람, 그 눈에서 나오는 듯한 어떤 계시의 말이 들려왔다. 적어도 그녀는 그렇게 생각했다. 에디파는 남편 무초를 생각하며 그의 직업에 신뢰를 가져 보려고 했다. 아마도 무초가 느꼈던 것이 이런 것 아니었을까. 헤드폰을 낀 동료가 마치 성유나 향로, 성배를 다루는 성직자처럼 양식화된 동작으로 다음 음악을 틀라고 신호를 보내는 모습을 방음유리를 통해 바라보고 있지만, 사실 무초는 음악에 둘러싸여 그 음악이 찾아가는 모든 음악 애호가들처럼 음악에 푹 빠진 채, 목소리, 목소리들, 음악과 그 메시지에 주파수를 맞춘 채 살고 있는지도 모른다. 무초는 음악을 들을 수는 있지만 신뢰할 수는 없다는 사실을 알면서, 스튜디오 A의 밖에 서서 안을 들여다보았던 것일까?

구름이 해를 가렸거나 스모그가 심해져서, 혹은 다른 이유로 그 '종교적인 순간'이 깨져 버린 것처럼 에디파는 그런 생각을 멈추었다. 그녀는 아스팔트를 따라 다시 차를 몰아서, 로스앤젤레스까지 이어진다고 생각되는 도로를 시속 110킬로미터로 달리기 시작했다. 이윽고 그녀는 주차장, 행정 기관, 자동차 극장, 번지가 70에서 시작되다가 갑자기 8만 몇 번으로 바뀌는 조그마한 사무실 빌딩과 공장이 줄지어 있는 어느 좁은 도로로 접어들었다. 그녀는 그처럼 높이 올라가는 번지수를 본 적이 없었다. 어딘가 부자연스러워 보였다. 왼쪽으로는 철조망이 쳐진 울타리가 수 킬로미터씩 이어지고 있었다. 군데군데 경비 초소가 있었으며 그 너머로 넓게 흩어져 있는 분홍색 건물들이 보였다. 그녀는 20여 미터 높이의 미사일 모형 두 개가 양편에 서 있는 출입문을 스쳐 지나갔다. 미사일 모양의 원추형 꼭대기에는 요요다인이라는 회사명이 조심스럽게 쓰여 있었다. 이곳이 바로 샌나르시소에서 일자리를 가장 많이 제공하는 굴지의 우주산업 기업인 요요다인 우주공학 회사였다. 에디파는 피어스가 이곳 대지 대부분을 소유했으며, 애초에 요요다인을 이곳에 유치하기 위해 세무사와 교섭했던 최초의 인물이었다는 것을 우연히 알게 되었다. 피어스는 이것이 곧 한 회사의 설립자가 되는 과정이라고 설명했다.

철조망이 사라지고 나자 베이지색 조립식 콘크리트 블록으로 지어진 사무실용 기계 상점, 방수제 제조사, 가스 제조업체, 금속 볼트 공장, 창고가 계속해서 늘어서 있었다. 마침 일요일이어서 모두 고요와 정적 속에 빠져 있었고, 다만 부동산 사무소와 트럭 터미널만 띄엄띄엄 문을 열고 있었다. 에디파는 바로 옆에 보이는 모텔에 묵기로 했다. 아무리 형편없다 해도 때로는 스피드가 자아내는 환상이나 자유, 바람에 날리는 머리카락이나 스쳐 지나가는 풍경보다 고요함과 사면의 벽이 더 좋아 보이는 때도 있는 법이다. 그러나 현실은 달랐다. 그녀가 접어든 길이란 사실 로스앤젤레스로 가는 주요 도로에 영양을 공급하는 혈관, 즉 프리웨이의 혈관 속 어딘가에 놓은 마약 피하 주사와도 같아서, 도시 전체의 행복한 기운을 유지시키고 침착하게 보이도록 하며, 고통스럽게 느껴지는 것은 무엇이든 다 잊게 하는 것인지도 모른다고 그녀는 상상했다. 만일 에디파가 그러한 혈관에 녹아 있는 하나의 결정체에 불과하다면, 로스앤젤레스는 그녀가 없더라도 여전히 흥분 상태에 젖어 있으리라는 생각이 들었다.

모텔을 다시 한 번 살펴보면서 그녀는 잠시 망설였다. 금속판으로 만들어진 10미터 높이의 님프 조상이 흰 꽃을 든 채 하늘을 향해 치솟아 있었다. 해가 떠 있는데도 에코 모텔이라고 쓰인 네온사인이 불을 밝히고 있었다. 님프의 얼굴이 에디파와 아주 닮았는데도 그녀는 별로 놀라지 않았다. 감추어진 선풍기가 끊임없이 그 님프의 얇은 그리스식 망사 속옷을 날리게 해서, 거대한 주홍색 젖꼭지가 보이고 기다란 핑크빛 허벅다리가 옷자락이 흔들릴 때마다 드러나는 것에 오히려 더 놀랐다. 그 여인은 립스틱을 진하게 바른 채 공공연히 웃고 있었는데, 꼭 창녀 같은 웃음은 아니었지만 사랑 때문에 수척해져 가는 님프의 웃음과도 거리가 멀었다. 에디파는 주차장에 차를 세워 놓고 차에서 내려 뜨거운 태양 아래, 죽은 듯 잔잔한 공기 속에서 그 인공의 바람이 님프의 속옷을 저 멀리, 2미터 정도 높이로 날려 올리고 있는 광경을 잠시 바라보았다. 조금 전에 떠올렸던 느린 회오리바람과 들을 수 없었던 계시의 말들을 기억하면서.

방은 당분간 머물기에는 충분히 좋아 보였다. 방문은 기다란 안뜰을 향해 나 있었고, 안뜰에는 잔잔한 수면이 햇빛에 반사되어 반짝거리는 수영장이 있었다. 멀리 떨어진 분수에는 또 다른 님프가 서 있었다. 살아 있는 것은 아무것도 없었다. 만일 사람들이 다른 문 뒤편에 살고 있고, 웅웅거리는 에어컨 때문에 창문을 꼭꼭 닫은 채 그녀를 바라본다고 해도, 그녀는 그들을 볼 수가 없었다. 모텔 관리인은 열여섯 살쯤 되어 보이는 마일스라는 자퇴생이었는데, 비틀즈 풍의 머리에 옷깃도 소매도 없이 단추 하나만 달랑 있는 모헤어 소재의 양복을 입고 있었다. 그는 그녀의 가방을 들어다 주면서 혼자 노래를 불렀는데, 어쩌면 그녀를 향한 노래인 듯도 했다.

마일스의 노래

춤을 추기엔 내가 너무 뚱뚱하다고,
넌 언제나 내게 말했지,
진짜 나를 무시하려고 할 때엔 말이야.
하지만 난 날씬해,
그러니 너의 크고 두터운 입술을 닥쳐 다오.
그래, 내 사랑, 나는 춤을 추기엔 너무 뚱뚱할지 몰라.
하지만 적어도 너무 말라서 수영을 못할 정도는 아니야.

"멋진데." 에디파가 말했다. "그런데 왜 노래할 때는 영국식 억양이지? 말할 때는 그렇지 않잖아."

"내가 속해 있는 그룹 때문이죠." 마일스가 설명했다. "파라노이스*라는 그룹인데요, 아직 햇병아리들이에요. 우리 매니저가 그렇게 노래하라고 해서요. 우리는 영국 영화를 많이 봐요. 영국식 억양을 배우려고요."

"내 남편은 디제이야." 에디파는 격려해 주려고 말했다. "겨우 1000와트 출력의 방송국이지만, 그래도 녹음해 놓은 곡이 혹시 있으면 내 남편에게 줘서 방송하게 할 수도 있지."

마일스는 그들 뒤에 있는 문을 닫고 음흉한 눈을 굴리며 물었다. "그 대가는 뭐지요?" 그는 그녀에게 다가갔다. "내 생각이 맞다면, 그걸 원하는 거지요? 나는 뇌물을 바칠 준비가 되어 있어요." 에디파는 가장 가까이에 있는 무기를 집어 들었는데 그것은 우연히도 구석에 있던 텔레비전의 V자형 안테나였다. "오, 당신도 나를 싫어하는군요." 마일스는 멈춰 서며 말했다. 앞머리 사이로 그의 눈이 빛났다.

"넌 진짜 편집증 환자구나." 에디파가 말했다.

"나는 젊고 내 몸은 매끄러워요. 당신처럼 나이 많은 여자들은 모두 어린 남자를 원하는 줄 알았어요." 그는 가방을 들어다 준 대가로 60센트나 우려내고 돌아갔다.

그날 밤, 메츠거가 나타났다. 아주 잘생겨서 에디파는 누군가가 자기를 놀린다는 생각부터 들었다. 마치 영화배우 같았다. 그런 그가 밤하늘의 빛이 잔잔하게 퍼진 가운데 희미하게 보이는, 직사각형의 고요한 수영장을 배경으

---

* 편집증 환자들이라는 의미이다.

로 방문 앞에 서서 "마스 부인." 하고 꾸짖듯이 말했다. 풍성한 속눈썹 아래 부드럽게 빛나는 커다란 눈이 그녀를 보며 사악하게 웃었다. 그녀는 그 주위에 반사판, 마이크, 카메라 케이블이 있을 것만 같아 두리번거렸다. 하지만 에디파 자신 외에는 그 남자, 즉 자신이 작년에 캘리포니아로 밀반입했다고 하는 우아한 프랑스산 보졸레 포도주 한 병을 든 유쾌한 무법자가 있을 뿐이었다.

"이거 봐요." 그가 중얼거렸다. "하루 종일 당신을 찾아 모텔들을 다 뒤졌으니 이젠 들어가도 되겠지요?"

에디파는 텔레비전에서 「보난자」를 보는 것 말고는 그날 저녁에 다른 계획이 없었다. 그래서 잘 늘어나는 작업복 바지에다 보풀이 인 검은 스웨터를 입고 머리는 풀어 길게 늘어뜨린 채였다. 그래도 그녀는 자신이 예쁘게 보인다는 것을 알고 있었다. "들어오세요. 하지만 술잔은 하나밖에 없어요."

"나는 병째로 마시면 됩니다." 하고 메츠거는 정중하게 말했다. 그는 안으로 들어오더니 양복을 입은 채 바닥에 앉았다. 그러고는 술병을 따서 그녀에게 한 잔 따라 주고 이야기를 시작했다. 그가 배우 같다고 생각한 것이 전혀 빗나간 추측은 아니었다. 이십여 년 전, 메츠거는 베이비 이고르라는 아역 배우였다. 그가 신랄하게 털어놓았다. "우리 어머니는 나를 싱크대 위의 소고기처럼 정결하게 만들려고 했지요. 피가 다 빠져나가서 하얗게 되기를 원했어요. 시대의 추세였지만요." 그는 자기 뒷머리를 부드럽게 만지며 말했다. "만일 어머니 뜻대로 됐다면, 그건 생각만 해도 끔찍해요. 어머니들이 아들들을 어떻게 만들어 놓는지 알지요?"

"당신은 어머니가 버려 놓은 사람 같지는 않군요." 에디파는 말을 하려다 생각을 달리하고 입을 다물었다.

메츠거는 번쩍이는 치아를 드러내며 쓴웃음을 지었다. "외모는 아무 의미도 없지요. 난 내 외모 속에 살고 있고, 내가 누군지 잘 모르겠어요. 이런 불확실함 때문에 언제나 괴롭습니다."

에디파는 그것이 그저 그럴듯한 말이라는 것을 깨닫고 그에게 물었다. "그런 수법이 몇 번이나 여자들한테 먹혀들던가요, 베이비 이고르?"

"인버라리티가 내게 당신 얘기를 딱 한 번밖에 안 했다는 것을 압니까?" 하고 메츠거가 말했다.

"가까운 사이였나요?"

"아니요. 나는 그의 유언장을 작성했을 뿐이에요. 그가 뭐라고 했는지 알고 싶지 않나요?"

"알고 싶지 않아요." 에디파는 텔레비전을 켰다. 남자인지 여자인지 알 수 없는 어린아이의 모습이 화면에 떠올랐는데, 벌거벗은 다리는 어색하게 모으고 어깨까지 내려오는 곱슬머리는 세인트버나드 종인 개의 짧은 털과 섞여 있었다. 이윽고 그 개가 긴 혀로 어린아이의 뺨을 핥기 시작하자 아이는 코를 찡그리면서 호소하듯이 말했다. "오, 머리, 제발 그만 해. 그러면 내가 다 젖잖아."

"저건 나야, 나라고요. 맙소사." 메츠거가 화면을 노려보며 소리를 질렀다.

"둘 중에 누가요?"

"저것은," 메츠거는 손가락으로 딱 소리를 냈다. "「쫓겨난 자」라는 영화였지요."

"당신과 당신의 어머니에 대한 영화로군요."

"저 소년과 비겁하다는 이유로 영국 군대에서 제명된 그의 아버지에 대한 영화지요. 사실 그는 비겁한 친구를 돕기 위해 누명을 쓴 것입니다. 그래서 그는 몸을 피해 아들과 함께 갈리폴리로 가는 연대를 따라갔지요. 거기에서 아버지는 소형 잠수함을 만들었고, 둘은 매주 다르다넬스 해협*을 몰래 빠져나가 마르마라 해로 가서 터키 상선들을 어뢰로 공격합니다. 아버지와 아들 그리고 그 개가 말입니다. 개가 전망대에 앉아 있다 뭔가를 보면 짖지요."

에디파는 포도주를 따랐다. "설마요."

"자, 들어봐요. 내가 노래 부르는 장면이 나옵니다." 그러자 정말 아이와 개, 어디선가 현악기를 들고 불쑥 나타난 늙은 그리스인 어부가 그리스 도데카니스 섬을 배경으로 석양이 지는 해변에 모였고, 아이가 노래하기 시작했다.

베이비 이고르의 노래

훈족과 터키인들에 맞서서 우리는 한 번도 피하지 않았네.
우리 아빠와 우리 개 그리고 나는.
위험한 시절 동안, 마치 삼총사처럼

---

* 에게 해와 마르마라 해 사이를 잇는 해협.

우리는 서로 가까워질 수 있는 만큼 한데 뭉칠 것이네.
우리가 다시 희망을 갖고 바다에서 싸움을 시작할 때.
다시 한 번 파도를 뚫고, 해변의 남자들을 위해,
우리 아빠와 우리 개 그리고 나를 위해.

그다음 어부가 연주하는 간주 음악이 흘러나왔다. 그런 후 어린 메츠거는 바다 위에서 노래를 불렀고, 나이 든 메츠거 역시 에디파가 말리는데도 화음을 넣어 노래를 따라 불렀다.

그가 이 모든 것을 조작한 것이 아닐까. 에디파는 문득 이런 생각이 들었다. 아니면 지역 텔레비전 방송국 기사에게 뇌물을 주고 이 프로그램을 방영하도록 했을 거야. 이것은 모두 어떤 음모의 일부, 또는 어떤 교묘한 유혹이겠지. 그래 음모일 거야. 오, 메츠거.

"당신은 왜 노래를 따라 부르지 않지요?" 그가 말했다.

"난 그 노래를 알지 못해요." 에디파는 미소 지었다. 이제 화면에는 이곳 서부의 새로운 주택 개발 사업인 '팬고소 호'에 대한 요란한 광고가 나왔다.

"저것도 인버라리티의 사업이지요." 메츠거가 알려 주었다. 그것은 동력선, 말하자면 인공 호수 한가운데에 떠 있는 사교장인데 그 배를 대기 위한 개인 소유의 선착장이 갖추어진 운하로 꾸며질 것이었다. 인공 호수의 밑바닥에는 바하마에서 수입한 갤리언선이 복원되어 놓일 것이고, 아틀란티스식 기둥들이 박힐 것이며, 카나리아제도에서 가져온 조그만 벽이 세워질 것이고, 이탈리아에서 가져온 진짜 해

골들이 널릴 것이며, 인도네시아에서 가져온 조개껍질들이 깔릴 것이었다. 모두 스킨다이빙광들을 위한 것이었다. 그곳의 지도가 화면에 나왔다. 에디파는 짧게 숨을 들이마셨다. 메츠거는 그녀가 자신을 관찰하고 있을 거라 은근히 기대했다. 그러나 그녀는 오늘 오후에 내려다본 언덕 아래 풍경을 떠올렸을 뿐이었다. 어떤 절박감, 영적 세계와의 접촉의 전조를 말이다. 전기 배선, 부드럽게 굽은 거리들, 사유지 해변, 「사자의 서」……

그녀가 정신을 차리기도 전에 「쫓겨난 자」가 다시 화면에 나왔다. 죽은 어머니의 이름을 따라 저스틴이라고 명명된 그 작은 잠수함은 다른 배와 나란히 부두에 정박되어 있었다. 잠수함을 전송하는 사람들 중에는 늙은 어부 말고도 다리가 미끈하고 머리가 곱슬곱슬한 어린 님프 같은 딸이 있었는데, 만일 영화가 해피엔딩으로 끝난다면 종국에는 어린 메츠거와 사랑을 이룰 아가씨였다. 또 이 영화에는 메츠거의 아버지와 맺어지는, 늘씬한 영국인 간호 선교사가 있었으며 머리에게 눈독을 들이고 있는 양치기 암캐도 있었다.

"아, 맞아." 메츠거가 말했다. "바로 저기가 내로우스 해협에서 우리가 애먹었던 곳입니다. 저곳은 케페츠 기뢰로 폐허가 된 곳이기도 하지만, 독일군이 그 당시 6.3센티미터 두께의 케이블로 짠 거대한 그물을 매달아 놓은 곳이기도 하지요."

에디파는 자신의 빈 잔에 다시 포도주를 따랐다. 그들은 이제 텔레비전 화면을 보면서, 서로 옆구리를 살짝 스칠

만큼 가까이 누워 있었다. 텔레비전에서는 끔찍한 폭발 장면이 나오고 있었다. "기뢰다!" 메츠거가 머리를 감싸 쥐고 그녀에게서 떨어지며 소리 질렀다. "아빠." 화면에서 어린 메츠거가 울먹였다. "무서워요." 소형 잠수함 안은 온통 아수라장이었다. 아버지가 셔츠를 벗어 틀어막고 있는 방수벽 사이로 물이 새어 들어왔고, 그 와중에 개는 앞뒤로 날뛰면서 침을 뿌려 댔다. "우리가 할 수 있는 일은 바닥으로 잠수해서 그물 아래로 빠져나가는 거야." 아버지가 선언했다.

"말도 안 돼." 하고 메츠거가 말했다. "독일군들은 그 그물 안에 문을 만들어 놓았어. 독일군 U보트가 영국 함대를 공격할 때 통과할 수 있도록 말이야. 우리 E형 잠수함들은 단지 그 문을 이용했을 뿐이야."

"어떻게 알지요?"

"내가 거기에 있었거든요."

"하지만," 에디파가 말을 시작하려다가 포도주가 다 떨어진 것을 발견했다.

"짜잔!" 메츠거가 양복 안주머니에서 테킬라 병을 자랑스레 꺼냈다.

"레몬은 없나요?" 그녀는 즐거워하는 영화 관객처럼 물었다. "소금은요?"

"여행자용이지요. 예전에 당신네들이 거기 갔을 때 인버라리티가 레몬과 함께 마셨나요?"

"우리가 거기에 간 것을 어떻게 알았지요?" 그녀는 그가 술잔을 채우는 걸 보며, 술이 채워질수록 메츠거에 대한 거부감이 강해짐을 느꼈다.

"그는 그때의 경비를 공비에서 지출했거든요. 내가 그때 그의 세금 계산을 맡고 있었어요."

"내부 거래라." 에디파는 잠시 생각에 잠겼다가 말을 이었다. "당신과 페리 메이슨은 같은 부류의 인간이죠. 당신네들 같은 악덕 변호사들이 아는 거라곤 그것밖에 없나요?"

그러자 메츠거가 설명했다. "하지만 우리의 미덕은 변신할 수 있는 능력에 있어요. 변호사는 배심원들 앞에서 배우가 되지요. 레이먼드 버트*는 배심원들 앞에서는 연기를 하는, 변호사를 사칭하는 배우지요. 나로 말하자면 변호사가 된 전직 배우입니다. 사실 말이지 그들은 내 인생을 각색해서, 배우가 되기 위해 변호사를 그만둔 내 친구 마니 디 프레소를 주인공으로 내세워 스폰서 모집용 견본 영화를 만들기도 했지요. 그 녀석은 그 견본 영화에서 '주기적으로 배우로 돌아가는 변호사가 된 배우'로서의 내 역할을 맡아 연기를 했지요. 그 영화 필름은 지금 할리우드 스튜디오 어딘가 냉방 잘 되는 지하실에 보관되어 있습니다. 아무리 오래 지나도 끄떡없지요. 그래서 끝없이 반복해서 방영될 수 있는 거예요."

"당신은 지금 영화 속에서 어려움에 처해 있군요." 에디파는 그의 양복과 그녀의 바지를 통해 따뜻하게 느껴지는 메츠거의 허벅다리를 의식하면서, 텔레비전 화면을 바라보았다.

"터키군이 탐조등을 비추고 있어요." 그는 자그마한 잠

---

* 「페리 메이슨」의 주연배우.

수함에 물이 가득 차는 것을 보며 테킬라를 더 따랐다. "경비정들이에요, 기관총들을 봐요. 어떻게 될지 내기할래요?"

"싫어요." 에디파는 말했다. "저 영화는 이미 만들어진 거잖아요." 그는 다만 미소 지을 뿐이었다.

"끝없이 반복될 것 중의 하나겠지요?"

"하지만 아직은 모르는 겁니다." 메츠거는 말했다. "당신은 아직 영화를 다 보지 않았으니까요." 이제는 막간 광고가 시작되어 비콘스필드 담배 광고가 요란하게 고막을 울렸다. 그런데 그 담배의 매력은 가장 고급 품질의 뼛가루로 필터를 만든다는 데 있었다.

"무슨 뼈인가요?" 에디파는 궁금해했다.

"인버라리티는 알고 있었지요. 그는 그 필터 공장의 주식을 51퍼센트 갖고 있었으니까요."

"말해 줘요."

"다음에 말하지요. 지금이 내기를 걸 마지막 기회입니다. 저들이 곤경을 벗어날까요, 아니면 당하고 말까요?"

그녀는 취기를 느꼈다. 아무런 이유는 없었지만 그녀는 그 대담한 삼인조가 결국엔 빠져나가지 못하리라고 생각했다. 그 영화가 얼마나 오래 계속될는지도 알 수가 없었다. 시계를 보았으나 시계는 멈춰 있었다. "이건 불합리해요. 물론 그들은 빠져나갈 거예요." 그녀는 말했다.

"어떻게 알지요?"

"저런 영화는 언제나 해피엔딩이니까요."

"모두 다?"

"대부분은 그렇죠."

"그렇다면 댁이 맞힐 확률이 높아지는데요." 그는 거드름을 피우며 말했다.

에디파는 술잔을 통해 그를 곁눈질했다. "그렇다면 내가 맞히게 되겠네."

"저절로 맞히게 될 것 같은데요."

"그렇다면," 그녀는 다소 투덜거리듯 소리 질렀다. "무언가 한 병 내기로 하죠. 테킬라로 할까요? 당신이 성공하지 못한다는 데 걸겠어요." 그녀는 마치 암기하고 있던 것을 풀어 놓듯 말했다.

"내가 성공하지 못한다는 데 걸겠다고요." 그는 생각에 잠겼다. "오늘 밤 한 병 더 마시면 당신은 잠들고 말 텐데요." 그가 결정했다. "안 됩니다."

"그럼 무엇을 걸겠어요?" 그녀는 그가 원하는 것을 알고 있었다. 그들은 오 분 동안이나 서로의 눈을 완고하게 바라보았다. 에디파는 계속해서 나오는 텔레비전 광고에 귀를 기울이고 있었다. 더욱더 화가 나는 것이 취했기 때문인지 아니면 영화가 빨리 이어지지 않는 것에 짜증이 났기 때문인지 알 수 없었다.

"그렇다면 좋아요." 그녀는 부서질 듯한 목소리를 내면서 드디어 포기했다. "무엇이든 당신이 좋아하는 걸로 내기를 해요. 당신이 성공하지 못한다는 데 걸겠어요. 당신네 모두가 다르다넬스 해협의 바닥에서 썩어 물고기 밥이 된다는 데 걸겠어요. 당신의 아버지와 당신의 개, 당신까지 말이에요."

"좋소." 메츠거는 느릿느릿 말하며 내기가 성립되었음을 확인하는 악수를 할 것처럼 그녀의 손을 잡더니, 대신 손바닥에 키스를 했다. 그는 그녀의 운명의 이랑, 곧 변함없이 충실한 그녀 정체성의 선영(線影)인 손금 사이를 자신의 메마른 혀끝으로 스쳤다. 그녀는, 이제는 죽은 사람인 피어스와 처음으로 잠자리를 같이 했을 때와 똑같은 일이 일어난 것으로 잠시 착각했다. 바로 그때 영화가 다시 시작되었다.

영화 속에서는 아버지가 가파른 벼랑 위에 있는 앤잭 군단* 교두보 안에 웅크리고 있었고, 그 위로 터키군이 쏘아 대는 포탄의 파편이 비 오듯 쏟아졌다. 베이비 이고르나 개는 흔적도 보이지 않았다. "젠장, 이거 어떻게 된 거야." 에디파가 말했다.

"저런." 메츠거가 말했다. "필름을 뒤죽박죽 돌리고 있군그래."

"이건 그러기 전인가요, 후인가요?" 그녀는 테킬라 병을 향해 팔을 뻗치며 물었는데 그 바람에 그녀의 왼쪽 젖가슴이 메츠거의 코를 스쳤다. 못 말릴 정도로 희극적인 데가 있는 메츠거는 대답하기 전에 사팔뜨기 눈을 해 보였다.

"그걸 가르쳐 주면 답을 알게 돼요."

"정말 그럴 거예요?" 그녀는 브래지어 컵 끝으로 그의 코를 살짝 건드리며 술을 따랐다. "그러면 내기 안 할 거예요."

"그래도 안 돼요." 메츠거가 말했다.

---

* 1차 세계대전 때 활약했던 오스트레일리아-뉴질랜드 연합군.

"적어도 저것이 그가 복무하던 시절의 부대인지 아닌지만이라도 말해 줘요."

"계속 물어봐요. 하지만 내가 대답할 때마다 당신은 하나씩 벗어야 해요. 우리는 그것을 스트립 보티첼리라고 부르지요." 메츠거가 말했다.

에디파는 멋진 생각을 해 냈다. "좋아요." 그녀는 그에게 말했다. "하지만 우선 화장실에 잠시 다녀와야겠어요. 눈 감고 돌아서요. 몰래 보면 안 돼요." 텔레비전 화면에는 2000명을 태운 석탄 운반선 리버 클라이드가 엄숙한 침묵 가운데 세드 엘바흐르*에 정박해 있었다. "그래, 바로 여기야." 가짜 영국식 억양이 속삭이듯 들려왔다. 갑자기 해변에서 수많은 터키군들이 총을 쏘아 대면서 대학살이 시작되었다.

"이 부분에 대해서는 잘 알지." 메츠거는 눈을 감고 텔레비전에서 고개를 돌리며 그녀에게 말했다. "바다 전방 45미터 정도가 온통 핏물이었으니까요. 그건 여기서 보여 주지 않는군요." 에디파는 옷장이 달린 화장실로 들어가서 재빨리 옷을 벗은 다음 가져온 옷을 가능한 한 모두 껴입었다. 갖가지 색깔의 팬티 여섯 벌, 거들, 나일론 양말 세 켤레, 브래지어 세 벌, 바지 두 벌, 하프슬립 네 벌, 검은 웃옷 한 벌, 여름 드레스 두 벌, A라인 스커트 여섯 벌, 스웨터 세 벌, 블라우스 두 벌, 누빈 실내복, 하늘색 실내복, 헐거운 올론 드레스에다 팔찌, 핀, 귀고리, 목걸이 등

---

* 터키 갈리폴리 반도에 위치한 마을. 다르다넬스 해협의 연안에 있다.

을 몸에 걸쳤다. 다 걸치는 데만 몇 시간은 족히 걸림 직했고, 이윽고 그녀가 그것들을 다 껴입은 후에는 걸을 수 없을 정도였다. 그녀는 전신 거울에 자신의 모습을 비춰 보는 실수를 범했는데, 거울 속에는 다리 달린 비치볼이 서 있어서, 너무나 격렬하게 웃어 대는 바람에 그만 쓰러져 버렸다. 쓰러지면서 그녀는 세면대 위에 있던 헤어스프레이 통을 바닥에 떨어뜨렸다. 스프레이 통이 바닥에 떨어지면서 어딘가가 깨졌고, 그 안에 압축되어 있던 내용물이 강력하게 뿜어 나오자, 그 통은 분사되는 힘으로 화장실 바닥에서 빠른 속도로 튀어 다녔다. 놀라서 뛰어 들어온 메츠거는 향내 나고 끈적거리는 스프레이 독기 속에서 이리저리 뒹굴며 일어서려고 애쓰는 에디파를 보았다. "오, 이런." 그는 베이비 이고르의 목소리로 말했다. 스프레이 통은 기분 나쁜 소리를 내면서 변기에서 튀어 올라 메츠거의 귀를 0.5센티미터 정도 차이로 스치며 날아갔다. 통이 계속해서 빠르게 튀어 다니자 메츠거는 바닥에 엎드려 에디파와 함께 몸을 움츠렸다. 다른 방에서는 함포, 기관총, 곡사포 사격 소리와 권총 소리가 천천히 깊게 울리며 점점 높아져 갔고, 죽어 가는 보병들의 비명과 기도 소리가 들려왔다. 그녀는 그의 눈꺼풀 너머 천장의 불빛을 바라보았는데, 끊임없이 추진력을 발휘하면서 번쩍거리며 거칠게 날아다니는 양철통이 자꾸만 시야를 가렸다. 에디파는 두려웠다. 하지만 그것 때문에 술이 깨지는 않았다. 저 양철통은 자기가 어디로 가는지 알고 있을 거야, 그녀는 생각했다. 또는 신(神)이나 디지털 기계 같은 존재들은 자신들이 움직이는 복잡한 거미줄을 컴퓨터로 미리 계산을 할 수도 있으리라. 그러나 그녀는 그리 빠른 존재가 아니었으므로 그 통이 얼마나 빨리 움직이고 있든지 간에 조만간 메츠거와 자신을 시속 160킬로미터로 강타하리라는 것을 잘 알고 있었다. "메츠거." 그녀는 신음하며 그의 팔 윗부분의 상어 가죽 같은 피부를 꽉 깨물었다. 모든 것에서 헤어 스프레이 냄새가 났다. 양철 스프레이 통은 거울에 부딪히더니 튕겨 나갔고, 미세한 은빛 유리 파편이 일 초 동안 허공에 떠 있다가 곧바로 세면대 위로 떨어져 내렸다. 이윽고 양철통은 닫힌 샤워실로 돌진해 가서 반투명 유리문을 깨뜨리더니 삼면의 벽을 지나, 천장으로 올라가서 전등을 지나, 엎드린 두 사람 위를 지나면서 쉭쉭 소리를 내며 텔레비전에서 나는 소리를 방해했다. 그녀는 그 양철통이 결코 멈추지 않을 거라고 생각했다. 그러나 통은 드디어 날아다니기를 단념하고 에디파의 코에서 30센티미터 가량 되는 곳에 떨어졌다. 그녀는 누워서 바라보고 있었다.

"이런!" 그때 낯선 누군가가 말했다. "경치 좋군." 그녀는 메츠거의 팔에서 입을 떼고 주위를 돌아보았다. 문간에는 단발한 앞머리에 모헤어 옷을 입은 마일스가 똑같은 차림을 한 네 사람으로 늘어나 있었다. 아마도 마일스가 말한 그룹사운드 파라노이스 같았다. 그녀는 그들을 구별할 수가 없었다. 그들 모두 전자 기타를 든 채 입을 벌리고 있었다. 그들의 겨드랑이 사이로 그리고 무릎 사이로 여자들 얼굴도 몇 보였다. "이건 좀 수상한 광경이군." 하고 여자들 중 하나가 말했다.

"당신들은 런던에서 왔나요?" 또 다른 한 명이 물었다. "당신들이 하고 있는 것은 런던식인가요?" 헤어스프레이가 안개처럼 방 안에 가득 차 있었고 유리 조각은 바닥에 어지럽게 널려 있었다.

"영주께서는 오리를 좋아하신다." 열쇠를 들고 있던 녀석이 요약해서 결론을 내렸다. 에디파는 그가 마일스라고 생각했다. 그는 공손하게 지난주 자신이 참가했던 서핑하는 사람들의 비밀 축제에 대해 이야기하기 시작했다. 18리터짜리 콩팥 기름통과 선루프가 있는 작은 자동차와 길들인 물개가 나오는 그 비밀 축제에 대한 이야기는 사람들을 즐겁게 했다.

"이제 괜찮아질 거예요." 일어나는 데 성공한 에디파가 말했다. "그러니 모두 밖에 나가서 노래를 부르도록 해요. 무드음악 없이는 아무것도 되지 않으니까. 우리를 위해서 세레나데를 불러 줘요."

"다음 기회에." 파라노이스의 한 멤버가 수줍은 듯 말했다. "같이 수영이나 하죠."

"여기 일이 어떻게 되는지에 따라서요." 에디파는 유쾌하게 윙크했다. 젊은이들은 다른 방에 있는 콘센트에 전선을 연결해서 창밖으로 내보낸 다음 밖으로 나갔다.

메츠거는 그녀가 일어서도록 도와주었다. "스트립 보티첼리 할 사람?" 텔레비전에서는 어디인지도 모를, 샌나르시소 도심에 있다는, 호간의 하렘이라는 터키탕 광고가 요란하게 나오고 있었다. "인버라리티가 저것도 소유하고 있지요." 메츠거가 말했다. "그걸 몰랐나요?"

"새디스트 같으니." 하고 에디파는 소리 질렀다. "한번만 더 그런 말을 하면 머리에다 텔레비전을 던져 버리겠어."

"당신 정말 미쳤군." 그는 미소 지었다.

그녀는 미친 것이 아니었다. 그녀가 말했다. "도대체 그가 소유하지 않은 것도 있나요?"

메츠거는 눈썹을 치켜세우며 그녀를 향해 말했다. "나도 모르겠소."

어차피 그녀에겐 말할 기회조차 없었다. 물결처럼 떨리는 탁한 기타 소리에 맞추어 밖에서 파라노이스가 노래를 시작했기 때문이었다. 드러머는 다이빙대 위에 불안정하게 자리를 잡았고 다른 사람들은 보이지 않았다. 메츠거는 에디파의 뒤로 다가가 그녀의 젖가슴을 감쌌다. 하지만 그녀가 옷을 너무 많이 입고 있어서 쉽게 젖가슴을 찾지는 못했다. 그들은 창가에 서서 파라노이스의 노래를 들었다.

세레나데

내가 누워서 달을 바라볼 때,
고독한 바다 위에서,
그것이 내가 덮고 있는 이불처럼
고독한 조수를 잠재우는 것을 바라볼 때,
고요하고 표정 없는 달은
오늘 밤 해변을 가득 채우고
낮의 유령으로,
모든 그림자는 잿빛이고 달빛은 백색이네.

오늘 밤 당신은 홀로 누워 있네.

나처럼 외롭게 홀로.

외로운 아파트에 외로운 당신, 바로 거기 달빛이 비치네.

그러니 그대의 외로운 울음을 그쳐라.

어떻게 내가 당신에게 갈까? 달빛을 끄고 조수를 돌려 보낼까?

밤은 잿빛으로 변했고 나는 길을 잃었으며 실내는 어둡네.

아니다. 난 홀로 누워야만 해.

그것이 내게 올 때까지.

그것이 하늘과 모래와 달과 외로운 바다를 비칠 때까지.

그리고 외로운 바다는…….

(점차 희미해진다.)

"자, 이제 그럼." 하고 에디파는 가볍게 몸을 떨었다.

"첫 질문을 하시오." 메츠거는 그녀에게 내기를 상기시켰다. 텔레비전 화면에서는 세인트버나드가 짖고 있었다. 에디파는 베이비 이고르가 터키 거지로 변장한 다음, 개와 함께 콘스탄티노플로 짐작되는 곳에 숨는 것을 보았다.

"지금 또 다른 앞부분이 나오고 있는 건가요?" 그녀는 희망에 부푼 말투로 물었다.

"그 질문은 받아들일 수 없소." 메츠거는 말했다. 마치 레프리칸*을 구슬리기 위해 우유를 남겨 놓듯이, 파라노이스는 현관에 조금 남은 잭 다니엘스 위스키 병을 두고 갔다.

---

* 보물을 숨겨 두고 있다는 난쟁이 구두 수선공.

"멋지군." 에디파가 말했다. 그녀는 술을 한 잔 따랐다. "베이비 이고르가 잠수함 저스틴호를 타고 콘스탄티노플에 도착했나요?"

"틀렸소." 메츠거가 말했다. 에디파는 귀고리를 하나 뺐다.

"그럼 당신들이 E형 잠수함이라고 부르는 것을 타고 거기 갔나요?"

"아니요." 에디파는 귀고리를 또 하나 뺐다.

"소아시아를 통해 육로로 갔나요?"

"그랬는지도 모르지." 에디파는 또 다른 귀고리를 뺐다.

"또 귀고리를 빼고 있소?" 메츠거가 말했다.

"그 질문에 대답하면 당신도 벗을 건가요?"

"대답을 듣지 않아도 벗겠소." 메츠거는 호탕하게 코트를 벗었다. 에디파는 자기 술잔을 다시 채웠다. 메츠거는 다시 술병에 입을 대고 술을 들이켰다. 에디파는 질문을 해야 한다는 것을 잊고 다시 오 분 정도 텔레비전을 보았다. 메츠거는 열심히 바지를 벗었다. 텔레비전 속 그의 아버지는 이제 군법회의에 회부된 것 같았다.

"영화의 첫 장면이 이제야 나온 거군요. 바로 여기에서 그가 쫓겨나는 거군요. 하, 하." 에디파가 말했다.

"회상 장면인지도 모르오. 아니면 그가 그 일을 두 번 당하는지도 모르지요." 메츠거가 말했다. 에디파는 팔찌를 벗었다. 일은 그런 식으로 진행되었다. 화면에서는 영화의 단편들이 계속 흘러나오고 현실에서는 아무리 벗어도 나체가 될 것 같지 않은 옷 벗기가 계속되었으며 바깥의 수영장에서는 술자리가 벌어져 지칠 줄 모르는 노랫소리, 소란스러운 기타 소리가 이어졌다. 이따금 광고가 끼어들었고, 그때마다 메츠거는 "저것도 인버라리티의 것이지요." 또는 "그가 공동소유하고 있는 것이지요."라고 말하다가 나중엔 그저 미소를 지으며 고개만 끄덕였다. 에디파는 안구 뒤편에서 두통이 오는 것을 느끼며, 새 연인이라 할 수 있는 모든 커플 가운데 자신들은 시간을 천천히 가게 하는 방법을 발견했다고 점점 더 확신하며 그를 바라보았다. 하지만 모든 것은 점점 더 불확실해져 갔다. 어느 순간 그녀는 욕실로 가서 거울 속에 비치는 자기 모습을 보려고 했지만 보이지 않았다. 잠시 그녀는 순수한 공포에 사로잡혔다. 순간, 거울이 깨져서 세면대 위로 떨어져 내린 것이 기억났다. "칠 년 동안의 악운이라." 그녀는 소리 내어 말했다. "그러면 나는 서른다섯이야." 에디파는 등 뒤의 문을 닫고 거의 멍한 상태로 다른 속옷과 스커트, 긴 스타킹이 달린 거들과 무릎까지 올라오는 양말을 벗어 버렸다. 문득, 날이 밝으면 메츠거가 사라져 버리고 없을 거라는 생각이 들었다. 그가 사라지기를 원하는 건지 그녀는 확신이 서지 않았다. 그녀가 돌아왔을 때 메츠거는 발기한 상태로 트렁크 팬티만 입고 머리를 소파 밑에 박은 채 잠들어 있었다. 양복이 감추고 있던 뱃살도 보였다. 화면에는 뉴질랜드군과 터키군이 총검으로 서로를 찔러 죽이고 있었다. 에디파는 소리를 지르며 메츠거 위로 달려들어 키스를 퍼부으며 그를 깨우기 시작했다. 그의 빛나는 눈이 열리더니, 그녀를 뚫어지듯 바라보았다. 마치 그녀가 자신의 젖가슴 사이 어디쯤에서 그의 날카로운 시선을 느낄 수 있다는 듯이.

그녀는 경직된 자신을 마치 신화적인 용액으로 녹이는 듯
큰 한숨을 내쉬며 그의 옆에 쓰러졌다. 에디파는 너무 약
해져서 자신의 옷을 벗기는 그를 도와주지도 못했다. 마치
바비 인형을 갖고 노는 짧은 머리의 무표정한 소녀처럼 그
녀를 이리저리 굴려 옷을 벗기는 데 메츠거는 이십 분이나
끌었다. 그러는 사이 그녀는 한두 번 잠이 들었는지도 모
른다. 잠에서 깼을 때 에디파는 남자에게 안겨 있는 자신
을 발견했다. 카메라가 이동하며 장면이 점차 바뀌는 것처
럼 그녀는 점차 고조되는 성적 쾌감에 젖기 시작했다. 밖
에서 기타 소리가 들려오자 에디파는 그 전자 소리가 자신
의 몸속에 들어왔을 때 하나하나 세어 보기 시작했다. 그녀
는 여섯 번인가를 셌는데 파라노이스가 실제로 연주한 기타
소리는 세 번밖에 기억나지 않았다. 전자 기타 말고도 다른
것이 콘센트에 꽂혀 있음이 틀림없었다.

과연 그랬다. 그녀와 메츠거의 절정은 그곳에서 나오는
모든 불빛과 맞아떨어졌다. 웬일인지 텔레비전도 갑자기
꺼져 깜깜해진 것이다. 이상한 경험이었다. 파라노이스가
퓨즈를 끊어 먹은 것이었다. 다시 불이 들어왔을 때, 그녀
와 메츠거는 사방에 옷이 널려 있고 버번위스키가 엎질러
진 곳에 뒤엉켜 누워 있었다. 영화 속에서는 아버지와 개
와 베이비 이고르가 물이 차올라 어두워져 가는 저스틴호
안에 갇혀 있었다. 개는 거품을 잔뜩 뿜어내더니, 가장 먼
저 죽어 갔다. 카메라는 한 손을 계기판에 올려놓은 채 울
고 있는 베이비 이고르를 클로즈업했다. 그때 무엇인가가
합선이 되어 베이비 이고르는 끔찍한 비명을 지르고 앞뒤

로 몸부림치면서 감전되어 죽었다. 비록 할리우드식의 과장된 우연이긴 하지만, 아버지는 감전되지 않고 용케 살아남아 베이비 이고르와 개에게 이 지경까지 이르도록 만든 것을 사과하면서, 그들과 하늘에서 만나지 못함을 안타까워하며 작별 인사를 했다. "이제 네 작은 눈으로 아빠를 마지막으로 보는 거란다. 너는 구원받을 것이고 나는 지옥에 떨어질 테니까." 마지막에는 그의 고통스러운 눈이 화면을 가득 채우고, 고막이 터질 듯 요란하게 물이 넘쳐 들어오는 소리와 이상한 1930년대 영화 음악이 거대한 색소폰 소리와 더불어 화면을 가득 채우더니 '끝'이라는 글자와 함께 사라져 갔다.

에디파는 벌떡 일어나 반대편으로 달려가다 몸을 돌려 메츠거를 노려보았다. "그들은 살아남지 못했어." 그리고 소리를 질렀다. "이 나쁜 사람, 내가 이긴 거야."

"그래, 당신이 이겼어." 메츠거는 미소 지었다.

"인버라리티가 나에 대해 당신에게 뭐라고 했지요?" 그녀가 결국 물었다.

"호락호락하지 않을 거라고 했지."

그녀는 울기 시작했다.

"자, 이리 와요." 메츠거가 말했다. "자, 어서."

잠시 후 그녀는 말했다. "알았어요." 그녀는 그에게 돌아갔다.

3장

　모든 일은 급속도로 이상하게 진행되었다. 만약 에디파가 트리스테로 시스템, 또는 트리스테로라고(마치 그것이 무언가의 비밀스러운 제목이기라도 한 것처럼) 이름 붙이게 될 것을 찾는 작업에 숨은 목적이 탑 속에 사로잡힌 듯한 자신의 감금 상태에 종지부를 찍으려는 것이었다면, 그날 밤 메츠거와의 정사는 논리적인 면에서 그 작업을 향한 출발점이었는지도 모른다. 그 사건의 논리적 개연성이야말로 그녀의 머릿속을 가장 괴롭히는 일이 될 터였다. 마치 (그녀가 샌나르시소에 발을 처음 디딘 순간 예감했던 것처럼) 자신의 주변에 어떤 계시가 진행되고 있기라도 하듯이.

　계시는 대부분 피어스가 남겨 놓은, 어떤 때에는 그녀를 대신할 만큼 그가 사랑했던 우표 수집품들을 통해 다가올 것이었다. 어떤 시공간 속으로 심오한 전망을 전해 주는 수천 개의 채색된 작은 창문들, 가령 커다란 영양과 가젤들로 가득 찬 대초원, 허공 속으로 빨려 들어가듯 서쪽으로 항해하는 큰 돛배, 히틀러의 초상, 저녁노을이 진 하늘, 레바논의 삼나무 숲, 결코 실재하지 않는 우화적인 얼굴들이 그려진 우표들 말이다. 피어스는 에디파의 존재를 무시한 채 우표를 바라보는 데만 몇 시간씩 보낼 수 있었다. 에디파는 한 번도 그런 우표들에 매혹되어 본 적이 없었다. 이제 그 우표들을 모두 목록으로 작성하고 감정해야 한다는 생각이 들자, 머리가 지끈거렸다. 물론 그것들이 무언가를 말해 줄지도 모른다는 데에는 아무런 의심도 없었다. 그러나 만약 그녀가 처음엔 스스로 어떤 매혹에 이끌렸다가 그 다음엔 어떤 즉흥적인 것들로 인해 함정에 빠지거나 예민해지지 않았더라면, 그녀처럼 피어스의 죽음에 기만당한 채 단순한 경매 품목으로 분류되어 새 주인들의 수중에 흩어지면 그만일 뿐인, 예전엔 라이벌이었던 이 말 못하는 우표들이 과연 무엇을 말해 줄 수 있었겠는가?

에디파가 이렇듯 예민해지는 과정은 무초의 편지를 계기로, 아니면 그녀와 메츠거가 스코프*라는 낯선 술집에 표류해 들어간 날 밤을 계기로 진지하게 진행되었다. 돌이켜 생각해 보아도 어떤 일이 먼저 일어났는지 정확히 알 수는 없었다. 편지 자체는 별 내용을 담고 있지 않았다. 에디파가 무초에게 일주일에 두 번씩 의무적으로 써 보내는 다소 산만하고 짧은 편지에 대한 답장이었을 뿐이었고, 그녀는 어쩐지 무초가 알고 있으리라 느꼈기 때문에 메츠거와의

* scope. 영역이라는 뜻이다.

일을 고백하지 않았다. 무초는 KCUF 방송국 녹음실에서 마약을 한 다음, 번쩍거리는 체육관 마루 건너편을 다시 내다볼 것이고, 농구장 표시로 새겨 놓은 거대한 열쇠 구멍 중 하나에서 하이힐을 신으면 남자보다 2.5센티미터 정도 더 커 보일, 샤론이든 린다든 미셸이든 히피 스타일의 열일곱 살 쯤 되는 여자 아이가 공을 수직으로 받아치는 모습을 더듬을 것이었다. 확률적으로 보아 결국 그녀의 부드러운 시선은 무초의 눈과 마주쳐 반응을 보이게 되고, 그 다음에는 법을 지켜야 한다는 것을 알기 때문에 머리를 굴려 미성년자 강간이 아닐 수 있는 상투적인 수법으로 이어질 것이었다. 이미 그런 일이 몇 번 있었기 때문에 에디파는 그 방식을 잘 알고 있었다. 비록 그녀가 그 일에 관해서 신중하게 공정한 태도를 취하긴 했지만. 그녀는 단지 딱 한 번, 어느 새벽 3시에 어두운 새벽 하늘을 바라보며, 그 스스로 처벌받는 것이 걱정되지 않는지 물어보았을 따름이었다. "물론 걱정되지." 무초는 잠시 후에 대꾸했다. 그것이 전부였다. 그러나 그 목소리의 음조에서 그녀는 자신이 그 이상의 것, 즉 괴로움과 노여움의 중간쯤에 속한 그 무엇인가를 들었다고 생각했다. 당시 에디파는 그러한 근심이 무초가 남자 구실을 하는 데 영향을 끼친 것은 아닌지 의심했다. 열일곱 살 때만 해도 거의 모든 것을 비웃어 버릴 수 있었지만, 당시 그녀는 말하자면 일종의 부드러운 혼란에 압도되어 있었다. 그래서 그에게 더 이상 질문을 던질 수 없었다. 그들 사이에 존재하는 다른 모든 소통의 단절처럼 그것 또한 나름의 이유를 지니고 있었다.

편지가 도착했을 때, 그 안에는 아무런 소식도 담겨 있지 않을 것이며, 따라서 바깥 부분을 더욱 세밀하게 관찰해야 할 것이라는 생각이 퍼뜩 떠올랐던 것은 일종의 직관에 가까운 일이었는지도 모른다. 처음에 그녀는 알아차리지 못했다. 방송국에서 훔쳐 낸 무초 스타일의 평범한 봉투였다. 소인이 찍힌 왼편에는 "음란한 우편물은 모두 귀하의 포스트마스터*에게 보내시오."라는 행정 당국의 경고 문구가 적혀 있었다. 그녀는 그 문구를 읽은 뒤, 어떤 음란한 단어들이 쓰여 있는지 알아보기 위해 무초의 편지를 다시 훑어보았지만, 곧 헛수고임이 드러났다. "메츠거, 도대체 포츠마스터가 뭘 말하는 거예요?" 갑자기 이런 물음이 그녀의 입 밖으로 튀어나왔다.

"식기 닦는 곳에서 일하는 사람을 말해요." 욕실에서 메츠거가 위압적으로 대답했다. "모든 무거운 식기와 주전자, 대형 냄비, 네덜란드산 솥 등을 책임지는……."

그녀는 그에게 브래지어를 내던지며 외쳤다. "난 음란한 우편물을 모두 내 포스트마스터에게 보고하도록 되어 있단 말예요."

"그럼 잘못 인쇄된 걸 거예요." 메츠거가 말했다. "신경 쓸 필요 없어요. 정치가들이 핵무기 발사 단추를 잘못 누르지만 않는다면 말이오."

그들이 요요다인 공장 근처, 로스앤젤레스로 가는 길에

---

* 포스트마스터(Postmaster. 우체국장)라고 써야 할 곳에 포츠마스터(Potsmaster. 마약업자, 술집 주인, 솥 관리인이라는 뜻이 있다.)라고 잘못 인쇄되어 있다.

있는 스코프라는 술집을 우연히 가로질러 갔던 때가 바로 그날 밤이었을 것이다. 때때로 이와 같은 밤에는 맞은편에 있는 수영장과 텅 빈 창문의 고요함 때문에, 혹은 마일스의 마스터키를 복사해서 성행위가 벌어지는 방에 마음대로 들어와 훔쳐보는 십대 아이들 때문에 에코 모텔은 그들이 성행위를 하기에는 거의 불가능한 장소가 되었다. 이것은 매우 좋지 않은 상황이어서 에디파와 메츠거는 사람이 드나들 수 있는 크기의 벽장 속으로 매트리스를 끌어오는 습관이 들었다. 메츠거는 벽장에서 맨 밑바닥의 서랍을 빼내 꼭대기에 올려놓고, 다리를 그 빈 공간에 집어넣었다. 이것이 그가 벽장 속에서 사지를 충분히 뻗고 누울 수 있는 유일한 방법이었는데, 그는 벽장의 뾰족하게 튀어나온 끝부분 때문에 곧 만사에 흥미를 잃어버리곤 했다.

스코프는 요요다인의 전자공학 부품 조립 공장 직원들이 자주 가는 곳이었다. 밖에 매달려 있는 초록색 네온사인에는 역전류 검출관의 모습이 정교하게 그려져 있었으며 그 위로는 다양한 곡선들이 끊임없이 춤추며 흘러가고 있었다. 오늘은 월급날인 것 같았다. 안에 있는 사람들은 이미 취해 있었다. 에디파와 메츠거는 노려보는 듯한 시선을 받으면서 뒤쪽에 있는 탁자 하나를 발견했다. 몹시 야위고 색안경을 낀 바텐더가 불쑥 나타났다. 메츠거는 버번위스키를 주문했다. 에디파는 술집을 둘러보면서 점점 초조해졌다. 이 스코프라는 곳을 가득 메운 이들이 도대체 무엇을 하는 사람들인지 알 수가 없었다. 모두 안경을 낀 채로 말없이 그녀를 노려보고 있었다. 문 가까이에 앉아 있는 여섯 명을 제외하곤 말이다. 그들은 코딱지를 얼마나 멀리 건너편으로 튕겨 낼 수 있는지 겨루는 데 열중하고 있었다.

갑작스레 "우―" 하는 듯한 합창곡이 주크박스처럼 생긴 기계에서 터져 나왔다. 모든 사람들이 말을 멈추었다. 그때 바텐더가 술을 가지고 발끝으로 살며시 걸어왔다.

"무슨 일이지요?" 에디파가 속삭이듯 물었다. 회색 턱수염을 기른 바텐더가 그녀에게 알려 주었다. 그는 재즈 음악 팬이었다.

"저건 슈토크하우젠의 전자음악입니다. 이른 저녁에 오는 사람들은 라디오 음악을 즐기는 경향이 있거든요. 나중에는 정말로 스윙 춤을 춥니다. 손님도 아시다시피, 우리 집은 이 지역에서 유일한 술집이며 오직 전자음악만을 틀고 있으니까요. 토요일에 이 부근으로 오십시오. 한밤중부터 우리는 사인웨이브* 시간을 갖습니다. 생방송 모임인데, 이 주(州) 너머 모든 곳, 예를 들어 샌호세, 샌타바버라, 샌디에이고 등지에서 사람들이 모여들지요."

"생방송이라고?" 메츠거가 말했다. "전자음악을 생방송으로 말이오?"

"우리는 여기서 전자음악을 테이프에 녹음합니다. 생방송으로 말이에요. 뒷방에는 음향 발전기, 증폭기, 교신 마이크 등 모든 것이 준비되어 있어요. 손님이 재즈 악기를 가져오지 않아도, 같이 어울릴 마음만 있다면 문은 항상 열려 있습니다."

---

* 브라운관에 전파로 나타나는 전자음악.

"아, 나쁜 뜻으로 한 말은 아닙니다." 메츠거는 베이비 이고르의 매력적인 미소를 지어 보이며 말했다.

다림질이 필요 없는 옷을 입은 연약해 보이는 젊은이 하나가 그들이 앉아 있는 자리로 슬며시 와서는, 자신을 마이크 펄로피언이라고 소개하며 피터 핀귀드 협회라는 단체에 그들을 가입시키려 했다.

"자네도 우익 꼴통들과 한통속이지?" 말솜씨가 있는 메츠거가 물었다.

펄로피언은 눈을 깜박였다. "그들은 우리를 편집증 환자라고 비난하지요."

"그들이라는 게 누구지?" 메츠거도 눈을 깜박이며 물었다.

"우리를 가리키는 건가요?" 에디파가 물었다.

피터 핀귀드 협회는 남군의 군함인 디스그런틀드호의 함장의 이름을 따 명명되었다. 남부 독립을 위한 제2전선을 만들기 위해, 혼곶 부근에 특수부대를 출동시켜 샌프란시스코를 공격하려는 대담한 계획을 세우고 그는 1863년에 항해를 떠났다. 그러나 폭풍과 괴혈병으로 말미암아 디스그런틀드호를 제외한 이 함대의 모든 배는 파괴되거나 항해를 포기하게 되었고, 그로부터 일 년쯤 지난 뒤에야 디스그런틀드호는 캘리포니아 연안에 모습을 드러냈다. 함대 사령관 핀귀드는 모르고 있었지만, 러시아의 황제였던 니콜라이 2세는 (다른 어떤 것보다도) 영국과 프랑스가 남군의 편을 들어 남북전쟁에 끼어들지 못하게 하려는 정책의 일환으로, 포포프 제독*의 지휘 아래 코르벳 함 네 척과 쾌속 범선 두 척으로 이루어진 극동 함대를 파견했다. 결국 핀귀드는 가장 나쁜 시기를 택해 샌프란시스코를 공격한 셈이었다. 그해 겨울 앨라배마와 섬터 등 남부군 순양함들이 실제로 그 도시를 공격하기 위해 준비하고 있다는 소문이 쫙 퍼졌다. 러시아 함대의 제독은 책임감 때문에, 만약 그러한 시도가 행해진다면 즉각 출동할 수 있도록 만반의 준비를 갖추고 명령을 기다릴 것을 자신의 태평양 소함대에게 공포했다. 그러나 남부군의 순양함들은 단지 근처를 배회하는 것만으로 충분했는지 그 이상의 행동은 전혀 하지 않았다. 그런데도 포포프는 정기적으로 정찰을 실시했다. 1864년 3월 9일, 지금은 피터 핀귀드 협회의 회원들 모두가 신성하게 여기는 바로 그날 어떠한 일이 발생했는지는 분명하지 않다. 포포프 제독은 사태의 전말을 파악하기 위해 배를 한 척 출항시켰다. 아마도 코르벳 함인 보가티르호나 쾌속 범선인 가이다마크호였을 것이다. 오늘날 '바닷가의 낙타' 또는 피즈모 해변이라고 알려진 해안 저편에서 핀귀드의 군함과 포포프의 군함이 서로 마주쳤다. 아마 그들 중 어느 한 척이 먼저 대포를 발사했을 것이다. 만약 그렇다면 다른 한 척도 곧바로 응사했을 것이다. 그러나 둘 다 사정거리에서 벗어나 있었기에 어느 쪽도 나중에 정확한 사태를 증명할 만한 흔적을 남길 수는 없었다. 밤이 다가왔다. 아침이 되자 러시아 배는 사라지고 없었다. 그러나 결과란 상대적인 것이다. 만약 4월에 상트페테르부르크에 있던 부관(그는 지금 크라스니 아르히브 어딘가에 있

---

* 러시아 태평양 함대 사령관.

다.)에게 발송된 보가티르호나 가이다마크호 항해 일지의 발췌문을 믿을 수 있다면, 그날 밤에 사라진 것은 디스그런틀드호였다.

"어느 누가 그런 일에 신경을 쓰겠습니까?" 펄로피언은 어깨를 으쓱했다. "우리는 그 일을 정전(正典)화하려 하진 않습니다. 그 때문에 우리는 바이블 벨트*의 지지를 많이 잃었지요. 남부 연맹 말입니다. 그러나 그것은 러시아와 미국이 군사적으로 대치한 최초의 사건이었습니다. 공격과 보복, 군함 두 척을 영원히 수장한 채 태평양은 계속 굽이쳐 흘러갑니다. 그러나 그 물보라 두 줄기가 일으킨 잔물결은 계속 크게 퍼져 나가 오늘날엔 우리 모두를 삼켜 버리고 말았습니다. 피터 핀귀드는 실로 우리 측 최초의 인적 손실이었습니다. 존 버치 협회** 회원들 가운데 광신자들이 아니었던 좌파 성향의 사람들은 순교를 선택했지요."

"그럼, 그 배의 함장도 그때 살해되었습니까?"

펄로피언은 사태를 그보다 더 나쁘게 보았다. 대치 상태 이후 노예 폐지론의 입장이었던 러시아(니콜라이 2세는 1861년에 농노를 해방시켰다.)와 입으로만 노예 폐지를 외쳐 댔을 뿐 실제로는 일종의 임금 노예제 형태로 산업 인력을 유지하던 미합중국 사이에 군사동맹이 체결된 데에 소스라치게 놀란 피터 핀귀드는 몇 주 동안 생각에 잠긴 채 선장실에 머물러 있었다. ***

---

* 정통 기독교를 믿는 남부 지방의 신앙심 두터운 지역.
** 1958년 로버트 웰치가 창설한 반공산주의적, 극단적 보수주의자들의 협회.

"그는 산업자본주의에 반대했던 것처럼 보이는데, 그렇다면 반공주의자가 전혀 아니라는 얘기가 되지 않나?" 메츠거가 이의를 제기했다.

"당신은 마치 존 버치 협회 회원처럼 생각하는군요." 펄로피언이 말했다. "좋은 사람과 나쁜 사람, 그렇게 나누어선 결코 근본적인 진리에 도달하지 못합니다. 확실히 그는 산업자본주의에 반대했지요. 우리도 마찬가지입니다. 그것은 필연적으로 마르크스주의에 이르지 않았습니까? 그 밑을 꿰뚫어 보건대 산업자본주의나 마르크스주의는 모두 우리에게 엄습해 오는 똑같은 공포의 일부분입니다."

"산업주의적인 거라면 모두 그렇지." 메츠거가 단정 짓듯 말했다.

"그렇습니다." 펄로피언은 모처럼 고개를 끄덕였다.

"피터 핀귀드에게는 무슨 일이 일어났나요?" 에디파는 궁금했다.

"그는 결국 사직하고 말았습니다. 자신이 받아 온 교육과 명예의 규범을 깨뜨리고 말았던 거지요. 링컨과 러시아 황제가 그렇게 강요한 거나 마찬가집니다. 이것이 바로 내가 인적 손실이라고 말한 까닭입니다. 그와 선원 대부분은 로스앤젤레스 근처에 정착했습니다. 그리고 남은 생애 동안 그는 재산을 모으는 일에만 전념했습니다."

"참으로 기막힌 일이군요. 무슨 일을 했는데요?" 에디파

*** 1861년에 러시아의 농노를 해방시켰던 사람은 니콜라이 2세가 아니라 알렉산드르 2세였다. 핀천은 의도적으로 역사적 사실을 틀리게 기술하여 공식적 역사를 포함한 모든 원전의 신빙성에 의문을 제기한다.

가 물었다.

"캘리포니아 부동산에 투자를 했습니다." 펄로피언이 말했다. 에디파는 절반쯤 삼키던 술을 족히 3미터는 되는 반짝거리는 원추형 모양으로 내뿜고는 낄낄거리며 웃어 버렸다.

"저런. 그해 가뭄철에는 로스앤젤레스 시내 중심 구역들을 하나당 63센트에 살 수 있었으니까요." 펄로피언이 말했다.

그때 커다란 목소리가 문 가까이에서 터져 나오면서, 뚱뚱하고 창백한 청년이 어깨에 가죽 우편 행낭을 걸머지고 나타나자 사람들이 우르르 그리로 몰려갔다.

"우편물 호명!" 사람들은 고함을 질러 댔다. 마치 군대에서 편지를 받을 때 같았다. 그 뚱보 청년은 계산대 위에 올라가 하나하나 이름을 부르면서 봉투를 사람들에게 던지기 시작했다. 펄로피언은 양해를 구하고 자리에서 일어나 사람들과 합류했다.

메츠거는 안경을 꺼내 계산대 위에 서 있는 그 청년을 사람들 사이로 얼핏 들여다보았다. "저 청년은 요요다인 배지를 달고 있네. 저게 뭘까?"

"회사 내부의 우편제도 아닐까요." 에디파가 말했다.

"이런 밤중에 말입니까?"

"아마 야간 근무 아닐까요?" 메츠거는 대답 대신 눈살만 찌푸렸다. "곧 돌아올게요." 에디파는 어깨를 으쓱하고는 여자 화장실로 걸어갔다.

화장실에서 그녀는 립스틱으로 그려 놓은 음란한 그림들 사이에서 단정하게 쓰인 메시지를 발견했다.

가벼운 재밋거리에 흥미를 느낍니까? 친애하는 남편들, 여자 친구들이여. 더 많을수록 더 즐겁겠지요. 커비에게 연락하세요. 반드시 W.A.S.T.E.를 통해서만. 사서함 7391, L.A.

W.A.S.T.E.라고? 에디파는 의아했다. 글 밑에는 그녀가 한 번도 본 적이 없는, 고리와 삼각형과 사다리꼴이 결합된 모양으로 기호가 연필로 희미하게 그려져 있었다.

뭔가 성적인 것을 암시하는 낙서일지도 몰랐다. 그러나 그 정체를 확실히 파악할 수는 없었다. 맙소사, 이건 상형문자로군. 에디파는 지갑에서 펜을 찾아내어 메모지에다 주소와 기호를 베껴 썼다. 그녀가 밖으로 나와 보니 펄로피언이 돌아와서 어색한 표정을 짓고 있었다.

"사실 저건 당신들이 보면 안 되는 거랍니다." 그가 말했다. 손에는 봉투가 하나 들려 있었다. 에디파는 우표가 있을 자리에 우표 대신 손으로 쓴 PPS라는 약자를 보았다.

"물론, 우편배달은 정부의 독점사업이지. 당신들은 그렇게 생각하지 않는지도 모르겠지만." 메츠거가 말했다.

펄로피언은 심술궂은 웃음을 지어 보였다. "생각만큼 그렇게 반역적인 일은 아닙니다. 우리는 요요다인 회사 내부의 우편제도를 사용하고 있습니다. 은밀히요. 그러나 배달부를 구하기가 매우 어려워요. 이직률이 높답니다. 빡빡한 일정에 따라 움직여야만 하고, 따라서 신경이 날카로워지게 되지요. 공장의 보안 요원들도 뭔가 진행되고 있다는 것을 알아요. 그래서 날카로운 감시의 눈길을 항시 늦추지 않고 있지요." 사람들이 뚱보 배달부를 위로 들어 올리고 이리저리 잡아당기다가 계산대 아래로 끌어내려서는 원하지도 않는 술을 권하는 모습을 가리키며 그는 계속해서 말했다. "드 위트는 우리가 이제까지 채용했던 사람 중에서 가장 신경이 예민한 사람입니다."

"이 우편제도는 어디까지 퍼져 있지?" 메츠거가 물었다.

"우리 샌나르시소 지부에서만 시행되고 있습니다. 워싱턴과 달라스 지부에서도 이와 유사한 제도를 시험적으로 운영하고 있는 것으로 압니다. 그러나 아직까지 캘리포니아에서는 우리가 자체 우편제도를 가진 유일한 지부입니다. 몇몇 부유한 회원들은 소포처럼 만들기 위해 벽돌 주위를 편지로 감싸지요. 그런 다음 다시 갈색 종이에 싸서 독립 운송 제도인 철도 속달 편으로 보냅니다. 그러나 나는 잘 모릅니다……."

"무슨 지하조직 같은데." 메츠거가 동의했다.

"바로 그것이 기본 원칙이에요." 펠로피언이 옹호하듯이 즉각 대답했다.

"우편물의 양을 일정하게 유지하기 위해 모든 회원은 최소한 일주일에 한 번씩 요요다인 체제를 통해 편지 한 통씩을 보내야 합니다. 그렇지 않으면 벌금을 물게 돼요." 그는 자신이 받은 편지를 뜯어서 에디파와 메츠거에게 보여 주었다.

거기엔 이렇게 쓰여 있었다.

마이크, 방금 자네에게 짧은 편지 한 장을 보내야겠다는 생각이 들었네. 요즘 책은 잘 되어 가나? 더 이상은 쓸 말이 없군. 스코프에서 만나세.

"대개 이런 식입니다." 필로피언은 씁쓸하게 털어 놓았다. "어떤 책을 말하는 거예요?" 에디파가 물었다.

필로피언은 남북전쟁을 1845년경에 일어났던 우편제도 개혁운동과 연관 지어 '미합중국 민간 우편제도 역사서'를 쓰고 있었다. 그 과정에서 그는 1861년 북부 연방 정부가 독자적인 우편제도를 맹렬히 탄압하기 시작한 것이 단순한 우연의 일치 이상을 함축하고 있음을 발견해 냈다. 그 증거는 법령 45항, 47항, 51항, 55항 등에 여전히 존속하는데, 모두 경쟁 관계에 있는 민간 우편제도를 재정적인 파멸 상태에 몰아넣도록 고안되어 있었다. 그는 이런 사실을 권력의 우화(寓話), 즉 권력의 양육과 성장, 조직적인 남용으로 파악했다. 물론 그날 밤 그는 그렇게까지 상세하게 말해 주지는 않았다. 사실 에디파가 우선 기억할 수 있었던 것이라고는 가냘픈 체격, 깔끔하게 생긴 미국식 코, 초록빛 네온사인을 닮은 눈 정도뿐이었다.

트리스테로의 음울하고 불길한 출현은 에디파에게 이렇게 시작되었다. 마치 어떤 특이한 공연, 아주 늦게까지 남은 사람들을 위해 마련된 여분의 공연을 관람하는 것처럼 시작되었던 것이다. 그 시작은 마치 투피스 정장, 망사 브래지어, 보석 박힌 가터, 곧 사라지고 말 G선의 역사적 선율이 베이비 이고르의 영화를 보던 날 에디파가 메츠거와 게임을 할 때 껴입었던 옷들처럼 두터운 층을 이룬 채 쌓여 있는 것과 같았다. 트리스테로가 적나라하게 벌거벗은 상태로 무시무시하게 눈앞에 드러나기 전에, 새벽을 향한 무한히 길고 어두운 시간 속으로 뛰어드는 작업이 필요하기라도 하듯 말이다. 그런 다음 트리스테로는 수줍은 미소를 띠면서 버본* 거리식 저녁 인사를 한 뒤, 그녀를 평화로운 상태에 남겨 둔 채 아무런 해도 끼치지 않고 무대의 뒤편으로 사라질 것인가? 아니면 무대에서 공연이 끝난 뒤에도 다시 통로를 따라 돌아와서 에디파를 그 빛나는 시선 속에 가둔 채 악의에 가득 찬 미소를 지으며, 텅 빈 좌석 가운데에 홀로 남아 있을 그녀를 향해 살며시 몸을 굽히고 그녀가 결코 듣고 싶지 않았던 말을 속삭일 것인가?

그 공연의 시작은 충분히 명료했다. 인버라리티가 부동산을 개발했던 애리조나, 텍사스, 뉴욕, 플로리다와, 그가 주식회사를 세웠던 델라웨어를 총괄하는 유산 관리인으로 에디파와 메츠거를 임명할 또 다른 편지를 기다리는 동안 그 일이 일어났다. 그들 두 사람은 오픈카에 빽빽이 탄 채 뒤따라온 파라노이스의 멤버인 마일스, 딘, 서지, 레너드와 그들의 애인들과 함께 인버라리티의 마지막 대규모 사업 계획 중 하나였던 팬고소 호수에서 그날을 보내기로 결정했다. 여정은 운전대를 잡은 서지가 머리카락이 시야를 가려서 앞이 잘 보이지 않았던 바람에 가벼운 충돌 사고가 두세 번 있었던 것을 제외하고는 별다른 사건 없이 끝났

---

* 뉴올리언스의 스트립쇼 거리.

다. 결국 여자 아이들 중 하나에게 운전대를 넘겨주도록 그를 설득할 수밖에 없었다. 침실이 세 칸인 집이 수천 채씩 무리 지어 화려하고도 위압적으로 늘어서 있는 짙은 베이지색 언덕 너머 어딘가에, 또한 샌나르시소에는 없는 내륙 특유의 몽롱하게 가물거리는 오만함과 스모그 속 어딘가에 바다가, 상상하기조차 어려운 태평양이 숨어 있었다. 서핑하는 사람들, 해안의 충격 흡수대, 하수도 처리 계획, 몰려드는 관광객, 일광욕을 즐기는 동성애자들, 단체 낚시 같은 것과는 아무런 연관이 없는 바다가 숨어 있었다. 마치 달이 자신의 망명을 기념하며 남겨 놓은 구멍과도 같았다. 비록 들을 수도 없고 심지어는 냄새도 맡을 수 없었지만 바다는 그곳에 엄연히 존재했다. 무엇인가가 조수(潮水)같이 눈과 귀를 지나 촉각을 자극하기 시작했으며, 가장 섬세한 미소 전극조차 너무 둔해서 발견해 낼 수 없는 두뇌 내부의 움직임을 일깨우기 시작했다. 키너릿 어몽 더 파인스를 떠나기 전만 해도 에디파는 바다의 원리가 남부 캘리포니아를 구원하리라 믿었고(물론 자신의 출신 지역은 예외였다. 왜냐하면 그곳은 어떤 구원도 필요하지 않은 것처럼 보였기 때문이다.), 바닷가에서 누가 어떤 짓을 한다 할지라도 참된 태평양은 신성하고 완전하게 남아 있을 것이라고 내심 믿고 있었으며, 또 더러움은 보다 일반적인 진리에 흡수될 것이라고 가정하고 있었다. 그날 오후, 그들이 바다 쪽으로 나아간 것도 그런 관념에서 비롯된 메마른 희망에 불과했을 것이다. 그들은 결국 바닷가에 도달하지 못했기 때문이다.

그들은 흙을 운반하는 기계들, 나무라곤 한 그루도 없는 공터, 의미를 알 수 없는 종교적인 기하학적 무늬 사이로 걸어 들어가 결국엔 모래가 깔린 길을 향하여 몸을 떨며, '인버라리티의 호수'라고 이름 붙은 나선형으로 조각된 호수로 내려갔다. 그 안쪽으로, 푸른 잔물결 한가운데에 있는 둥그런 섬에는 유럽의 카지노 스타일로 세워 놓은 녹청색의 아르누보식 사교용 회관이 자그마한 아치를 그리며 웅크리듯 올라앉아 있었다. 에디파는 그 모습에 완전히 매혹되었다. 파라노이스 분자들은 흰 모래 아래에서 전자 악기의 플러그를 꽂을 콘센트라도 찾는 듯 사방을 둘러보며 차 밖으로 우르르 뛰어내렸다. 에디파는 임팔라의 트렁크에서 이탈리아인이 경영하는 가게에서 사 온 차가운 가지 샌드위치가 가득 담긴 바구니를 꺼냈고 메츠거는 테킬라가 든 커다란 보온병을 가지고 걸어 올라갔다. 보트 주인들이 선착장을 만들어 놓지 않은 탓에 그들은 좁은 산책길로 모두 띄엄띄엄 흩어져서 물가로 나아갔다.

"이봐." 딘이 소리쳤다. 어쩌면 서지였는지도 모른다. "보트를 훔치는 게 어때?"

"찬성이야, 찬성!" 여자 아이들이 함성을 질렀다. 메츠거는 눈을 감았다. 그러다가 낡은 닻에 걸려 비틀거렸다. "왜 눈을 감고 걷는 거예요, 메츠거?" 에디파가 물었다.

"저건 도둑질이니까." 메츠거가 말했다. "아마 저들은 곧 변호사가 필요하게 될 거요." 이윽고 방파제를 따라 새끼 돼지처럼 끈에 매어 놓은 유람용 보트들 사이에서 연기가 흘러나왔는데, 그것은 파라노이스 멤버들이 누군가의 보트에

탔다는 의미였다. "이쪽으로 와 보세요." 그들이 소리쳐 불렀다. 보트가 열두 척 정도 떨어진 곳에서 갑자기 커다란 푸른색 비닐 방수포로 덮여 있던 물체가 벌떡 일어서며 말을 꺼냈다. "베이비 이고르, 나 좀 도와주게나."

"내가 아는 목소리야." 메츠거가 말했다.

"빨리." 푸른색 비닐을 덮어 쓴 사람이 말했다. "자네가 데려온 저 청년들에게 나 좀 태워 달라고 해 주게."

"서둘러요. 빨리." 파라노이스 멤버들이 소리쳐 불렀다.

"마니 디 프레소군." 메츠거가 말했다. 그는 별로 반가운 것 같지 않았다.

"이분이 배우이자 변호사라던 당신 친구인가요?" 에디파는 그를 기억해 냈다.

"그렇게 큰 소리로 말하지 말아요." 비닐을 뒤집어 쓴 디 프레소가 할 수 있는 한 가장 은밀하게 방파제를 따라 그들 쪽으로 다가오며 말했다. "저들이 지금 쌍안경을 통해 지켜보고 있을 거야." 메츠거는 파라노이스가 막 납치하려는 알루미늄 재질로 된 5미터 높이의 배, 고질라 2호 위에 서서 에디파에게 손을 내밀었다. 디 프레소에게도 손을 내밀었지만 메츠거의 손에 잡힌 것은 빈 비닐뿐이었다. 메츠거가 그것을 홱 잡아당기자 디 프레소를 덮고 있던 비닐이 전부 벗겨져 나갔다. 스킨다이빙 복장에다 커다란 물안경을 쓴 디 프레소가 서 있었다.

"이렇게 된 데에는 사정이 좀 있어." 그가 말했다. "이봐." 그때 어떤 두 사람의 목소리가 희미하게 화음을 이루듯 해안 저 멀리에서 들려왔다. 짧은 머리와 햇볕에 그을

린 피부에 색안경을 쓴 땅딸막한 사람이 그들 쪽으로 달려
오고 있었다. 그는 한쪽 손으로 재킷 안쪽 어깨에 멘 총집
에서 권총을 꺼내려는 듯 보였다.

"지금 드라마 찍고 있는 건가?" 메츠거가 건조한 말투로
물었다.

"이건 현실이야." 디 프레소가 재빨리 말을 받았다.
"자, 빨리." 파라노이스가 보트를 출발시켰다. 그들은 고
질라 2호를 부두에서 밀어낸 뒤 배를 회전시켰고 연주회라
도 하듯이 "우!" 하는 함성을 지르며 지옥으로부터 벗어나
는 박쥐처럼 방파제를 빠져나왔는데, 이 소동으로 디 프레
소는 배 뒤편으로 나가떨어질 뻔했다. 에디파가 돌아보니
추적자는 체격이 똑같은 사람 하나와 같이 있었다. 두 사
람 모두 회색 옷을 입고 있었다. 총을 가지고 있는지는 잘
분간해 낼 수 없었다.

"차를 호수 저쪽 편에 두고 왔어." 디 프레소가 말했다.
"하지만 누군가가 지켜 줄 거야."

"누가?" 메츠거가 물었다.

"앤서니 징기레이스." 불길한 인상을 풍기며 디 프레소
가 대답했다. "일명 토니 재규어라고도 하지."

"누구라고?"

"아, 상관할 것 없어." 디 프레소는 어깨를 으쓱하고는
뱃전에 이는 물거품에다 침을 뱉었다. 파라노이스는 「아데
스테 피델레스」*의 선율에 맞춰 노래를 불렀다.

---

* 크리스마스 캐롤인 *O Come All Ye Faithful*의 라틴어식 표기.

이봐, 모범적인 시민이여, 우리는 방금 당신의 보우—트를 훔쳤다네.

이봐, 모범적인 시민이여, 우리는 방금 당신의 보트를 훔쳤다네…….

그들은 사방을 휘젓고 다니며 배 난간 밖으로 서로 밀어 떨어뜨리려고 했다. 에디파는 그들에게서 가까스로 벗어나서, 디 프레소를 관찰했다. 메츠거가 주장한 것처럼 정말로 그가 스폰서 모집용 견본 영화에서 메츠거의 역할을 연기했다면, 그 배역은 전형적인 할리우드식이라 할 만했다. 그러나 그들은 서로 닮지 않았으며 조금도 비슷하게 행동하지 않았다.

디 프레소가 말했다. "그래, 토니 재규어야. 코사 노스트라*의 거물이지."

"너는 배우야. 그런데 어떻게 마피아와 한 패란 말이야?" 메츠거가 말했다.

"다시 변호사가 됐어." 디 프레소가 말했다. "그 견본 영화 필름은, 자네가 대로**처럼 뭔가 정말 굉장한 일을 하지 않는 한 결코 팔리지 않을 거야. 대중의 흥미를 불러일으키도록 깜짝 놀랄 만한 변론을 편다거나 하지 않으면 말이야."

"예를 들면 어떤 일을 해야 되지?"

"내가 지금 피어스 인버라리티의 유산을 상대로 제기한

---

* 마피아를 가리킨다.
** 미국인. 변호사이자 사회 개혁가이다.

소송에서 승소하는 일 같은 것이지." 메츠거는 가능한 한 냉정한 태도를 취하며 눈만 크게 떴다. 디 프레소는 웃으며 메츠거의 어깨를 툭 쳤다. "괜찮아, 이 친구야."

"그렇게 되기를 원하는 사람은 하나도 없을걸? 여기 계신 또 한 분의 유산 관리인에게도 이야기해 보는 게 좋을 거야." 메츠거는 에디파를 소개했다. 디 프레소는 색안경을 정중하게 추어올렸다. 갑자기 공기가 차가워지고, 햇빛이 어슴푸레해졌다. 세 사람은 깜짝 놀라 그들 너머 저편에서 창백한 초록빛 사교 클럽 회관과 막 충돌할 듯 걸려 있는 태양의 희끄무레한 잔영을 올려다보았다. 회관은 철로 정교하게 만든 꽃 장식으로 덮인 뾰족한 창문을 한껏 위로 치켜세우고, 견고한 침묵을 지키며 어쨌든 그들을 기다리고 있는 듯한 분위기를 풍기며 서 있었다. 키를 조종하던 딘은 깔끔한 솜씨로 보트를 자그마한 목재 부두 주위에 정박시켰다. 모두 배에서 내렸다. 디 프레소는 회관 건물 외벽 계단으로 향하면서 신경질적으로 말했다. "내 차가 어떻게 됐는지 알아봤으면 좋겠는데." 에디파와 메츠거는 짐을 들고 계단을 뒤따라 올라가서 발코니를 지나 건물의 으슥한 곳을 통과한 다음 금속으로 만든 사다리를 타고 올라 마침내 지붕에 다다랐다. 지붕 위에 서 있으니 드럼 윗부분을 걷는 기분이었다. 속이 텅 빈 지붕 밑 건물 내부에 그들의 발소리가 울려 퍼지는 것과 파라노이스 멤버들이 기뻐 날뛰며 질러 대는 고함 소리가 들려왔다. 디 프레소는 반짝거리는 스킨다이빙복을 입은 채 둥근 천장의 옆으로 기어올라갔다. 에디파는 담요를 펼친 뒤 컵에다 술을 부어 부드럽게 부서진 하얀 거품을 만들어 냈다. "차는 아직도 저쪽에 그대로 있는데." 내려가면서 디 프레소가 말했다. "아무래도 달려가 봐야 될 것 같아."

"자네 소송 의뢰인은 누구야?" 메츠거가 테킬라 잔을 내밀며 물었다.

"나를 쫓아다니는 사람이지." 디 프레소는 코가 가려지도록 윗니와 아랫니 사이에 컵을 물고 교활한 눈빛으로 그들을 바라보며 대답했다.

"그럼 당신은 소송 의뢰인들을 피해 다니고 있는 거예요?" 에디파가 물었다. "사건을 피해 도망 다니고 있는 거예요?"

"내가 이 소송건의 결과에 대해 선급금을 받아 줄 수 없다고 말한 뒤부터 그는 돈을 빌리려고 저렇게 쫓아다니고 있어요." 디 프레소가 설명했다.

"당신들은 그럼 그 소송에서 질 준비를 하고 있는 거군요." 그녀가 말했다.

"그 일에 별로 관심이 없어요." 디 프레소는 그녀의 지적을 어느 정도 시인했다. "잠시 제정신이 아니었을 때 샀던 XKE*의 대금조차 제대로 지불할 수 없는 상황인데 어떻게 남에게 돈을 빌려 주겠습니까?"

메츠거는 콧방귀를 뀌었다. "지난 삼십 년 동안 자네는 줄곧 '잠시' 제정신이 아니었던 게로군."

"어떤 것이 문제인지 모를 만큼 그렇게 미쳐 있지는 않

---

* 영국산 자동차 재규어의 일종.

아." 디 프레소가 말했다. "토니 재규어가 관계된 일이야,
친구들. 대부분은 도박이지. 그는 왜 자기가 수감되어 교
화되면 안 되는지 도박판에서 지껄이고 다니기도 해. 난
그런 재난은 필요 없어."에디파는 그를 노려보았다.

"당신은 이기적인 속물이군요."

"항상 코사 노스트라가 감시하고 있으니까." 메츠거가
그녀를 진정시켰다. "감시라……. 조직이 싫어하는 사람을
도와주는 건 현명하지 못해."

"난 시칠리아에 친척들이 있어." 우스꽝스러운 엉터리
영어로 디 프레소가 말했다. 파라노이스 멤버들과 애인들
이 작은 탑, 지붕, 통풍관 뒤에서 밝은 하늘 아래로 나왔
다. 그들은 가지 샌드위치가 담긴 바구니 쪽으로 다가갔
다. 메츠거가 술통 위에 앉아 있어서 그들은 술을 마실 수
가 없었다. 바람이 세차게 일었다.

"그 소송건에 관해 이야기해 봐." 두 손으로 머리카락을
가지런히 하며 메츠거가 말했다.

"자네는 인버라리티의 장부를 다 들여다보았겠지." 디
프레소가 말했다. "그럼 자네도 비콘스필드의 필터가 어떤
것인지 알고 있을 법 한데."

메츠거는 확실히 대답을 하지 않고 얼굴을 찡그렸다.

"사람 뼈로 만든 숯을 말하는 건가요?" 에디파가 기억을
떠올렸다.

"예, 내 소송 의뢰인인 토니 재규어가 뼈를 몇 개 갖다
주었어요." 디 프레소가 말했다. "인버라리티가 그에게 값
을 지불하지 않았다고 그는 주장하고 있어요. 그것이 사건

의 전말이에요."

"되는대로 한 말이겠지." 메츠거가 반박했다. "그런 짓은 인버라리티답지 않아. 그는 그런 종류의 지불에는 양심적이었어. 뇌물이 아니라면 말이야. 나는 단지 법률상의 세금 공제만 담당했어. 그래서 그런 일이 정말 있었더라도 난 알 수 없었을 거야. 자네 소송 의뢰인은 어떤 일을 하고 있나?"

"건설 회사." 디 프레소는 메츠거를 곁눈질로 바라보았다.

메츠거는 주위를 둘러보았다. 파라노이스와 애인들은 그들의 대화를 엿들을 수 없는 곳에 있는 듯싶었다. "정말 사람 뼈가 맞아?" 디 프레소는 고개를 끄덕였다. "맞지. 그는 그런 식으로 뼈를 구입했어. 그 지역의 각기 다른 프리웨이 건설 회사들 말이야. 인버라리티는 그중 하나를 사들였고 거기서 계약을 따 냈던 거지. 모든 것이 합법적으로 체결되었어. 만약 비합법적인 지불이 있었다면 그건 문서로 작성되지 않았을 거야."

"어떻게 도로 건설업자가 뼈를 팔 수 있었다는 거죠?" 에디파가 물었다.

"길을 만들려면 오래된 묘지들을 파헤쳐야 하니까." 메츠거가 설명했다. "샌나르시소 동부 프리웨이가 나야 할 길에 묘지들이 있으면 안 되지. 그렇기 때문에 우리가 아무런 힘도 안 들이고 자동차로 금방 달려올 수 있었고."

"뇌물이 없다면 프리웨이란 생길 수 없는 거야." 디 프레소는 머리를 좌우로 흔들었다. "이 뼈는 이탈리아에서 왔지. 공정한 거래일 수도 있어. 그중 일부는 말이야." 그는 호수 쪽으로 손을 흔들며 말을 계속했다. "스킨다이빙 애호가들을 위해 호수 밑바닥을 장식하려고 여기까지 가져온 거야. 바로 오늘, 소송 중인 품목들을 검사하면서 했던 일이지. 어쨌든 토니가 추적을 시작할 때까진 말이야. 나머지 뼈들은 암이 나돌기 이전인 1950년대 초쯤 담배 필터 사업의 연구 개발 단계에서 사용되었어. 토니 재규어는 그것을 전부 라고 디 피에타 호수 밑바닥에서 자기가 건져 올렸다고 주장하고 있어."

"맙소사." 메츠거가 말했다. 그 이름이 암시하는 것 때문이었다. "미군 G.I. 말이지."

"약 일 개 중대 정도였지." 마니 디 프레소가 말했다. 라고 디 피에타는 나폴리와 로마 중간쯤의 티레니아 해안 근처에 있으며, 지금은 잊힌 소모전 형태의 전투가 있었던 장소였다. 얼마 되지 않는 미군들이 외부와 통신이 단절되어 몇 주 동안 고립된 채, 밝게 빛나는 고요한 호숫가에 뒤죽박죽 웅크리고 있었다. 미군이 그러고 있는 동안, 현기증이 날 정도로 급경사를 이룬 해변 위 절벽에서는 그들이 숨어 있는 지역을 향해 독일군이 밤낮없이 맹렬하고 무시무시한 화력을 쏟아 부었다. 호수 물이 너무 차가웠기 때문에 헤엄쳐서 건널 수도 없었다. 설령 건널 수 있다 할지라도 바닷가에 안전하게 도착하기도 전에 적에게 노출되어 살해당할 게 분명했다. 뗏목을 만들 만한 나무도 전혀 없었다. 때때로 맹폭격을 가하기 위해 비행하는 슈투카*를

---

* 2차 세계대전 당시 독일군이 사용한 급강하 폭격기.

제외하면, 그 어떤 비행기도 다가올 수 없었다. 그렇게 적은 인원이 그토록 오랫동안 버텼다는 사실은 아주 놀라운 일이다. 그들은 바위투성이 해변을 가능한 한 깊이 팠다. 소규모 기습조를 절벽 위로 올려 보내기도 했는데 대부분은 살아 돌아오지 못했다. 그러나 기관총을 가져오는 데에는 성공했다. 순찰병들이 출구를 탐색해 보았지만 귀환한 몇 명 역시 아무것도 발견해 내지 못했다. 그들은 탈출하기 위해 할 수 있는 모든 것을 시도해 보았다. 결국 모두 실패로 돌아가자 그들은 될 수 있는 한 오래 살아남기 위해 애썼다. 그러나 모두 죽고 말았다. 말없이. 그리고 아무런 흔적도 없이. 어느 날, 독일 병사들이 절벽에서 내려와 해안에 있던 시체들을 전부 호수 속에 던져 버렸다. 더 이상 어느 편에도 쓸모없어진 무기와 다른 장비도 함께 던져 넣었다. 곧 그 시체들은 호수 밑바닥에 가라앉았고 1950년대 초반까지 그대로 머물러 있었다. 그때 토니 재규어가 몇몇 동료들과 함께 그 호수를 조사해 뭔가 건져 낼 게 있는지 알아보기로 했다. 그는 라고 디 피에타에 주둔해 있던 독일군 소속의 이탈리아군에서 하사로 근무했기 때문에 호수 밑바닥에 무엇이 있는지 알고 있었다. 그들이 가까스로 찾아 낸 것은 사람의 뼈밖에 없었다. 토니 재규어는 그때 막 몰려들기 시작했던 미국인 관광객들이 아무것에나 가리지 않고 상당한 돈을 쓸 것이라는 사실과 미국의 공동묘지와 죽은 자에 대한 미국인의 유난한 의식을 떠올렸다. 해외에서 건너온 부유한 백치들에게 인기 있던 매카시 상원의원과 그 추종자들이 어쩌면 2차 세계대전 당시에 전사한 병사들, 특히 아직 시체를 찾지 못한 병사들 문제에 다시 초점을 맞추지 않을까 하는 희미한 희망도 있었다. 이렇게 막연히 추측을 해 보고서는 자신이 수집한 뼈를 당시 코사 노스트라라 불리던 마피아 조직을 통해 미국 어딘가에 풀어놓기로 결심한 것이다. 그의 판단은 옳았다. 한 무역 회사가 그 뼈들을 매입해서는 비료 제조 공장에 팔았고, 그 공장은 넓적다리뼈 한두 개를 시험 삼아 사용하고는 마침내 그것을 물고기 사료로 쓰기로 결정했다. 아직 창고에 남아 있던 뼈 수 톤은 지주회사에 팔아 버렸다. 그 회사는 비콘스필드가 관심을 보이기 일 년 전쯤에, 인디애나 주 포트웨인이라는 도시 바깥쪽에 있는 창고에 뼈들을 저장해 놓고 있었다.

"아아, 그렇지!" 메츠거가 펄쩍 뛰며 일어났다. "그런 경로로 그것을 매입했던 회사가 바로 비콘스필드였어. 인버라리티가 아니었어. 인버라리티가 갖고 있던 주식은 아스티올리시스 주식회사, 그러니까 그들이 함께 담배 필터를 개발하려고 설립했던 회사 것이 전부였어. 비콘스필드 회사에는 그의 주식이 없었어."

"있잖아." 몸에 착 달라붙는 검은 민소매 니트 원피스에 끝이 뾰족한 스니커즈를 신고, 긴 허리에 예쁘장한 갈색 머리를 한 소녀가 소리를 질렀다. "이 모든 게 우리가 지난주에 보았던 그 끔찍한 재커비언 복수극*과 아주 기묘할

---

* 영국왕 제임스 1세(1603~1625) 시절에 쓰였으며, 주로 잔인한 복수가 주제인 희곡을 일컫는다.

정도로 비슷한데."

"「전령의 비극」 말이지." 마일스가 덧붙였다. "맞아. 둘 다 똑같이 아주 괴상야릇한 일이야. 호수 속으로 던져졌다가 다시 건져 올려진 다음에 숯으로 변한 병사들의 뼈 이야기라."

"저 녀석들이 다 듣고 있었어." 디 프레소가 절규하듯 외쳤다. "항상 누군가가 우리 이야기를 엿들으려고 기웃거리고 있어. 아파트에 도청 장치를 해서 전화를 엿듣고 말이야."

"하지만 우리는 들은 걸 발설하진 않아요." 다른 소녀가 말했다. "우리 중 어느 누구도 비콘스필드 담배를 피우지 않으니까요. 우리는 모두 마리화나를 피우거든요." 웃음이 터져 나왔다. 그러나 그 말은 농담이 아니었다. 드러머인 레너드가 주머니에 손을 집어넣더니 마리화나를 한 줌 꺼내 그것을 친구들이 보는 가운데 그들에게 나눠 주었기 때문이다. 메츠거는 눈을 감고 머리를 다른 쪽으로 돌렸다. "마약 소지죄다."라고 중얼거리면서.

"도와줘." 거친 눈빛에 입을 벌리고 호수를 가로질러 오는 사내를 돌아보며 디 프레소가 말했다. 또 다른 작은 모터보트 한 척이 나타나 그들 쪽으로 접근했다. 회색 옷을 입은 두 사람이 배의 바람막이 뒤에 웅크리고 앉아 있었다. "메츠거, 난 도망갈 테니까 만약 그가 여기에서 멈춰서도 너무 들볶지는 말게. 내 소송 의뢰인이니까 말이야." 이 말을 남기고 그는 사다리 아래로 사라졌다. 에디파는 한숨을 내쉬며 털썩 주저앉았다. 그러고는 바람 사이로 텅 빈 푸른 하늘을 노려보았다. 얼마 안 있어 그녀는 고질라 2호가 출발하는 소리를 들었다.

"메츠거." 갑자기 어떤 생각이 그녀의 머리에 떠올랐다. "그가 그 보트를 타고 간 거예요? 그럼 우리는 무인도에 고립된 거나 마찬가지 아녜요?"

사실상 그들은 고립된 상태였다. 태양이 서쪽으로 완전히 넘어간 뒤, 마일스, 딘, 서지, 레너드, 함께 온 여자 아이들이 빨갛게 타오르는 마리화나 꽁초를 축구 경기에서 카드섹션을 하듯 교대로 들어올리고 S와 O를 만들어 구조신호를 보내 팬고소 호수 보안대의 주의를 끌기 전까지는 말이다. 보안대는 한때 카우보이로 활동했던 사람들과 로스앤젤레스 모터사이클 경찰들로 구성된 일종의 수비대였다. 그동안 그들은 파라노이스가 부르는 노래를 듣고, 주스를 타 마시고, 팬고소 호수를 태평양으로 잘못 알고 날아온 어두운 빛의 바다 갈매기 한 떼에게 가지 샌드위치 몇 조각을 먹이로 주고, 소용돌이치며 피어오르는 담배 연기처럼 지도에서 정확한 위치를 찾기 어려운 낯선 곳으로 몽롱하게 침잠해 가는 여덟 사람의 기억 때문에 이해할 수 없을 만큼 뒤죽박죽이 된 리처드 화핑거의 「전령의 비극」을 들으며 시간을 보냈다. 그런 식으로 들어서는 도저히 그 복수극의 윤곽을 종잡을 수 없었기 때문에, 에디파는 다음 날 연극을 직접 보러 가기로 결심하고선 메츠거에게 같이 가자고 살짝 꾀었다.

「전령의 비극」을 공연하는 장소는 마약 분석 회사와 싸구려 트랜지스터 부품 암거래상 사이에 있었다. 트랜지스터 부품상은 작년엔 존재하지도 않았고 아마도 내년에 다시 사라져 버릴 회사로, 그동안만큼은 심지어 일본 제품조차 싼 값으로 팔아넘기며 엄청난 부당 이득을 취하고 있었다. 탱크라는 소극장의 이름을 따라 탱크 극단이라 불리는 샌나르시소 그룹이 공연을 하고 있었다. 에디파와 그다지 마음 내켜 하지 않았던 메츠거가 들어섰을 때, 좌석은 일부만 차 있었다. 연극이 시작되었을 때에도 관객은 극장이 꽉 찰 정도로 많지는 않았다. 그러나 의상은 화려했고 조명 장치도 관객의 상상력을 자극했다. 비록 대사는 어색하게 영국식 영어를 흉내 냈지만, 에디파는 오 분쯤 지나자 리처드 화핑거가 17세기 관객을 대상으로 약간은 신랄하게 꾸며 놓은, 파멸 직전의 전조와 죽음에 대한 충동으로 충만하고 관능적인 나른함을 풍기며 아직 감당할 준비가 되어 있지 않은 악(惡)의 풍경 속으로 완전히 빨려 들어갔다. 채 몇 년도 지나지 않아 청교도혁명이라는 깊고도 차가운 심연이 그들을 맞이할 터였다.

사악한 스콰뮬리아 공작 안젤로는 이 극의 배경이 되는 시점보다 십 년 전쯤, 궁전 예배당에 세운 예루살렘 교회의 주교 성 나르시수스 동상의 발에 독약을 칠해서, 미사를 드리는 일요일마다 그 발에 입을 맞추곤 했던 선량한 파지오 공작을 살해했다. 이 사건으로 말미암아, 파지오 공작의 적자이자 이 극의 선량한 주인공인 니콜로가 성년이 될 때까지 사악하기 이를 데 없는 서자 파스콸레가 섭정의 자리에 앉는다. 물론 파스콸레는 니콜로를 오래 살려 두려 하지 않는다. 스콰뮬리아 공작과 친분이 아주 두터웠던 그는 어린 니콜로를 없애 버리기 위해 음모를 꾸민다. 먼저 파스콸레는 숨바꼭질 놀이를 제안한다. 그러고는 니콜로를 한시바삐 제거하려는 생각으로 가득 차, 술책을 써서 니콜로를 자신의 명을 받은 부하가 발사하기로 되어 있는 거대한 대포 속에 기어 들어가게 한다. 이후 3막에서 파스콸레는 비탄에 잠긴 목소리로 회상한다.

> 흩뿌리는 빗속 우리네 들판에 서서
> 마이나드*의 포효 같은 질산의 노래와
> 유황이 연주하는 중세 성가의 한가운데에서

파스콸레는 비탄에 잠겨 있었다. 인상이 좋은 책략가인 에르콜레가 대포 속에 어린 염소를 대신 집어넣고, 니콜로를 나이 많은 여자 포주로 위장시켜 궁전에서 몰래 빼낸 것이다. 에르콜레는 니콜로를 구하려는 파지오 궁전 내부의 세력과 비밀스럽게 연루되어 있었다.

1막 1장에서는 이와 같은 내용이 니콜로가 친구 도메니코에게 자신의 일생을 털어놓는 형식으로 펼쳐진다. 이 장에서 니콜로는 이미 성숙한 성인으로 등장한다. 이제 그는 한때 신성로마제국 전역의 우편제도에 독점권을 행사했던 귀족 가문 툰과 탁시스의 전속 전령으로 위장하여 그의 아버지를 살해한 안젤로 공작의 궁전 주변을 배회하고 있다. 겉으로는 새로운 시장을 개척하는 것으로 보인다. 왜냐하

---

* 바쿠스 신을 섬기는 여자.

면 그 사악한 스콰물리아 공작은 툰과 탁시스 우편제도가 값싼 우송료에 신속한 배달을 제공하는데도 파지오에 있는 자신의 앞잡이 파스콸레와 서신을 주고받을 때에는 자신의 전령을 제외하고는 어느 누구도 고용하지 않았기 때문이다. 물론 니콜로가 안젤로의 주위를 맴도는 진짜 이유는 안젤로를 공격할 기회를 노리기 위한 것임은 두말할 나위도 없다.

한편, 사악한 공작 안젤로는 유일한 왕녀인 그의 누이 프란체스카를 파지오의 찬탈자와 결혼시켜 스콰물리아 영지와 파지오 영지를 합병하려는 계획에 몰두한다. 이 합병을 실행하는 데 유일한 장애는 프란체스카가 파스콸레의 어머니라는 사실이다.(안젤로가 파지오의 옛 선량한 공작을 독살하도록 부추긴 이유 중의 하나가 프란체스카와 그 사이의 부정(不貞)이었다.) 극 중에서 프란체스카는 신중하게 오빠인 안젤로에게 근친상간이 사회적 금기임을 상기시키려 애쓴다. 그러나 사회적 금기에 대한 두려움이란 것은 자신과 비밀스러운 관계를 맺어 왔던 지난 십여 년 동안 그녀의 마음속에서 점차 사라져 버리지 않았냐고 안젤로는 응수한다. 근친상간이든 아니든 결혼은 반드시 이루어져야만 하며, 그것이 자신의 장기 집권을 위해 가장 중요한 일이라는 안젤로의 주장에 프란체스카는 교회가 결코 승인하지 않을 것이라고 맞선다. "물론 그럴 테지." 안젤로가 대답한다. "그래서 난 추기경에게 뇌물을 쓸 작정이야." 그는 누이인 프란체스카의 성감대를 민감하게 자극하며 그녀의 목을 핥고 물어뜯기 시작한다. 이제 그들 사이의 대화는 무절제한 욕망의 열렬한 표현으로 바뀐다. 이윽고 그 장면은 두 사람이 함께 침대에 쓰러지는 것으로 끝난다.

1막의 마지막에 이르면, 극 시작 부분에서 순진한 니콜로가 자신의 비밀을 털어놓았던 친구 도메니코가 다시 등장한다. 도메니코는 안젤로 공작을 접견하여 니콜로의 계획을 폭로하려 한다. 그러나 이때 공작은 자신의 방에서 누이인 프란체스카를 유혹하기에 여념이 없다. 따라서 도메니코가 할 수 있는 최선의 일은 행정 보좌관(그는 어린 니콜로의 생명을 구해 주고, 니콜로가 파지오에서 탈출하도록 도와줬던 에르콜레임이 곧 관객에게 드러난다.)에게 사건의 전말을 폭로하는 것이다. 그 보좌관은 음란한 그림을 보여 준다는 구실로, 도메니코가 어리석게도 몸을 굽혀 기이한 검은 상자 속에 그의 머리를 집어넣도록 유혹한 다음, 곧 자신의 정체를 밝힌다. 강철 기계가 곧바로 친구를 배반한 도메니코의 머리를 조여 가고, 이윽고 상자는 살려 달라는 그의 비명을 삼켜 버린다. 에르콜레는 주홍색 명주 끈으로 도메니코의 손발을 결박한 후 상자로 다가가 핀셋으로 그의 혀를 뽑고 칼로 몇 번씩 그의 몸을 찌르고 진한 질산과 진한 염산을 섞은 산화제를 상자 안에 붓는 등 여러 가지 형벌을 가한다. 가장 잔인한 장면은 도메니코를 죽이기 전에 에르콜레가 그의 성기를 절단하는 것인데, 혀가 잘린 도메니코가 제대로 말도 못하면서 살려 달라고 애원하고 비명을 지르며 고통으로 몸부림치는 가운데 그 일은 자행된다. 도메니코의 혀를 꿰뚫은 칼을 들고 에르콜레는 벽에 걸려 타오르는 횃불로 달려간다. 그는 그 혀를 불 속에 처

박은 뒤 미친 사람처럼 흔들며 다음과 같이 외치면서 막을 종결 짓는다.

> 잔혹한 거세야말로 그대에게 가장 합당한 벌이로다.
> 에르콜레를 익살맞은 성령으로 생각하라.
> 악의에 가득 차고, 성스럽지 못한 영혼이 하강하셨나니,
> 그대의 무시무시한 오순절을 시작해 보자.

조명이 꺼졌다. 고요한 가운데, 에디파가 있는 쪽에서 누군가가 무대를 가로질러 분명히, "저런!" 하고 비명을 질렀다. 메츠거가 말했다. "그만 가고 싶지 않소?"

"뼈에 대해 좀 더 알고 싶어요." 에디파가 대꾸했다.

이를 위해 그녀는 4막까지 기다려야만 했다. 2막은 프란체스카가 친아들과 결혼하는 것을 허락하지 않고 차라리 순교를 선택한 추기경이 오랫동안 고문을 당하다가 결국 살해당하는 사건이 중심 내용이었다. 유일하게 등장하는 다른 요소라고는 에르콜레가 추기경의 고통을 몰래 엿본 후 가슴속에 파스콸레에 대한 앙심을 품은 채, 아직도 파지오 궁전에 남아 있는 일단의 선량한 사람들에게 전령 몇 명을 급파해서 파스콸레가 친어머니와 결혼하려 한다는 사실을 퍼뜨리는 것이다. 그 일을 통해 여론을 격분시켜야만 한다는 생각에서 나온 계획이었다. 2막의 또 다른 장면에서는 니콜로가 안젤로의 전령과 함께 시간을 보내다가, 그 옛날 선량한 공작의 경호를 위해 말을 타고 들판을 누볐던 파지오 궁전의 젊은이들 가운데 기사 오십여 명을 엄선해

만든 단체인 '사라진 경비병들'에 대한 이야기를 듣는다. 어느 날, 그들이 스콰뮬리아 국경 근처에서 기마 연습을 하다가 흔적도 남기지 않은 채 모두 사라져 버리고 얼마 지나지 않아 그 선량한 공작이 독살되었던 것이다. 자신의 감정을 좀처럼 감추지 못하는 정직한 니콜로는, 만약 이 두 사건이 서로 다소간 관련이 있고 그 원인이 안젤로 공작에게까지 거슬러 올라간다면, 그를 잘 관찰해야 할 것이라는 사실을 깨닫는다. 공작의 전령인 비토리오는 니콜로의 의견에 화를 내며, 기회만 생긴다면 곧바로 이 불경스러운 말을 안젤로에게 일러바치겠다고 선언한다. 한편 고문실에서는 추기경이 성배 속에 자신의 피를 채워 신이 아닌 사탄에게 축성하도록 강요받는다. 그들은 추기경의 엄지발가락을 자르고, 그 발가락을 영성체인 양 들어 올려 "이것이 바로 내 몸이니라."라고 말하도록 협박한다. 안젤로는 한술 더 떠서 그것이야말로 오십 년 동안 그럴싸한 거짓말만 꾸며 내던 추기경이 이제야 비로소 진리에 가까운 말을 한다며 신랄하게 빈정댄다. 이는 극 전체를 통틀어 성직을 가장 심하게 모독하는 장면인데 아마도 당대 청교도들에 대한 아부로 의도된 듯싶다. (이것은 사실 필요 없는 부분이었다. 왜냐하면 청교도들은 연극을 비도덕적이라고 생각했기 때문에 누구도 연극을 보러 가지 않았다.)

3막은 파지오 궁전에서 일어나며, 에르콜레의 전령들이 선동한 쿠데타의 정점인 파스콸레의 살해에 초점을 둔다. 궁전 밖 거리에서 전투가 한창 치열하게 벌어지는 동안, 파스콸레는 술잔치를 벌이며 자신의 방에 틀어박혀 있다.

연회석에서는 최근 누군가가 인도에서 돌아오는 길에 가져 온 흉포한 검은 원숭이 한 마리가 연기를 하고 있다. 물론 누군가가 원숭이 옷을 걸치고 위장한 것이다. 그는 신호가 떨어지자 샹들리에에서 파스콸레를 향해 덮쳐 들었고, 동시에 무희로 위장한 채 연회석 주변에서 여유롭게 쉬고 있던 열두 명이나 되는 남자들 역시 찬탈자를 향해 사방에서 달려들었다. 복수심에 가득 찬 이들은 파스콸레에게 다가가 그의 손발을 자르고, 목을 조르고, 몸에 독을 뿌리고, 불로 지지고, 발로 걷어차고, 눈알을 뽑고, 그를 덮치는 등 십여 분 동안 갖은 고통을 가한다.(그러는 동안 파스콸레는 관객의 즐거움을 위해 자신이 느끼는 여러 고통스러운 감각들을 묘사한다.) 그는 마침내 극도의 고통 속에서 죽어 간다. 무리 속에서 눈에 띄지 않던 제나로라는 사람이, 적법한 후계자 니콜로 공작을 찾을 때까지라며 자신을 임시 군주로 선포한다.

잠시 휴식 시간이 주어졌다. 메츠거는 담배를 피울 양으로 비틀거리며 휴게실로 걸어갔고, 에디파는 화장실로 향했다. 그녀는 전날 밤 스코프에서 보았던 그 기호를 찾아 주변을 두리번거렸으나, 놀랍게도 벽에는 아무런 표시가 없었다. 그 이유를 정확히 설명할 수는 없었지만, 아주 미미하나마 소통이 가능했던 화장실에서조차 그 기호를 발견할 수 없자, 에디파는 자신이 무언가에 위협을 받고 있는 것이 아닌가 하는 느낌에 사로잡혔다.

4막에 이르면 사악한 공작 안젤로가 신경질적인 광란 상태에 빠진다. 그는 파지오에서 쿠데타가 일어났으며 니콜로가 어딘가에 살아 있을지도 모른다는 사실을 알게 된다. 안젤로는 제나로가 스콰뮬리아를 공격하기 위해 군대를 모집하고 있다는 보고와 함께, 추기경의 죽음으로 교황이 직접 이 일에 간섭하려 한다는 소문을 듣는다. 사방에서 일어나는 반역의 불길에 둘러싸여, 공작은 마침내 에르콜레(안젤로는 여전히 에르콜레의 정체를 의심하지 않는다.)에게 일러 툰과 탁시스의 전령들을 부르게 한다. 이제 더 이상 자신의 부하들을 믿을 수 없다고 생각했기 때문이다. 에르콜레는 툰과 탁시스의 전령으로 변장한 니콜로를 데려와 공작이 부를 때까지 기다리게 한다. 안젤로는 파지오 궁전의 공격을 저지하기 위해서는 서둘러 제나로가 자신의 선량한 의도를 믿도록 설득해야한다는 것을 지금까지의 진행 상황을 아직 잘 모르는 관객들에게 설명하면서, 깃펜과 양피지와 잉크를 꺼낸다. 그는 펜으로 갈겨쓰면서 지금 자신이 쓰고 있는 잉크가 실로 아주 특별한 액체임을 시사한다. 그러면서 다음과 같이 두서없고 비밀스러운 말을 몇 마디 덧붙인다.

이 시꺼먼 액체는 프랑스에선 앙크르라고 불린다.
이 음산한 스콰뮬리아인들은 이 물건을 두고 골인*을 흉내 낸다.
앵커**는 깊이를 알 수 없는 심연 속에서 떠오른 것이기에.

* 프랑스 사람을 가리키는 말이다.
** 프랑스어의 앙크르(잉크)와 영어의 앵커(닻)를 압운에 맞추어 비유하고 있다.

그러고 다시 이렇게 말을 이었다.

백조는 속이 비어 있는 하나의 깃펜을 만들어 냈을 뿐이며,
그 불운한 양은 단지 자신의 외피만을 만들어 냈도다.
그러나 무엇인가를 변형해 만든 그 거무스름하고 광택
나는 액체는
결코 가죽을 벗기거나, 거칠게 깃털을 뽑아 만든 것이
아니다.
그것은 동물의 여러 시체로 만든 것이다.

안젤로는 즐거워하며 편지를 쓴다. 그가 제나로에게 보
내는 편지를 다 작성하고 봉하자, 니콜로는 그것을 자신의
윗옷 속에 챙겨 넣고, 에르콜레와 마찬가지로 쿠데타가 일
어나 조만간 자신이 합법적인 파지오의 공작으로 복위되리
라는 것을 예감하지 못한 채, 파지오를 향해 길을 떠난다.
갑자기 장면은 바뀌고 제나로가 스콰물리아를 공격하려는
소규모 군대를 이끌고 등장한다. 여러 논의 끝에, 만약 안
젤로가 평화를 원한다면 서둘러 전령을 보내 군대가 국경
지역에 도착하기 전에 그 사실을 전달받도록 하는 편이 나
을 거라는 의견까지 나온다. 그렇게 하지 않는다면 그다지
내키는 일은 아니지만 곧바로 안젤로를 공격할 것이라고
엄포를 놓는다. 장면은 다시 스콰물리아로 바뀐다. 이때쯤
공작의 전령 비토리오는 니콜로가 어떤 식으로 반역적인 언
사를 내뱉었는지 안젤로에게 보고한다. 다른 누군가가 달려
들어와서는 니콜로를 배반했던 도메니코의 몸이 절단된 채

발견되었다는 소식을 전한다. 더불어 도메니코의 구두 속에 니콜로가 살아 있다는 사실을 폭로하는 피로 쓰인 메시지가 숨겨져 있었다고도 알려 준다. 안젤로는 광분하여 중풍에 걸린 사람처럼 사지를 떨면서 즉각 니콜로를 추적해 살해할 것을 명령한다. 그러나 이때도 안젤로는 그 임무를 자신의 부하들에게 맡기지 않는다.

이쯤에 이르러 이 연극의 사건들은 실로 특이한 성격을 띠게 되고, 부드러운 냉기와 모호성이 배우들의 대사 속으로 살며시 스며든다. 이전까지는 붙여진 이름이 문자 그대로의 의미나 은유적인 의미를 지녔다. 그러나 공작이 결정적인 명령을 하달하면서부터 새로운 표현 양식이 극 속에 들어온다. 일종의 의식적인 망설임이라고 부를 수 있는 것이었다. 어떤 일들은 소리 내어 말해지지 않고 어떤 사건들은 무대에서 드러나지 않는다. 이제까지 전개된 극단적인 장면들을 생각하면 도저히 있을 법하지 않은 현상이다. 예컨대 공작은 사태를 분명하게 밝히지 않는다. 어쩌면 분명하게 밝힐 수 없는 건지도 모른다. 그는 비토리오에게 소리를 지르는 것으로 누가 니콜로의 뒤를 추적해서는 안 되는지 완강히 명백한 태도를 보여 준다. 그는 호위병들에게 해충이요, 익살맞은 광대요, 겁쟁이라고 면박을 준다. 그렇다면 누가 추적자가 될 것인가? 비토리오는 알고 있다. 스콰물리아 제복을 입고 주위를 어슬렁거리며 의미심장한 표정을 교환하는 궁전의 아첨꾼들도 모두 다 알고 있다. 이 모든 것은 일종의 커다란 농담이다. 안젤로 또한 알고 있다. 그러나 말하지 않는다. 사실에 점점 더 가까이 다가가

지만 그는 결코 명백하게 설명하지 않는다.

　그가 그 투구를 무덤 속까지 갖고 가게 하라.
　명예로운 한 이름의 그 헛된 찬탈을.
　우리는 그의 가면무도회에서 춤추리라. 마치 그것이 진
리인 것처럼.
　어김없는 복수를 맹세하며
　니콜로가 살며시 내뱉는 이름이 아무리 작은 목소리로
속삭여진다 할지라도.
　말할 수 없을 정도로
　잔인하고 영혼 없는 운명을 가져오는데
　일순간도 허비되지 않도록 하기 위해
　결코 잠들지 않는 사람들.
　그들이 휘두르는 재빠른 단검에 주목하라…….

　다시 무대는 제나로와 그가 지휘하는 군대로 돌아온다.
스콰물리아에서 온 첩자가 그들에게 니콜로가 길을 떠났다
는 사실을 알린다. 사람들이 대단히 기뻐하는 가운데 거의
말이 없던 제나로가 열변을 토하며, 니콜로가 여전히 툰과
탁시스 깃발 아래 말을 달리고 있다는 사실을 모두가 기억
해야 한다고 강조한다. 순간 환호하던 사람들이 조용해 진
다. 장면은 다시 안젤로의 궁전으로 바뀌는데, 무대에는
기이한 냉기가 엄습한다. 무대 위의 사람들은 (그렇게 하도
록 분명한 지시를 받았기 때문에) 모두 어떤 가능성을 의식
하고 있다. 심지어는 안젤로보다도 더 명확한 언질을 주지

않던 제나로도 하느님과 성 나르시수스에게 니콜로를 보호해 줄 것을 간구한다. 그런 후 그들은 모두 말을 타고 달려간다. 제나로는 부관에게 지금 그들의 위치가 어디쯤인지를 물어본다. 그 결과, 그들이 현재 있는 장소는 파지오의 '사라진 경비병들'이 알 수 없는 이유로 실종되기 전 마지막으로 목격됐던 호숫가에서 단지 1리그(약 5킬로미터) 정도밖에 떨어져 있지 않다는 사실을 알게 된다.

그사이 안젤로의 궁전에서는 책략가 에르콜레의 거짓이 마침내 탄로 나고 만다. 에르콜레는 비토리오를 비롯한 대여섯 명에게 붙잡혀 도메니코를 살해한 죄로 문책을 당한다. 증인들이 줄지어 들어오고, 뒤따라 풍자적인 재판이 진행되는 가운데 에르콜레는 여러 사람들의 칼에 찔려 최후를 맞이한다.

관객들은 바로 그다음 장면에서 니콜로를 마지막으로 보게 된다. 그는 호숫가에서 잠시 휴식을 취하려고 걸음을 멈추는데, 여기서 그는 이전에 들었던 이야기를 기억해 내고, 이곳이 바로 파지오 궁전의 경비병들이 실종된 곳임을 깨닫는다. 그는 나무 아래 앉아 안젤로의 편지를 개봉한다. 그리고 마침내 쿠데타의 전모와 파스콸레의 죽음에 대해 알게 된다. 니콜로는 지금 자신이 지위의 복권과 영지 수복, 모든 희망을 실현하기 위해 말을 달리고 있다는 사실을 깨닫게 된다. 그는 나무에 기대어 편지의 일부분을 큰 소리로 읽는다. 그러면서 파지오를 침략하기 위한 군을 소집할 때까지 제나로를 진정시키고자 안젤로가 고안해 낸 뻔한 거짓말들을 냉소적으로 논평한다. 그때 무대 밖에서 발소리가 들려온다. 니콜로는 몸을 벌떡 일으키고, 방사상 형태의 복도 가운데 한곳을 노려본다. 손은 칼자루에 얼어 붙은 채 몸이 덜덜 떨린다. 그러나 말은 하지 못하고 단지 중얼거릴 뿐이다. 지금까지 쓰인 무운시 중 가장 짧은 행일지도 모르는 이런 형태로. "트-트-트-트-트……." 꿈을 꾸다가 마비된 상태에서 벗어나려 애쓰는 것처럼, 그는 걸음걸음마다 잔뜩 힘을 주며 뒤로 물러서기 시작한다. 갑자기 고요하면서도 무시무시한 침묵 속에서 무용수처럼 우아한 분위기를 풍기는 세 사람, 키가 크고 바짝 말랐으며, 꽉 죄는 검정 스타킹에 곡예사나 입을 법한 몸에 착 달라붙는 옷을 입고 장갑을 낀 채, 얼굴은 긴 검정 양말로 가린 세 사람의 형상이 갑자기 무대 위에 나타나서는 걸음을 멈추고 그를 응시한다. 긴 양말 뒤에 숨은 그들의 얼굴은 그늘이 져 있고 일그러져 있다. 그들은 기다리고 서 있다. 조명이 전부 꺼졌다.

다시 장면은 스콰물리아로 되돌아오고 안젤로는 군대를 모집하지만 결국 실패한다. 절망적인 상태에 빠진 그는 아직 남아 있는 추종자들과 예쁜 처녀들을 전부 불러 모아서, 출구를 전부 봉쇄하고는 진탕 술잔치를 벌인다.

이 막은 호숫가에 제나로의 군대가 도착하는 장면으로 끝난다. 한 병사가 다가온다. 시체 하나가 차마 말할 수 없을 만큼 끔찍한 상태로 발견되었는데 그 목에 걸려 있는 부적이 니콜로가 어릴 때부터 평소에 목에 걸고 다녔던 바로 그 부적과 똑같다고 병사는 보고한다. 다시 무대 위엔 침묵이 흐르고, 그들은 서로 얼굴만 바라볼 뿐이다. 그 병사는 시체에서 발견한, 피로 얼룩진 채 둥글게 말린 양피지를 제나로에게 건넨다. 관객들은 양피지의 봉인을 보고 그것이 바로 니콜로가 지니고 있던 안젤로의 편지임을 금방 알게 된다. 제나로는 힐끗 쳐다보고는 깜짝 놀라며 큰 소리로 편지를 읽는다. 그런데 그 편지는 놀랍게도 이전에 니콜로가 관객들을 향해 읽어 주었던 거짓 문서가 아니다. 그것은 불가사의하게도 안젤로가 자신의 모든 죄를 털어놓는 긴 고백으로, 파지오의 '사라진 경비병들'이 실제로 어떻게 되었는지를 알려 주는 것으로 끝이 난다. 그들은 놀랍게도 모두 안젤로에 의해 살해되어 호수 속에 던져졌던 것이다. 나중에 그들의 뼈는 다시 건져 올려져 숯으로 만들어졌고, 그 숯이 다시 잉크(안젤로가 사악한 유머 감각을 발휘해, 이 문서를 포함해 그가 파지오와 서신을 교환할 때마다 사용했던 바로 그 잉크)로 만들어졌다.

> 그러나 이제 그 순결한 이들의 뼈가
> 니콜로의 피와 함께 섞였다,
> 그렇게 순수와 순수가 함께 결합됐나니,
> 이것은 기적을 그 유일한 아들로 탄생시키는 결혼,
> 삶의 근본이, 진리를 향해 다시 쓰여 있도다.
> 그 진리에게 우리 모두 증언하나니,
> 파지오의 수호자들, 파지오의 고귀한 죽은 자들에게.

이 경이의 현현에 모든 사람들은 무릎을 꿇고 땅에 엎드려 신의 이름을 축복하고 니콜로의 죽음을 애도하며 스콰물리아를 정복할 것을 맹세한다. 그러나 제나로는 아마도 당시의 관중에겐 실로 충격을 주었을 만한 절망적인 구절(안젤로는 명기하려 하지 않았으나, 니콜로는 명기하려 했던 그 이름을 마침내 드러내기 때문에)로 끝을 맺는다.

우리가 툰과 탁시스의 마지막 사람으로 알고 있던 그는
이제 단검의 가시 이외에는 어떠한 군주도 개의치 않는다.
한 번 매듭지어진 그 황금 나팔은 말없이 놓여 있다.
어떤 신성한 별인들 지켜 줄 수 있으랴,
한때나마 트리스테로와 밀약을 맺은 그 사람을.*

트리스테로. 이 단어는 막이 끝나고 조명이 모두 꺼질 때까지 허공을 맴돌며 남아 있었다. 마치 에디파 마스를 당혹케 하려는 듯이 어둠 속에 매달려 있으면서도 아직은 그녀에게 어떤 힘을 행사하지는 않은 채.

완벽한 반전인 5막에서는 제나로가 스콰물리아 궁전에 쳐들어가 대학살을 벌인다. 독극물 함정, 폭탄 장치, 발톱에 독을 바른 훈련된 매 등 르네상스인들이 사용했던 광폭한 살의 기술이 모두 사용된다. 메츠거가 나중에 논평한 것처럼 무운시로 쓰인 「로드 러너」** 같았다. 연극이 끝날 때쯤에는 무대가 시체들로 빽빽하게 채워진 가운데 단 한

---

* 여기에서 '가시(Thorn)'는 '툰(Thurn)'과, 그리고 '말없는(Tacit)'
은 '탁시스(Taxis)'와 발음이 비슷한 단어들로, 서로 연관된다.
** 코요테가 로드 러너라는 새를 잡으려고 온갖 덫을 놓지만 번번이
실패하는 내용의 만화영화.

사람만이 살아남는데, 그가 바로 얼굴에 핏기가 사라진 제나로이다.

프로그램을 보니 「전령의 비극」은 랜돌프 드리블레트라는 사람이 연출을 맡았다. 뿐만 아니라, 그는 승리자인 제나로 역을 직접 연기하기도 했다. "이봐요, 메츠거." 에디파가 말했다. "나랑 같이 무대 뒤로 가 봐요."

"누구 아는 사람이라도 있소?" 얼른 돌아가고 싶어 안달이 난 메츠거가 말했다.

"뭘 좀 알아보고 싶은 게 있어요. 드리블레트와 이야기를 해 봤으면 해요."

"뼈에 대해서 말이오?" 그는 뭔가 곰곰이 생각하는 듯한 표정을 지었다. 에디파가 말했다.

"잘은 모르겠어요. 여하튼 그것 때문에 좀 불안해요. 뼈와 연극, 이 두 가지가 너무 긴밀하게 연관되어 있어요."

"좋아요." 메츠거가 말했다. "그다음엔 뭐지요? 재향군인회 앞에서 데모라도 할 거요? 아니면 워싱턴으로 행진이라도 할 겁니까? 제발, 그만둬요." 그가 소극장 천장을 향해 이렇게 외치자, 막 나가려던 사람들 몇몇이 무슨 일인가 하고 고개를 돌려 바라봤다. "순진한 머리에 뜨거운 심장을 지닌 이런 진보적인 여자들, 너무 지나치게 교육받은 여자들로부터 나를 보호해 주십시오. 이제 서른다섯입니다만, 나는 아직도 모르는 것이 너무 많습니다."

에디파는 당황하며 살며시 속삭였다. "메츠거, 난 젊은 공화당원이라고요."

이제 메츠거는 더욱 목소리를 높여 외쳐 댔다. "해프 해

리건식 만화 같군. 그녀는 그런 만화를 볼 만큼 성숙하지 않았도다. 토요일 오후 텔레비전 영화에서 일본군 수만 명을 사살하는 존 웨인, 그것이 바로 에디파 마스의 2차 세계대전이도다. 오늘날 사람들은 폭스바겐을 몰 수도 있고, 셔츠 주머니 속에 소니 라디오를 갖고 다닐 수도 있지. 그러나 사람들아, 이 여자가 원하는 것은 그런 것이 아니야. 이 여자는 잘못된 것을 다시 올바르게 고치기를 원하고 있어. 그것도 사건이 끝난 지 이십 년이나 지난 후에. 그래, 망령들을 다시 한 번 깨워 봐라. 그것도 마니 디 프레소가 술에 취해 한 이야기에서 암시받은 걸 가지고서. 그녀는 자신의 법적 의무와 도덕적 임무를 잊어버렸도다. 그녀의 임무는 자신이 관리인으로 되어 있는 부동산에 관한 것이지 제복을 입은 우리 젊은이들에 관한 일이 아니다. 그들이 얼마나 용감하게 죽음을 맞이했든지 간에."

"그렇지 않아요." 에디파가 항의했다. "난 비콘스필드가 담배 필터에 무엇을 사용했는지에는 관심이 없어요. 피어스가 코사 노스트라로부터 무엇을 사들였는지에 관해서도 알고 싶지 않고요. 라고 디 피에타에서 무슨 일이 일어났는지에도, 암에 관해서도 마찬가지예요······." 그녀는 무력한 기분이 되어 적당한 말을 찾기 위해 애를 썼다.

"그렇다면, 도대체 무엇을 알고 싶은 거요?" 메츠거가 벌떡 일어나 섬뜩한 표정으로 다가서며 힐난하듯 물었다. "도대체 무엇을 말이오?"

"나도 몰라요." 약간 절망한 듯한 목소리로 에디파가 대답했다. "메츠거, 나를 괴롭히지 말아요. 내 편이 되어 줘요."

"누구에게 대항해서 말이오?" 색안경을 쓰면서 메츠거가 물었다.

"나는 그것들이 서로 연관되어 있는지 알고 싶을 따름이에요. 궁금하다고요."

"맞아. 당신은 궁금한 게 많은 사람이지." 메츠거가 말했다. "그럼 나는 차에서 기다리고 있겠소, 됐죠?"

에디파는 그가 보이지 않을 때까지 지켜보았다. 그런 다음, 그녀는 분장실을 찾아 나섰다. 고리 모양으로 된 회랑을 두 번이나 빙빙 돌고 나서야 천장에 매달린 두 조명등 사이 꽤 어슴푸레한 곳에 있는 문을 찾아낼 수 있었다. 그녀는 모든 사람의 외부 신경조직 말단 촉수가 서로 간섭하면서 발산하는 듯한 부드럽고 우아한 혼돈 속으로 걸어 들어갔다.

한 소녀가 얼굴에 묻은 가짜 피를 지워 내면서 에디파에게 밝게 빛나는 거울들이 있는 쪽으로 가라고 손짓했다. 에디파는 땀 흘리는 근육들을 미끄러지듯 지나쳐서, 긴 머리카락처럼 흩날리는 커튼을 지나 안으로 들어가서 마침내, 아직도 제나로의 잿빛 의상을 입고 있는 드리블레트를 찾아냈다.

"대단히 훌륭한 연극이었어요." 에디파가 말했다.

"한번 만져 보세요." 드리블레트가 자신의 팔을 내밀며 말했다. 그녀는 만져 보았다. 제나로의 의상은 회색 플란넬이었다. "땀을 많이 흘리고 있군요. 그러나 어떤 것도 진짜 제나로가 될 수는 없지요. 그렇지 않아요?"

에디파는 고개를 끄덕였다. 그녀는 그에게서 눈을 뗄 수가 없었다. 그의 눈은 엷은 검정색이었고, 셀 수 없을 정도로 무수한 선들이 그물처럼 얽혀 있었다. 마치 눈물 속에도 지성이 있는지 연구하기 위해 설치된 실험용 미로처럼, 그 선들은 에디파가 무엇을 원하고 있는지 알고 있는 것처럼 보였다. 심지어 그녀조차 자신이 무엇을 원하는지 알지 못했는데도.

"당신은 연극 이야기를 하려고 온 모양입니다만, 그렇다면 좀 실망하겠는데요. 사람들에게 즐거움을 선사하기 위해 쓰인 것에 불과하니까 말입니다. 마치 공포 영화처럼 말예요. 그런 건 문학이 아닙니다. 따라서 아무 의미도 없어요. 화핑거는 셰익스피어가 아니었으니까요."

"그는 어떤 사람이었나요?" 그녀가 물었다.

"아주 오래전에는 셰익스피어였던 사람이지요."

"대본을 좀 볼 수 있을까요?" 그녀는 자신이 찾는 것이 정확히 무엇인지 알지 못했다. 드리블레트는 샤워실 옆에 있는 서류 보관용 캐비닛을 가리켰다.

"난 샤워나 하는 편이 나을 것 같군요." 그가 말했다. "동성애자들이 같이 샤워하자고 몰려오기 전에 말예요. 연극 대본들은 맨 위 서랍에 있습니다." 그러나 낡고 찢어지고 커피 자국으로 얼룩진 사본들뿐, 서랍엔 달리 아무것도 없었다. 그녀는 샤워실에다 대고 소리쳤다.

"이봐요, 원본은 어디에 있어요? 당신은 무엇을 가지고 이 복사본을 만들었나요?"

"문고판으로요." 드리블레트 역시 큰 소리로 대답했다. "그 출판사가 어디냐고는 묻지 말아요. 난 그걸 프리웨이 옆에 있는 자프의 헌책방에서 발견했으니까요. 『재커비언 복수극』이라는 일종의 선집이었어요. 표지에는 해골이 그려져 있었어요."

"그 책을 좀 빌릴 수 있을까요?"

"이미 누가 가져갔어요. 개막 파티를 열 때마다 최소한 여섯 권 정도는 늘 잃어버리거든요." 그는 샤워실 밖으로 머리만 불쑥 내밀었다. 다른 부분은 수증기 속에 휘감겨 있었는데 그의 머리가 풍선처럼 섬뜩하게 떠다니고 있었다. 알 수 없는 즐거움이 있는 듯 주의 깊게 그녀를 바라보며, 그가 다시 말을 꺼냈다. "서점엔 또 다른 사본이 있었어요. 자프는 아직도 가지고 있을 겁니다. 거길 찾아갈 수 있겠어요?"

말할 수 없는 무엇인가가 그녀의 내장 속으로 뚫고 들어와서 잠시 춤을 추고는 사라져 버렸다. "나를 놀리는 건가요?" 그 깊게 파인 눈이 그녀를 응시하듯 잠시 되돌아보았다.

마침내 드리블레트가 말을 토해 냈다. "도대체 사람들은 왜 그리도 그 대본에 관심이 많지요?"

"나 말고 또 누가 있었어요?" 에디파가 너무 성급하게 물었는지도 모른다. 그는 별 뜻 없이 한 말인지도 모르는데.

드리블레트는 머리를 좌우로 흔들었다. "나를 제발 당신의 그 복잡한 논쟁 속에 끌어들이지 말아요." 그는 입가에 친숙한 미소를 띠며 덧붙였다. "당신이 누구든 간에 말입니다." 그 순간, 에디파는 시체의 차가운 손가락이 피부에 닿기라도 한듯 전율을 느꼈다. 그리고 지금 그가 짓고 있는 표정이 극 중에서 트리스테로의 암살자와 관련된 말이 언급될 때마다 배우들에게 서로 지어 보라고 지시했던 바로 그 표정과 조금도 다르지 않다는 것을 깨달았다. 그것은 우리가 꿈속에서 만난 적이 있는 불쾌한 인물이 뭔가 알고 있다는 듯 지어 보이는 표정과 똑같았다. 그녀는 그 표정에 대해 물어보기로 결심했다.

"그 표정은 원래 대본에 있는 거예요? 아니면 당신이 만들어 넣은 거예요?"

"내가 만들어 넣은 겁니다. 나는 그 암살자 셋을 4막에 등장시켰는데, 아시다시피 화핑거는 그렇게 하지 않았어요."

"왜 그렇게 했지요? 다른 어디에선가 그에 관해 들은 적이 있었어요?"

"당신들은 이해하지 못해요." 드리블레트는 화를 냈다. "당신네들 태도는 성경의 구절에만 매달리는 청교도들의 태도와 아주 흡사해요. 그러니 이제 대본의 내용에 대한 이야기는 그만합시다. 당신도 알다시피, 연극은 그 서류철에도, 당신이 찾는 그 어떤 문고판에도 존재하지 않습니다. 바로 여기 머릿속에 들어 있을 뿐이에요." 베일과도 같은 샤워실의 수증기 속에서 불쑥 나타난 손이 허공을 부유하는 자신의 머리를 가리켰다. "이게 바로 내가 추구하는 것이에요. 영혼에게 육체를 주기 위해. 말, 누가 그런 것에 신경을 쓴단 말입니까? 말은 단지 파티를 즐겁게 하거나 배우의 두개골 경계선을 지나 기억장치 부근에 도달하는 데 사용되는 기계적인 소음들에 불과할 뿐입니다. 내 말이 틀립니까? 실체란 이 머릿속에 들어 있는 법이에요. 사방이 닫힌 그 소우주는 나의 입과 눈, 때로는 다른 구멍들로부터 뛰쳐나오니까 말입니다."

에디파는 드리블레트의 말을 계속 들을 수가 없었다.
"그럼 당신이 트리스테로에 대해 화핑거와 다르게 느꼈던
것은 무엇 때문이었어요?" 그 말에 드리블레트의 얼굴은
수증기 속으로 갑자기 사라져 버렸다. 마치 방송을 그만
들으려고 스위치를 탁 꺼 버린 것처럼. 에디파는 사실 트
리스테로라는 단어를 말하기가 껄끄러웠다. 드리블레트는
아까 무대 위에서 그랬던 것처럼, 여기 무대 밖에서도 그
단어 주변에 어떤 의식적으로 망설이는 분위기를 만들어
내고 있었다.

떠도는 수증기 속에서 드리블레트의 침착한 목소리가 들
려왔다. "만약 내가 여기서 용해되어 버린다면, 배수구를
따라 태평양 속으로 씻겨 내려가 버린다면, 당신이 오늘
밤 보았던 것 역시 사라져 버릴 텐데요. 당신, 아니 그 일
에 그렇게 대단히 관심을 갖고 있는 당신이라는 존재의 한
부분도 사라져 버릴 거란 말입니다. 사실 유일하게 남아
있는 것은 화핑거가 거짓으로 말하지 않았던 몇 가지 것들
뿐입니다. 아마 스콰물리아와 파지오 정도겠지요. 물론 그
것들이 존재했다는 가정에서지만 말입니다. 아니면 툰과
탁시스 우편제도 정도일까요? 우표 수집가들은 그것이 실
제로 있었다고 말하니까요. 그렇다면 다른 하나도 존재했
겠지요. 그 반대 조직 말입니다. 그러나 그것들은 단지 흔
적, 또는 화석에 불과할 겁니다. 죽어 있어서 어떤 가치나
잠재적인 가능성조차도 없는 광물이겠지요. 당신은 나와
사랑에 빠질 수도 있고 내 정신과 의사에게 물어볼 수도

있고 내 침실에 녹음기를 숨겨 놓을 수도 있어요. 내가 어디에 있는지, 언제 잠에 드는지, 또 무엇에 관해 이야기하는지를 알아내려면 말입니다. 그렇게 하고 싶어요? 당신은 여러 가지 단서들을 모아, 그 등장인물들이 트리스테로의 존재 가능성에 왜 그렇게 반응했는지, 왜 그 암살자들이 습격을 했는지, 왜 그들이 검은 옷을 입었는지, 하나의 논리를 전개시킬 수도 있을 겁니다. 그렇게 당신의 일생을 허비해 버릴 수도 있겠지만 결코 진리 근처에는 가지 못할 겁니다. 화핑거가 말과 이야기를 제공해 주었다면, 난 그것에 생명을 불어넣는 셈입니다. 그것이 전부입니다." 그런 다음 그는 입을 다물었다. 샤워실에서는 물소리만 요란했다.

"드리블레트 씨?" 잠시 후에 에디파가 소리쳐 불렀다.

그의 얼굴이 잠시 동안 다시 나타났다.

"우리는 그렇게 할 수도 있습니다." 그는 이제 미소를 짓고 있지 않았다. 그의 눈은 눈동자 속에 얽혀 있는 그물의 한가운데에서 그녀를 응시하고 있었다.

"나중에 전화 할 게요." 에디파가 말했다. 그녀는 그곳을 나왔다. "뼈에 관해 물어보러 갔다가 트리스테로 이야기만 하고 말았구나."라는 생각이 머릿속에 떠올랐을 때에는 이미 건물 밖으로 나온 뒤였다. 그녀는 메츠거의 차가 헤드라이트를 켜고 자신에게 다가오는 것을 바라보며, 이 모든 것이 얼마나 우연한 일이었는지 의아해하며, 텅 비어 있다시피 황량한 주차장에 서 있었다.

메츠거는 자동차 라디오에 귀를 기울였다. 그녀는 차에

올라탔다. 야간의 변덕스러운 통신 상태로 인해 3킬로미터쯤 차를 타고 갔을 때에야 비로소 그녀는 자신들이 키너릿 어몽 더 파인스에서 송신되는 KCUF 방송을 듣고 있으며, 지금 말하고 있는 디스크자키가 바로 자신의 남편인 무초라는 사실을 깨달았다.

4장

에디파는 마이크 펄로피언을 다시 만났고「전령의 비극」을 다소간 거리를 두고 추적했다. 하지만 최근에 일어난 사건들은 지금 그녀 앞에 산더미처럼 쌓인 채 해석을 기다리는 수많은 계시들만큼이나 혼란스러웠다. 정보를 모으면 모을수록 급속도로 더 많은 정보들이 생겨나는 것 같았다. 그래서 자신이 보고 냄새 맡고 꿈꾸고 기억하는 모든 것들이 궁극적으로는 트리스테로를 향해 피륙처럼 짜여 가는 것만 같았다.

우선 그녀는 유언을 더 자세히 읽어 보았다. 만일 피어스가 조직적인 무엇인가를 자신의 죽음 뒤에 남겨 놓으려고 했다면, 그것에 생명을 주는 것이 그녀에게 맡겨진 의무의 일부일 것이다. 즉 천체의 중앙에 자리 잡은 초자연적 존재와도 같았던 드리블레트처럼 되는 것, 그녀를 둘러싸며 솟아오르는 천체의 돔 속에서 별처럼 빛을 발하는

'의미'를 그의 유산에 부여하는 것이 자신의 의무일 것이었다. 다만 법이나 투자 및 부동산 업무에 대한 무지, 궁극적으로는 죽은 사람에 대한 무지 같은 것들이 그녀의 앞길을 가로막지만 않는다면 말이다. 법원에서 그녀를 유산 관리인으로 인정한 것도 아마 그녀의 앞에 놓인 엄청난 액수의 재산 때문이었는지 모른다. 스코프의 화장실 벽에서 보고 베낀 기호 밑에 그녀는 "내가 세상을 투영할 수 있을까?"라고 썼다. 만일 세상을 드러내어 환하게 비추는 것이 아니라면, 적어도 그 돔에 화살이라도 쏘아서 별자리를 스쳐 지나며 빛을 비추어 자신의 용자리, 고래자리, 남십자성자리는 찾아야 할 것이다.

바로 이런 느낌 때문에, 에디파는 어느 날 아침 일찍 일어나 요요다인 회사의 주주총회에 갔다. 그 자리에서 그녀가 할 수 있는 일은 아무것도 없었지만, 단지 참석하는 것이 자신을 무기력 상태에서 어느 정도는 구해 줄지도 모른다고 느꼈다. 입구에서 그녀는 둥글고 흰 방문객용 배지를 받았고, 폭이 약 90미터 정도 되어 보이는 핑크색 조립 건물 옆에 있는 거대한 주차장에 차를 세웠다. 회의가 열리는 곳은 요요다인 카페테리아였다. 에디파는 쌍둥이처럼 보이는 두 늙은이 사이에 두 시간 동안이나 앉아 있었는데, 노인들의 손이 교대로(마치 주인이 졸고 있는 사이에 사마귀와 주근깨가 난 손이 제멋대로 꿈속을 더듬듯이) 그녀의 허벅지로 떨어져 내리는 것이었다. 그들 주변에서는, 정오가 되면 몰려들 요요다인 직원들에게 제공할 으깬 감자, 시금치, 새우, 호박, 냄비에 볶은 쇠고기를 가득 실은 통들을 흑인들이 운반하고 있었다. 회의는 한 시간 동안 계속되었다. 나머지 한 시간 동안은 주주, 투표인, 회사 간부 들이 요요다인 합창회를 벌였다. 그들은 코넬 대학의 동창회가에 가사를 붙여 이렇게 노래 불렀다.

찬송가

로스앤젤레스의 프리웨이 위로 저 멀리,
그리고 차들의 신음 소리 위로,
요요다인의 유명한 회사 가운데 하나인
우주 전자 회사가 서 있네.
이 세상 끝까지, 우리는
당신에게 충성을 맹세하네,
용감하게 빛나는 핑크색 부속 건물이여,
크고 참된 종려나무여.

이런 식으로 요요다인의 사장 클레이턴 (블러디) 치클리츠가 선창하자, 이번에는 「오러 리」*의 선율을 빌려서 노래가 계속되었다.

무반주 남성 합창곡

벤딕스는 탄두를 조종하네,

---

* *Aura Lee*. 유명한 미국 노래.

애브는 그것들을 잘 만들지.
더글러스도, 노스아메리칸도
그러만도 한몫을 거들지.
마틴은 유도탄 발사대를 떠나고
록히드는 잠수함으로부터 발사되네.
비행기로는 연구 개발비를 얻지 못하네.
그래서 콘베어는 인공위성을 쏘아 올리네
우주의 궤도 속으로.
보잉은 탄도탄 미니트맨을 만들고
우리는 지구에 남아 있지
요요다인, 요요다인
벌써 계약이 끝났는가.
미 국방부가 그대를 묶어 놓았지
분명 악의에서.*

그들은 흘러간 옛 노래 곡조에 그녀가 기억할 수 없는
가사를 붙여 수십 곡을 더 불렀다. 그러고는 일 개 소대를
이루어서 간단한 공장 견학을 시작했다.
어찌된 일인지 에디파는 길을 잃었다. 어느 순간 그녀는
우주캡슐 모형을 보고 있었으나, 다음 순간 형광등 불빛이
쏟아지는 거대한 사무실의 웅얼거림 속에 홀로 남아 있었
다. 어디를 보나 흰색 아니면 푸른색을 띤 남자들의 셔츠,
서류, 제도판 같은 것들뿐이었다. 그녀가 생각해 낼 수 있

---

* 이 노래에 나오는 고유 명사들은 모두 항공 우주 회사와 그 제조품들
의 명칭으로, 풍자적으로 언급되고 있다.

는 것은 색안경을 쓴 채 이 모든 빛을 가리고 자신을 구해 줄 누군가를 기다리는 일뿐이었다. 그러나 아무도 그녀를 바라보지 않았다. 에디파는 연푸른색 책상 사이를 헤매기 시작했다. 그녀의 발소리에 사무원들이 고개를 들어 쳐다보았고, 엔지니어들은 그녀가 지나갈 때까지 노려보았으나, 정작 아무도 말을 걸어오지는 않았다. 그런 식으로 오 분이나 십 분쯤 지나자 그녀의 마음속에 공포심이 일기 시작했다. 그때 우연히(그녀의 정신과 의사인 힐라리어스 같았으면, 그녀가 그 상황에서 잠재의식의 암시를 이용해 어느 특정 인물에게 접근한 것이라고 비난했을 테지만) 혹은 어떤 인연으로, 돋보기까지 들어간 금테 안경을 걸치고 샌들에다 다이아몬드 무늬 양말을 신은, 한눈에 보아도 여기에서 일하기에는 너무 어려 보이는 스탠리 코텍스라는 사람을 만났다. 그녀는 곧 그가 일을 하지 않고 굵어 보이는 연필로 약음기가 끼워진 나팔(◦◁)을 그리고 있는 것을 알아 보았다.

"안녕하세요." 이 우연한 만남에 놀라서 에디파가 말했다. 그런 후 갑자기 변덕스러운 마음이 들어 덧붙였다. "커비가 보내서 왔어요." 커비는 화장실 벽에 쓰여 있던 이름이었다. 어떤 음모인 양 말하려 했던 것인데 말을 해 놓고 보니 우스꽝스럽게 느껴졌다.

"안녕하세요." 스탠리 코텍스는 낙서를 하던 큰 봉투를 황급히 집어넣은 뒤 서랍을 닫았다. 그러고는 그녀의 배지를 보더니 "길을 잃었군요, 그렇죠?"라고 말했다.

에디파는 당신이 그리고 있던 표시가 무엇인가요, 라고 물어보았자 별 도움이 되지 않으리라는 것을 알았다. 그래서 이렇게 말했다. "나는 사실 구경하러 왔어요. 주주 가운데 하나예요."

"주주라고요?" 그는 옆 책상의 회전의자를 발로 끌어서 가져온 다음, 그녀에게 굴려 보냈다. "앉으세요. 당신은 정말 이 회사 정책에 영향을 끼칠 수 있는 사람인가요? 저들이 쓰레기통에 던져 버리지 않을 제안도 할 수 있어요?"

"그래요." 에디파는 어떻게 되나 보려고 그렇게 대답했다.

"이것 보세요." 코텍스는 말했다. "만약 당신이 저들로 하여금 특허에 대한 약관을 포기하게 할 수 있다면, 그것이 바로 내가 바라는 바입니다."

"특허라고요?" 에디파는 물었다. 코텍스는, 엔지니어들이 요요다인과 계약하면서 미래에 발명할지도 모르는 것들에 대해서도 특허권을 포기한다는 조항에 어떻게 동의하게 되는지 설명해 주었다.

"바로 그 계약이 진짜 창의력 있는 엔지니어들을 질식시키고 있습니다." 코텍스는 신랄하게 덧붙였다. "어디에서나 다 그렇지요."

"요샌 발명가들이 없잖아요." 에디파는 그 말이 그를 자극하리라고 생각하며 말했다. "내 말은, 에디슨 이래로 과연 누가 있었느냐는 거예요. 지금은 모두 협력해서 일하고 있잖아요?" 오늘 아침 블러디 치클리츠 사장이 환영 인사에서 강조한 것도 바로 협동심이었다.

코텍스는 그녀의 말에 걸려들었다. "협력이란 그럴듯한 핑계예요. 책임을 회피하기 위한 방편일 뿐입니다. 사회 전체의 탐욕을 나타내는 증상일 뿐이에요."

"어머나." 에디파는 말했다. "그렇게 이야기해도 괜찮아요?" 코텍스는 좌우를 살피더니 의자를 더 가까이 가져왔다. "니파스티스 머신을 알지요?" 에디파는 눈을 크게 떴다. "지금 버클리에 있는 존 니파스티스가 발명한 것입니다. 존은 지금도 발명을 계속하고 있어요. 여기에 그 특허증 사본이 있습니다." 그는 서랍에서 복사본 서류 뭉치를 꺼냈는데, 그 서류에는 턱수염이 난 빅토리아 시대 사람이 그려져 있고, 크랭크축과 바퀴에 연결된 피스톤 두 개가 꼭대기에 달려 있는 상자의 그림이 있었다.

"수염 난 저 사람은 누구예요?" 에디파가 물었다. 코텍스는, '맥스웰의 수호정령'이라는 지능을 갖춘 미세한 존재를 고안해 낸 스코틀랜드의 유명한 과학자 제임스 클럭 맥스웰이라고 가르쳐 주면서 이렇게 설명했다. 그 수호정령은 각기 다른 속도로 움직이는 공기 분자들 사이에 앉아 빠른 분자와 느린 분자를 분류할 수 있다. 빠른 분자는 느린 분자보다 에너지를 더 많이 지니고 있고 그것들을 한곳에 집중시키면 그곳의 온도는 올라간다. 이때 상자 속의 고온 영역과 저온 영역 사이의 온도 차이를 이용하면 열로 움직이는 엔진을 가동시킬 수 있다. 그런데 수호정령은 다만 앉아서 분류만 할 뿐 그 시스템에 직접적으로 어떤 일을 하는 것은 아니다. 이는 끝없는 운동을 발생시켜 구성 분자의 차이가 없어지면 운동이 중지되고, 그 체계는 죽게 된다는 열역학 제2법칙을 위반하는 것이다.

"분류가 일이 아니라고요?" 에디파가 말했다. "우체국에 가서 그렇게 말해 보세요. 아마 당신을 알래스카 주 페어

뱅크스로 가는 우편 행낭에다 취급주의란 딱지도 붙이지 않고 집어넣어 버릴걸요."

"정신적인 일이라고는 할 수 있겠지요." 코텍스는 말했다. "하지만 열역학적 관점에서는 일이 아닙니다." 그는 니파스티스 머신이 어떻게 진짜 맥스웰의 수호정령을 지니고 있는지 설명해 주었다. 클럭 맥스웰의 사진을 응시하며, 수호정령이 왼쪽이나 오른쪽 중 어느 쪽 실린더의 온도를 높여 주기를 원하는지 정신만 집중하면 된다. 그러면 공기가 팽창해 피스톤을 밀어낸다. 맥스웰의 오른쪽 모습이 찍힌 기독교 지식 선전 협회의 사진이 그럴듯해 보였다.

에디파는 머리를 움직이지 않은 채 색안경 너머로 조심스럽게 주위를 살펴보았다. 그들에게 주의를 기울이는 사람은 아무도 없었다. 에어컨은 웅웅 소리를 내고, IBM 타자기는 타닥거리고, 회전의자는 삐걱거리고 있었다. 두툼한 참고 자료 지침들을 서랍 속에 탕하고 집어넣는 소리, 청사진들을 바스락거리며 접고 또 접는 소리, 그 위로는 길고도 고요한 형광등이 밝게 빛나고 있었다. 요요다인의 모든 것은 정상이었다. 수천의 다른 사람들 중 유일하게 선택된 에디파가 광기의 현존 속으로 스스로 걸어 들어가야만 하는 바로 이 자리만 빼면.

"물론 모두가 다 그 일을 할 수는 없지요." 다소 부드러워진 코텍스가 말했다. "재능이 있는 사람만이 그 일을 할 수 있답니다. 그런 사람을 존은 '감성이 예민한 사람'이라고 부르지요." 에디파는 이 대화의 고리에서 벗어나려고 아양을 떨듯, 색안경을 코에 걸친 채 속눈썹을 깜박거렸다. "당신 생각엔 내가 전형적으로 감성이 예민한 사람 같아 보이지 않아요?"

"정말 해 볼 의향이 있어요? 그럼 존에게 편지를 써 보세요. 그는 감성이 예민한 사람을 몇 명밖에 알지 못합니다. 당신에게 기꺼이 기회를 줄 거예요."

에디파는 조그만 수첩을 꺼내 그녀가 베껴 그린 기호와 "내가 세상을 투영할 수 있을까?"라고 쓴 곳을 펼쳐 보였다.

"사서함 573이군요." 코텍스가 말했다.

"버클리 우체국의 사서함 말인가요?"

"아니요." 그의 목소리가 이상하게 날카롭게 들려서 에디파는 그를 올려다보았는데, 그때 그는 어떤 생각에 사로잡혀 이렇게 말했다. "샌프란시스코예요. 거기엔 아무것도……." 그 순간, 그는 자기가 실수했음을 깨달았다. "그 사람은 버클리의 텔레그래프 가 근처에서 살고 있습니다." 하고 그는 중얼거렸다. "방금 말씀드린 건 틀린 주소입니다."

그녀는 기회를 잡았다. "그렇다면 웨이스트 주소는 더 이상 쓸모가 없는 거군요." 그녀는 그것을 쓰레기라는 단어처럼 발음해 버렸다. 코텍스의 표정이 굳어지더니 불신하는 듯한 인상이 되었다. "그건 W.A.S.T.E.입니다." 그는 말했다. "쓰레기를 가리키는 말이 아니라 약자예요. 그것에 대해서는 더 이상 거론하지 맙시다."

"그걸 여자 화장실에서 봤어요." 그녀가 고백했지만 스탠리 코텍스는 더 이상 말려들지 않았다.

"잊어버려요." 그는 충고했다. 그러고는 책을 펴 들더니 그녀를 무시한 채 읽기 시작했다. 그녀는 절대 잊어버리지 않을 것이었다. 코텍스가 W.A.S.T.E. 기호같이 생긴 것을 낙서하던 봉투는 분명 존 니파스티스로부터 온 것이었다. 만일 그가 아니라면 그와 같은 부류의 사람에게서 온 것이리라. 이런 의심은 피터 핀귀드 협회의 마이크 필로피언 때문에 더 강해졌다.

"그 코텍스라는 사람은 무슨 지하조직의 일원인 것 같습니다." 며칠 후 그가 에디파에게 말했다. "부적응자들의 지하조직 말입니다. 하지만 어떻게 그들을 비난할 수 있겠어요? 그들에게 무슨 일이 벌어지고 있는지 좀 보세요. 우리 모두가 겪었던 것처럼 그들은 학교에서 미국 발명가들의 신화를 믿도록 세뇌당합니다. 예컨대 모스의 전신기나 벨의 전화, 에디슨의 전기나 톰 스위프트의 무엇이나 말입니다. 그러다 성인이 되면 그들은 자신들의 권리를 요요다인 같은 괴물에게 서명해 넘기도록 되어 있음을 알게 됩니다. 무슨 프로젝트나 전담반, 팀 같은 데 속해서 개인의 이름은 상실하는 거지요. 그들이 무엇을 발명하기를 기대하는 사람은 없습니다. 다만 이미 마련된 지침서에 따라 의례적으로 각자 맡은 작은 역할을 수행하길 바랄 뿐입니다. 에디파. 이런 악몽 한가운데 혼자가 된다는 건 어떤 것일까요? 물론 그들은 서로 단결하고 연락을 취하지요. 서로 같은 부류의 인간들은 언제나 금방 알아봅니다. 오 년만에 한 번쯤 그런 사람이 나타날지도 모르지요. 그러나 그들은 곧 서로 알아봅니다."

그날 저녁 스코프에 나타난 메츠거는 그 의견에 반대했다. "당신은 극우파이기 때문에 오히려 좌파가 된 것 같군. 노동자의 특허권을 인정하지 않는다고 어떻게 회사를 비난할 수 있소? 그런 주장은 내게 잉여가치 이론처럼 들리오. 당신은 마르크스주의자처럼 보이는군." 그들의 전형적인 남부 캘리포니아식 논쟁은 술에 취할수록 더 퇴보해 갔다. 에디파는 혼자 우울하게 앉아 있었다. 그녀가 오늘 밤 스코프에 간 것은 스탠리 코텍스와의 만남뿐만 아니라 다른 계시들 때문이기도 했다. 우편물 및 배달 방식과 연관된 법칙이 이제 서서히 떠오르는 것처럼 느껴졌기 때문이다.

팬고소 호 건너편에는 이런 설명이 청동판에 새겨져 있었다.

1853년 이곳에서 웰스 파고 앤드 컴퍼니* 직원 열두 명이 기이한 검은 제복을 입고 마스크를 쓴 약탈 무리와 용감하게 싸웠다. 이 사건에 대한 묘사는 유일한 목격자이며, 자신도 곧 숨을 거둔 어느 기마 우편배달부에 의한 것이다. 또 다른 실마리는 흙 속에서 발견된, 희생자의 것으로 추정되는 십자가이다. 오늘날까지 살인자들의 정체는 밝혀지지 않고 있다.

그것이 십자가였을까? 아니면 「전령의 비극」에서 니콜로가 중얼거렸던 것과 같은 트리스테로의 머리글자 T였을까?

---

* 1853년 운송 업체 및 은행으로 시작하여 우편 사업으로까지 확장했던 기업체이다.

에디파는 곰곰이 생각해 보았다. 그녀는 랜돌프 드리블레트가 혹시 웰스 파고 앤드 컴퍼니 사건에 대해 아는 것이 있는지, 이 사건 때문에 살인자 역을 맡은 극단원들에게 검은 옷을 입혔는지 알아보기 위해 공중 전화로 전화를 걸었다. 전화벨이 계속 공허하게 울렸다. 그녀는 수화기를 내려놓고 자프의 헌책방으로 갔다. 드리블레트가 언급했던 『재커비언 복수극』을 찾는 걸 도와주려고 자프는 15와트짜리 불빛이 희미하게 비치는 원뿔 모양의 어둠침침한 방에서 나왔다.

"요즘 그걸 찾는 사람들이 많아요." 자프가 말했다. 구석에 있던 해골이 희미한 빛 사이로 그들을 노려보고 있었다.

이 사람은 지금 드리블레트 이야기를 하고 있는 건가? 그녀는 말문을 열려다가 그만두었다. 그것은 그녀가 앞으로 겪게 될 수많은 망설임 중 최초의 것이었다.

에디파는 에코 모텔로 돌아와서 메츠거는 다른 일로 로스앤젤레스에 가고 없는 빈방에서, 즉시 트리스테로라는 단어가 유일하게 언급된 곳을 찾아보았다. 그 줄 끝에는 연필로 "다른 1687년도 판을 참고할 것."이라고 쓰여 있었다. 아마도 어떤 학생이 쓴 것이리라. 한편으로 그 문구는 그녀에게 격려가 되었다. 그 구절을 다시 한 번 읽어 보면 그 단어의 어두운 표면에 빛을 던져 줄 무엇인가를 찾아낼 수 있을지 모른다. 짧은 서문에 의하면, 그 텍스트는 연대가 불분명한 이절판을 토대로 만들어졌다. 이상하게도 서문에 서명이 없었다. 판권을 살펴보니 원본은 캘리포니아 주 버클리에 있는 랙턴 출판사가 1957년에 펴낸 『포드 · 웹

스터 · 터너 · 화핑거 회곡집』양장본이었다. 그녀는 잭 다
니엘스를 절반쯤 따른 다음(파라노이스가 전날 저녁 새 술병
을 남겨 놓고 갔다.), 로스앤젤레스 도서관에 전화를 걸었
다. 도서관 측에서는 그 원본 양장본이 없다고 말했다. 하
지만 원한다면 도서관 상호 대출 제도를 통해 다른 도서관
에 알아본 후 대출해 줄 수도 있다고 했다. "잠깐만요." 순
간 그녀에게 어떤 생각이 떠올랐다. "출판사가 버클리에
있어요? 그곳에 직접 알아볼게요." 어쩌면 존 니파스티스
를 만날 수도 있을 거라고 그녀는 생각했다.

인버라리티가 죽은 뒤에 여기저기 남겨진 사업체에 대해
'무엇인가 알아내야 한다'는 강박관념이 심해지자(그 알아
내야 할 무엇이 결국 자기 자신의 존재일지라도) 어느 날 그
녀는 일부러 인버라리티 호수로 돌아갔고, 그곳에서 바로
그 역사적인 비문을 보게 된 것이다. 그녀는 이제 피어스
가 남긴 것들에 질서를 부여하고 천체를 창조할 것이었다.
다음 날 그녀는 요요다인이 샌나르시소로 이전해 왔을 때
인버라리티가 설립한 베스퍼헤이븐 하우스 양로원으로 차
를 몰았다. 휴게실 창문마다 햇빛이 쏟아져 들어왔다. 한
노인이 텔레비전 화면에 희미하게 나오고 있는 리언 슐레
진저*의 만화를 보며 졸고 있었다. 검은 파리 한 마리가
노인의 머리칼 사이, 비듬 냄새 나는 분홍빛 가르마 주위
를 날아다니고 있었다. 뚱뚱한 간호원이 살충제를 가지고
달려와서는 파리를 쫓는다고 고함을 질렀다. 파리는 그 자

* 워너브라더스 영화사의 프로듀서. 「루니 툰」으로 유명하다.

리에서 꿈쩍도 하지 않았다. "네가 토트 씨를 괴롭히고 있잖아." 하고 그녀는 그 작은 녀석에게 소리를 질렀다. 토트 씨는 깜짝 놀라 잠에서 깨어나 파리를 쫓았고, 파리는 문 쪽을 향해 필사적으로 도망쳤다. 간호원은 쫓아가며 살충제를 뿌렸다.

"안녕하세요." 하고 에디파가 말했다.

"꿈을 꾸고 있었어." 토트 씨가 말했다. "할아버지가 나오는 꿈 말이야. 아주 나이가 많으셨지. 적어도 지금의 나처럼 아흔한 살은 되었을 거야. 나는 어렸을 때 그가 일생 내내 아흔한 살인 줄로 알았지. 그런데 지금은." 그는 잠시 웃었다. "마치 일생 동안 내내 내가 아흔한 살이었던 것처럼 느껴져. 오, 할아버지가 해 주시던 이야기들이 기억나는군. 그분은 골드러시 때 포니 익스프레스*에서 일했지. 말 이름이 아마 아돌프였을 거야."

에디파는 청동판에 새겨져 있던 비문을 떠올리고 신경이 날카로워졌다. 가능한 한 손녀딸같이 미소 지으며 그에게 물었다. "그분은 무법자들과도 싸웠나요?"

"그 잔인한 노인은 인디언 킬러였어. 맙소사, 당신이 인디언들을 죽였던 이야기를 할 때마다 입에서 침이 줄줄 흘러내리곤 했지. 그 이야기를 너무나 자랑스러워했던 거야."

"그분에 대해 무슨 꿈을 꾸셨나요?"

"아, 그건 말이지." 그는 당황한 것 같았다. "만화 「포키

---

* 서부 개척 시대인 1860년에 창설된 최초의 속달 우편제도. 우편배달부들이 교대로 말을 타고 전속력으로 달려 편지를 배달했다.

피그」*와 뒤죽박죽 섞여서." 그는 텔레비전 화면을 향해 손을 흔들었다. "저게 우리 꿈속까지 들어온단 말이야. 더러운 기계 같으니. 포키 피그와 무정부주의자에 대한 에피소드를 본 적이 있나?"

사실 그녀는 보았지만 본 적이 없다고 대답했다.

"그 무정부주의자는 검은 옷을 입고 있었어. 그래서 어둠 속에서는 그의 눈만 보이는 거야. 1930년대에 시작된 만화이지. 포키 피그는 어떤 소년이고. 아이들이 그러는데 이제 그에게는 시세로라는 조카까지 있다더군. 전쟁 때 포키가 방위산업 공장에서 일했던 것 기억해? 그와 벅스 버니가 그랬지. 벅스 버니도 좋은 놈이야."

"검은 옷을 입고 있던 사람은요?" 에디파가 재촉했다.

"인디언들 이야기와 뒤섞여서 말이야." 그는 기억을 더듬었다. "검은 깃털을 단 인디언들, 인디언이 아닌 인디언들을 꿈에서 봤어. 할아버지께선 말씀하셨지. 인디언의 깃털은 하얗다고. 그러나 그 가짜 인디언들은 뼈를 태워서 그 가루로 깃털을 검게 칠했어. 그래야 밤에 잘 안 보이니까. 그들은 밤에 왔거든. 그래서 할아버지는, 그분의 명복을 빌어야겠네, 그들이 인디언이 아니라는 것을 알았어. 인디언은 밤에 공격하지 않으니까. 만일 할아버지가 그들에게 살해된 거라면, 그분의 영혼은 어둠 속에서 영원히 방황하고 있을 거야. 이방인으로 말이야."

"만약 그들이 인디언이 아니었다면, 그럼 누구였을까

---

* 리언 슐레진저가 만든 만화영화.

요?" 에디파가 물었다.

"스페인식 이름이었는데, 아니, 멕시코식 이름이었어. 아, 기억이 나질 않아. 참, 그 반지에 이름을 새겨 놓았던가?" 토트 씨는 이마를 찌푸리며 말했다. 그는 의자 옆에 있는 바느질 가방에 손을 뻗쳐 푸른색 뜨개실, 바늘, 천 조각들을 뒤적거리더니 드디어 도장을 새긴 투박한 금반지를 끄집어냈다. "할아버지가 당신께서 죽인 사람의 손가락에서 빼낸 거야. 아흔 한 살 먹은 노인이 그렇게 잔인하리라고 상상할 수 있겠나?" 에디파는 그것을 노려보았다. 그 반지에도 W.A.S.T.E. 기호가 있었다.

그녀는 창문으로 쏟아져 들어오는 햇빛에 무서워 떨며, 마치 얽히고설킨 수정 구슬의 한가운데에 갇힌 것처럼 주위를 두리번거리다 내뱉었다. "이럴 수가!"

"난 그를 느낄 수 있어. 어떤 날, 어떤 기온, 어떤 기압에는 말야. 그건 몰랐지? 그가 가까이 있다는 것을 느낄 수 있어."

"할아버지의 조부 말씀인가요?"

"아니. 하느님 말이야."

그 후 에디파는 포니 익스프레스나 웰스 앤드 파고 컴퍼니를 주제로 책을 쓰고 있다면 많은 것을 알고 있을 필로피언을 찾았다. 그는 많이 알기는 했지만 정작 자신들의 적인 트리스테로에 대해서는 잘 몰랐다.

"물론 힌트는 있죠." 그가 말했다. "그 묘비에 대한 편지를 새크러멘토*에 보냈는데, 그들은 몇 달 동안이나 전형적인 관료주의적 행태를 보이며 그 편지를 이리 보내고

저리 보내고 했어요. 언젠가는 자료집 같은 걸 만들어 보내올지도 모르지요. 무슨 일이 있었던 간에 그 책에는 아마 '옛사람들은 기억하고 있으리라.'라고 쓰여 있을 거예요. 옛사람들이라고, 정말로 좋은 문헌이라고 말이에요. 캘리포니아식 쓰레기 같은 소리지요. 그 책의 저자는 이미 죽었을 테고, 따라서 그걸 추적할 수 있는 방법이란 없어요. 노인에게서 알아낼 수 있는 것같이 우연한 연관 관계를 기대하는 것이 고작이겠지요."

"정말 그것들이 서로 관련 있는 걸까요?" 그녀는 그 연관성이 백 년의 세월이 지나는 동안 긴 백발처럼 가늘어졌을 것이라고 생각했다. 두 노인. 이 모든 것이 에디파 자신과 진실 사이에서 그녀의 뇌세포를 피곤하게 만들었다.

"이름도 없고 얼굴도 없는 검은 옷차림의 약탈자들. 연방 정부에서 고용한 암살자들인지도 모르지요. 그들의 억압은 아주 잔혹했으니까요."

"그들과 경쟁하던 다른 우편배달부들의 소행은 아닐까요?"

필로피언은 어깨를 으쓱할 뿐이었다. 에디파는 그에게 W.A.S.T.E. 기호를 보여 주었다. 그는 다시 어깨를 으쓱했다.

"이게 여자 화장실에 있었어요. 바로 여기 스코프에 말이에요, 마이크."

"여자들이란, 참. 여자들 이야기는 알 수가 없단 말이야."

만일 그녀가 화핑거의 희곡에서 몇 줄 확인할 생각이 있

---

* 캘리포니아 주의 주도.

었더라면 에디파는 스스로 그 다음 실마리를 찾아낼 수 있었을 것이다. 그녀는 로스앤젤레스 근교에서 가장 저명한 우표 수집가인 젱기스 코헨이라는 사람에게서 도움을 받았다. 메츠거는 유언 속 지시대로 인버라리티가 수집한 우표들을 감정하고 정리하기 위해 이 사람 좋고 약간은 비대한 전문가를 확보해 두었다.

안개가 수영장 물 위로 솟아오르던 어느 비 오는 날 아침, 메츠거도 다시 떠나고 파라노이스도 녹음을 하러 어디론가 떠났을 때, 에디파는 마침 그 젱기스 코헨에게서 전화를 받았다. 그가 느낀 당혹감이 전화를 통해서도 전해졌다.

"좀 이상한 것이 있어서요. 마스 부인, 잠시 와 줄 수 있습니까?"

매끄러운 프리웨이를 달리면서 그녀는 어쩐지 그 이상한 것이 트리스테로라는 단어와 연결되어 있을 거라는 생각이 들었다. 일주일 전에 메츠거는, 금고에 넣어 에디파의 임팔라에 보관해 둔 우표 앨범을 코헨에게 넘겨주었다. 그때 그녀는 별 흥미가 없어서 그 안을 들여다보지도 않았다. 하지만 이제는 마치 빗줄기가 속삭이듯 민간 우편배달부들에 대해 필로피언이 알지 못하는 부분을 코헨은 알려 주리라는 생각이 들었다.

그가 오피스텔의 현관문을 열자, 그 뒤로 셀 수 없이 이어진 방문들이 빛처럼 쏟아지는 빗줄기에 젖은 채 샌타모니카를 향해 점점 멀어지고 있었다. 마치 사진틀처럼 그를 겹겹이 둘러싸고 있는 것 같았다. 젱기스 코헨은 여름 감기 기운이 있었고, 바지의 지퍼를 반쯤 연 채로 배리 골드

워터*를 선전하는 헐렁한 홍보용 셔츠를 입고 있었다. 에디파는 순간 모성애를 느꼈다. 그는 방 안쪽으로 3분의 1쯤 되는 곳으로 들어가서 그녀를 흔들의자에 앉힌 다음 조그맣고 멋진 유리잔에 담긴 집에서 담근 진짜 민들레주를 가져다주었다.

"이 년 전에 공동묘지에서 딴 민들레로 담근 겁니다. 이제 그 공동묘지는 없어졌어요. 그 자리엔 샌나르시소의 동부 프리웨이가 지나가게 되었지요."

이제는 그녀도 이런 신호를 인식할 수 있었다. 마치 간질병 환자가 발작을 일으키기 전에 냄새나 색깔, 자신을 찌르는 듯한 전조를 느끼듯이. 나중에 기억 나는 것은 단지 그 신호뿐, 정말이지 쓸데없는 그 영속적인 전조뿐, 실제 발작 중에 드러난 진실은 알 수 없는 법이다. 에디파는 이 모든 것의 마지막에(만일 마지막이 찾아온다면) 그녀 역시 수많은 실마리들과 공공연한 사실들, 어떤 암시만을 기억하게 될 것이며 중요한 진실은 결코 알 수 없는 것 아닌지 걱정했다. 그 진실들은 그녀의 기억이 붙잡으려 할 때마다 어쩐지 너무나 투명해 보였고, 일상적인 세계로 돌아오면 언제나 과잉노출로 인한 공백을 남기며 그 자신의 메시지를 돌이킬 수 없이 파괴해 버리는 것 같았다. 민들레주로 입술을 축이는 순간, 그녀는 이런 순간이 지금껏 얼마나 많이 찾아왔다가 지나가 버렸으며 다시 찾아온다고 해도 어떻게 붙잡을 수 있을지 알 수 없으리라는 생각을

---

* 1964년 미국 공화당 대통령 후보. 린든 B.존슨에게 패했다.

했다. 마지막 순간에도 마찬가지일 것이다. 그러나 정말 그럴지는 알 수 없다. 그녀는 빗줄기가 보이는 복도를 내다보며 자신이 그 미로 속으로 얼마나 깊이 빠져 들어갈 수 있는지 처음으로 깨달았다.

"내 임의대로 전문 협회와 접촉을 했습니다. 아직 문제의 우표들을 그곳에 보내지는 않았지만요. 당신과 메츠거 씨의 허락이 없었으니까요. 그나저나 모든 경비는 유산에서 지불되겠지요?"

"무슨 말씀이신지 잘 모르겠군요." 에디파가 말했다.

"잠깐만요." 그는 작은 탁자로 가더니 플라스틱 서류철에서 포니 익스프레스를 기념하며 1940년에 발행된 3센트짜리 적갈색 우표 한 장을 핀셋으로 조심스럽게 꺼냈다. 이미 우체국 소인이 찍힌 것이었다. "보세요." 그는 작지만 빛이 센 램프를 켜면서 그녀에게 타원형의 확대경을 주었다.

"우표가 뒤집어진 것 같은데요," 그가 우표를 벤젠으로 부드럽게 닦아 검은 쟁반에 놓자 에디파가 말했다.

"투명 무늬지요."

에디파는 들여다보았다. 거기에도 그것이 있었다. 중앙에서 약간 오른쪽으로 치우쳐 검은빛을 띤 W.A.S.T.E. 기호가 있었던 것이다.

"이건 뭐지요?" 그녀는 얼마나 오래되었을지를 가늠하며 물었다.

"글쎄요." 코헨은 말했다. "바로 그것 때문에 협회에 보고를 한 것입니다. 친구 몇 명이 와서 보고 갔지만 모두들 말하기를 꺼려했습니다. 하지만 이건 어떻습니까?" 그는 같은 플라스틱 폴더에서 오래된 독일 우표처럼 보이는 것을 꺼냈는데, 중앙에 4분의 1이라는 숫자가 있었고 그 위에는 독일어로 우표라는 글자가 쓰여 있었으며 오른쪽 여백에는 툰과 탁시스의 문장(紋章)이 새겨져 있었다.

그녀는 화핑거의 희곡을 떠올렸다. "그들은 일종의 민간 우편배달 조직이었지요?"

"1300년경부터였지요. 비스마르크가 1867년 그들을 사들이기 전까지는 유럽에서 유일한 우편제도였어요. 이건 그들이 몇 장 만들지 않았던 접착성 우표 중 한 장입니다. 구석을 보세요." 우표의 네 귀퉁이에는 고리가 달린 나팔 그림이 그려져 있었다. W.A.S.T.E. 기호와 비슷했다. "우체국의 나팔이지요. 툰과 탁시스의 기호예요. 이건 그들의 문장이었습니다." 코헨은 말했다.

한 번 매듭지어진 그 황금 나팔은 말없이 놓여 있다. 에디파는 그 구절을 기억해 냈다. 그래. "그렇다면 당신이 발견해 낸 그 투명 무늬도 나팔에서 시작되는 선이 약간 다른 것을 제외하고는 거의 같네요."

"우습게 들리겠지만 내 생각에 그것은 약음기입니다."

그녀는 고개를 끄덕였다. 검은 복장, 침묵, 비밀. 그들이 누구든지 간에 그들의 목적이란 툰과 탁시스의 우편 나팔을 침묵하게 만드는 일이었을 것이다.

"이 우표들은 발행될 때 투명 무늬가 들어가지 않았어요." 코헨이 말했다. "다른 세목들을 보아도, 예를 들어 그림의 음영, 우표 절취선의 형태, 종이가 퇴색된 방식만 보

아도 이건 명백한 위조 우표입니다. 결코 단순한 실수가
아닙니다."

"그렇다면 이건 아무 가치도 없겠군요."

코헨은 미소를 지으며 코를 풀었다. "뛰어난 위조 우표
가 얼마나 비싼지 알면 놀랄 겁니다. 어떤 수집가는 위조
우표만 전문적으로 모으지요. 문제는 누가 그 위조 우표를
만들었냐는 겁니다. 그 사람들이 아주 악랄하거든요." 그
는 핀셋 끝으로 우표를 뒤집어 그녀에게 보여 주었다. 포
니 익스프레스의 기수가 서부 요새에서 말을 달려 나오는
그림이 있었다. 그런데 그 기수가 달리는 방향인 오른쪽으
로 나 있는 관목 숲길에 검은 깃털 하나가 조심스럽게 새
겨져 있었다. "왜 일부러 이렇게 잘못된 것을 집어넣었을
까요?"그녀의 표정은 보지도 않은 채 그가 혼잣말처럼 물
었다. "나는 모두 여덟 장을 찾아냈습니다. 모두 이것처럼
잘못된 데가 있었지요. 마치 조롱하듯 일부러 공들여 만들
어 넣은 겁니다. 심지어는 '미합중국 우표(Postage)' 대신
'미합중국 마약 시대(Potsage)'라고 철자를 바꾼 것도 있습
니다."

"최근에도 그런 게 있었나요?" 에디파는 필요 이상으로
목소리를 높여 불쑥 물었다.

"무슨 이상한 일이라도 있습니까, 마스 부인?"

그녀는 무초가 보낸 편지의 우표에 "모든 음란 우편물은
포츠마스터에게 보고하라."고 쓰여 있었다고 설명했다.

"이상하군요." 코헨 역시 의아해했다. "철자가 바뀐 것
은, 1954년에 나온 4센트짜리 링컨 우표만 실수로 그렇게

되었는데요. 가짜 우표는 1893년이 마지막이었고요." 그가 자신의 노트를 보며 말했다.

"칠십 년 전이군요." 그녀는 말했다. "그렇다면 위조범도 꽤 늙었겠지요."

"만일 같은 자의 소행이라면 그렇겠죠." 코헨은 말했다. "하지만 만약 그것이 툰과 탁시스만큼 오래된 것이라면? 오메디오 타시스는 밀라노에서 추방되어 1290년경 베르가모에서 처음 우편배달 서비스를 시작했어요."

그들은 창문과 천장의 채광창에 떨어지는 빗소리를 들으며, 어떤 놀랄 만한 가능성과 맞닥뜨린 채 말없이 앉아 있었다.

"전에도 그런 일이 있었나요?" 그녀는 이렇게 물을 수밖에 없었다.

"우표 위조의 역사는 800년이나 됩니다. 내 의견은 아닙니다만." 에디파는 그에게 토트 씨의 도장 반지, 스탠리 코텍스의 낙서, 스코프의 여자 화장실에서 본 약음기를 끼운 나팔 그림에 대한 이야기를 해 주었다.

"그것이 무엇이든지 간에, 그들은 아직 활동하고 있는 것이 틀림없습니다." 그는 당연하다는 듯 말했다.

"정부에 보고해야 할까요?"

"정부는 우리보다 더 잘 알고 있어요." 코헨은 신경질적으로 말하더니 갑자기 몸을 사렸다. "아니요. 나 같으면 그렇게 하지 않겠어요. 우리와 상관없는 일이니까요."

그녀는 W.A.S.T.E.에 대해 물었지만 어쩐지 너무 늦어 버린 것 같았다. 그를 잃어버린 것이다. 그가 너무나 갑자기 모든 것을 모른다고만 말했기 때문에 마치 거짓말을 하고 있는 것처럼 보였다. 그는 민들레주를 에디파에게 더 따라 주었다.

"이젠 술이 맑아졌습니다." 그는 딱딱한 어조로 말했다. "몇 달 전만 해도 탁했지요. 봄에 민들레가 다시 필 때면 술이 발효하기 시작합니다. 마치 기억하고 있다는 듯이 말입니다."

'아니야.' 에디파는 생각했다. 그녀는 슬퍼졌다. 마치 민들레가 피었던 공동묘지가 우리가 걸을 수 있는 땅이 있는 한 여전히 존재한다는 듯이, 그래서 동부 샌나르시소의 프리웨이는 필요하지 않다는 듯이, 뼈들은 묘지 아래에서 민들레의 혼을 살찌우며 아무도 파헤치지 않아 아직도 평화롭게 잠들어 있다는 듯이. 죽은 자들이 술병 속에서조차 아직 살아 있다는 듯이.

5장

이제 해야 할 일은 랜돌프 드리블레트를 다시 찾아가는 것이었지만, 에디파는 대신 버클리에 가기로 결정했다. 리처드 화핑거가 트리스테로에 관한 정보를 어디서 얻어 냈는지 알고 싶었던 것이다. 가능하다면 발명가인 존 니파스티스가 어떤 식으로 우편물을 받아 보고 있는지도 알아볼 작정이었다.

키너릿 어몽 더 파인스를 떠날 때 무초가 그랬던 것처럼 메츠거 역시 에디파가 떠나는 것을 별로 개의치 않는 것 같았다. 그녀는 북쪽으로 차를 몰면서, 버클리로 가는 길에 집에 들를지 아니면 돌아오는 길에 들를지 곰곰이 생각했다. 그러나 그 문제는 그녀가 키너릿 어몽 더 파인스로 빠지는 출구를 지나치는 바람에 쉽게 해결돼 버렸다. 그녀는 샌프란시스코 만 동쪽 연안을 따라 차를 몰아서 버클리 언덕에 올랐고 자정이 가까워서야 볼품없고 여러 층으로 이루어진 호텔에 도착했다. 짙은 녹색 카펫이 깔린 구불구불한 복도, 장식이 요란한 샹들리에가 시선을 끄는 독일 바로크 풍의 호텔이었다. 로비에는 '환영, 미국 농아 협회 캘리포니아 지부'라는 문구가 걸려 있었다. 불빛은 놀랄 만큼 밝게 빛났고, 무거운 침묵이 건물 전체를 에워싸고 있었다. 안내원이 프런트 뒤에서 잠을 자고 있다가 벌떡 일어나 그녀에게 수화로 손짓 몸짓을 하기 시작했다. 에디파는 무슨 일이 벌어지는지 볼 요량으로 자신도 가운뎃손가락으로 외설스러운 제스처를 해 볼까 생각했다. 그러나 쉬지 않고 운전한 탓에 갑자기 피로가 몰려왔다. 안내원은 샌나르시소의 거리처럼 구불구불하고, 적막한 복도를 지나 레메디오스 바로 그림의 복제품이 걸려 있는 방으로 에디파를 안내했다. 잠은 금방 들었지만 침대 맞은편 거울 속에 무언가가 있는 듯한 악몽을 꿔서 자꾸만 깼다. 뭐라고 정확히 꼬집어 말할 수도 없고 볼 수도 없는, 불확실한 어떤 것이었다. 그러다가 마침내 잠이 푹 들었을 때, 그녀는 자신이 아는 캘리포니아 해변이 아닌 부드럽고도 하얀 모래사장에서 무초와 사랑을 나누는 꿈을 꾸었다. 아침에 잠에서 깼을 때, 그녀는 거울 속에 비친 자신의 지친 얼굴을 들여다보며 침대 위에 목석처럼 앉아 있었다.

그녀는 새틱 가에 있는 조그만 건물에서 랙턴 출판사를 찾아냈다. 『포드 · 웹스터 · 터너 · 화핑거 희곡집』은 그곳에 없었다. 그러나 에디파는 12달러 50센트짜리 수표를 써 주고 오클랜드에 있는 출판사의 창고 주소와 그곳 사람들에게 제시할 영수증을 받았다. 그녀가 책을 손에 넣었을 때는 이미 오후였다. 에디파는 자신을 여기까지 오게 한 그 구절을 찾으려고 책을 훑어 나갔다. 그러고는 책장을 뚫고 들어올 듯한 강렬한 햇빛 속에서 그만 얼어붙고 말았다.

거기에는 어느 신성한 별인들 지켜 줄 수 있으랴, 안젤로의 탐욕을 한때라도 거스른 자를이라고 쓰여 있었다.

"이럴 수가!" 에디파는 큰 소리로 외쳤다. "한때나마 트리스테로와 밀약을 맺었던 그 사람을"이라는, 보급판에 연필로 쓰여 있던 각주와는 다른 구절이 나와 있었던 것이다. 그러나 그 보급판은 그녀가 지금 손에 들고 있는 책을 그대로 복사한 것이 아니던가. 어리둥절해진 에디파는 지금 들고 있는 책에서도 역시 각주를 발견했다.

이는 1687년도 사절판을 따른 것이다. 이보다 앞선 이절판에는 마지막 행이 있어야 할 자리에 첫 행이 끼어 있다. 화핑거가 어떤 궁정 사람을 암시하여 중상한 것일지도 모르며, 그 후에 행해진 '복원' 작업은 실제로는 이니고 바프스터블이라는 식자공이 한 것이라고 다미코는 시사했다. 다소 의심이 가는 1670년경의 화이트채플판에는 '이 밀약, 혹은 끔찍이 뒤틀린, 아, 니콜로'라는 매우 천박한 알렉산더격 운율*로 되어 있는데 문장 구조상으로도 말이 되지 않아 보인다. 이 행이 '이 트리스테로의 최후 심판의 날……'이라는 구절과 운율을 맞춘 말장난이라는, J. K.세일의 이단적이지만 어느 정도 설득력 있는 주장을 따르지 않는다면 말

---

* 약강으로 된 리듬이 여섯 박자로 이루어진 운율.

이다. 그러나 여기서 세일의 주장 역시 트리스테로라는 단어를 '비참한' 또는 '타락한'이라는 뜻인 **트리스트**의 이탈리아어식 변형으로 보지 않는 한, 그 단어의 정확한 의미를 밝히고 있지 않으므로 그 행을 이전처럼 믿을 수 없다는 점을 짚고 넘어가야 한다. 그러나 화이트채플판은 온전하지 않을 뿐더러, 우리가 다른 곳에서도 언급했듯이 오류가 많고 위조했을 것으로 의심되는 구절들이 많기 때문에 믿기 어렵다.

그렇다면 자프의 책방에서 산 보급판에서 본, 트리스테로를 언급하는 그 행은 어디에서 나온 것일까. 에디파는 의아해했다. 사절판, 이절판, 화이트채플판 외에 또 다른 판이 있다는 말인가? 캘리포니아 대학 영문과 교수 에모리 보츠가 서명한 편집자 서문에는 이에 대한 어떠한 언급도 없었다. 그녀는 한 시간 정도 더 걸려 각주를 샅샅이 뒤져 보았지만 허사였다.

"빌어먹을!" 에디파는 이렇게 소리를 지르고는, 차 시동을 걸고 보츠 교수를 찾으러 대학으로 향했다.

그녀는 1957년이라는 그 책의 발행 연도를 기억해야 했다. 그때는 지금과 완전히 다른 세상이었던 것이다. 영문과 사무실에 있는 여직원이 보츠 교수는 더 이상 그 학교에 있지 않으며 지금은 캘리포니아 주 샌나르시소에 있는 샌나르시소 대학에서 강의를 하고 있다고 알려 주었다.

그러면 그렇지, 그곳 말고 또 어디가 있겠는가, 에디파는 얼굴을 찌푸리며 생각했다. 그녀는 주소를 베껴 적고 보급판 출판인이 누구였던가를 기억해 내려고 애쓰면서 그곳을 나왔다. 그러나 도저히 생각이 나지 않았다.

때는 한여름의 평일 오후여서 에디파가 아는 한 어느 대학 교정도 분주할 시간이 아니었으나, 이 학교만은 매우 활기찼다. 그녀는 휠러 홀에서 내려와 새더 게이트를 지나 코르덴 바지, 청바지, 그대로 드러낸 맨다리, 금발 머리, 커다란 뿔테 안경, 햇빛 속을 달리는 자전거 바퀴살, 책가방, 카드 테이블, 땅에 끌릴 정도로 긴 대자보, 무슨 뜻인지 해독할 수 없는 FSM*, YAF**, 혹은 VDC*** 같은 단체 이름의 약자가 쓰인 포스터들, 분수의 물거품, 얼굴을 맞대고 이야기를 나누는 학생들 등으로 붐비는 대학 광장에 들어섰다. 그녀는 그 두툼한 책을 옆에 낀 채 그들 사이를 걸으면서 불안하게 주춤거리는 이방인처럼 이곳에 속하기를 원하면서도, 그러기 위해서는 너무나 다른 이 두 세계 사이를 오가며 얼마나 많은 탐색을 해야 할 것인가 생각했다. 에디파는 동료 학생들뿐 아니라 자신을 둘러싼 가시적인 구조와도 떨어져 은둔하던, 과민하고 온순한 시대에 교육을 받았기 때문이다. 이런 태도는 오직 죽음만이 치유할 수 있을 어떤 정신적 질병이 전국에 편만하던 당시 상황의 반영이었다. 하지만 지금의 이곳은 더 이상 그녀가 과거에 알던 나른하고 아담한 대학이 아니었다. 지금의 버클리는 차라리 책에서 본 극동 아시아나 라틴 아메리카의

---

* Free Speech Movement, 언론자유운동.
** Young Americans for Freedom, 자유청년연합.
*** Vietnam Day Committee, 베트남의 날 위원회.

대학들, 가장 사랑받아 온 신화조차 의심의 대상이 되고 대격변을 일으킬 만한 반대 의견을 내놓으며 자살이라는 행태로 참여하기를 선택하는 식의 자율적인 문화 공간, 다시 말해 정부를 전복시키려는 대학들에 좀 더 가까웠다. 그러나 그녀가 금발의 아이들, 부릉거리는 혼다, 스즈키 오토바이 사이를 지나며 밴크로프트 웨이를 건널 때 들은 말은 틀림없는 영어였다. 그토록 온순했던 에디파의 젊은 날을 돌봐 준 어리석은 지도자들, 제임스 국방 장관*, 포스터 국무 장관**, 조셉 상원 의원*** 등은 지금 다 어디로 갔단 말인가? 그들은 이제 다른 세상에 속한 사람이 되었다. 다른 유형의 선로를 따라 다른 결단이 행해지고, 신호등의 스위치는 내려진 세상이 된 것이다. 얼굴 없는 철도원들은 모두 자리를 옮겼거나 감옥에 갔거나 그들의 흔적을 추적해 오는 수색대를 보고 혼비백산하여 달아났다. 마약과 알코올에 중독된 채, 광적인 상태에 빠져 때로는 가명으로 위장했던 그들은 죽은 뒤에도 다시는 찾을 수 없게 되었다. 그들은 어린 에디파를 시위행진이나 연좌시위에는 적합하지 않고, 재코비언 시대의 작품에 나오는 이상한 단어나 추적하는 전문가로 만들어 버린 것이다.

---

* 1947년부터 1949년까지 미 국방부 초대 장관으로 재임하며, 군사 조직을 개편했다.
** 1953년부터 1959년까지 아이젠하워 대통령 밑에서 국무 장관으로 재임하며 냉전 시대 미국의 대외 정책을 추진했다.
*** 미국 위스콘신 주 출신 연방 상원 위원으로 미국 내 반공 운동을 주도했다. 제임스 국방 장관, 포스터 국무 장관과 함께 미국의 보수 반공 세력을 대표한다.

그녀는 회색빛 텔레그래프 가에 있는 한 주유소에 차를 세우고 전화번호부에서 존 니파스티스의 주소를 찾아냈다. 그런 다음 멕시코 양식을 흉내 낸 아파트로 차를 몰았고, 미합중국 우편함들 가운데서 그의 이름을 찾아 바깥쪽 계단을 올라가서는 현관문을 발견할 때까지 커튼이 쳐 있는 창문을 따라 걸어 내려갔다. 니파스티스는 짧은 머리에, 코텍스처럼 실제 나이보다 어려 보였으며, 트루먼 행정부 때부터 사람들이 입기 시작했던 남태평양의 경관이 그려진 셔츠를 입고 있었다.

에디파는 자신을 소개하면서 스탠리 코텍스의 이름을 언급했다. "그는 내가 감성이 예민한 사람인지 아닌지 당신이 말해 줄 수 있을 거라고 했어요."

니파스티스는 텔레비전에서 아이들 여럿이 와투시 춤을 추는 것을 보던 중이었다. "나는 아이들 프로를 즐겨 보지요."라고 그가 설명했다. "저 또래의 아이들에게는 뭔가가 있어요."

"내 남편도 그래요. 그래서 이해할 수 있어요." 그녀가 말했다.

존 니파스티스는 공감한다는 듯이 그녀를 향해 빙긋 웃고는 뒤쪽에 있는 작업실에서 기계를 가지고 나왔다. 그것은 특허장에 설명된 것과 대체로 비슷한 모양이었다. "이 것이 어떻게 움직이는지 압니까?"

"스탠리가 대충 설명해 주었어요."

그러자 그는 다소 머쓱해하며 엔트로피에 대해 설명하기 시작했다. 그 단어는 트리스테로라는 단어가 에디파를 괴롭히는 만큼이나 그를 괴롭혔다. 그러나 그 단어는 전문 용어였고 그녀는 거의 알아들을 수가 없었다. 다만 두 가지 종류의 엔트로피가 있다는 사실만을 이해할 수 있었다. 그중 하나는 열기관과 관계된 것이었고 다른 하나는 정보 소통과 관계되는 것이었다. 1930년대만 해도 전자의 등식 관계는 후자의 등식 관계와 같은 것으로 간주되었다. 그러나 그것은 단지 우연의 일치였을 뿐이었다. 이 두 분야는 맥스웰의 수호정령이라는 공통점을 제외하면 전혀 관련이 없었다. 수호정령은 뜨거운 분자와 찬 분자를 분류할 때 그 체계의 엔트로피를 상실한다고 알려져 있다. 그러나 이러한 엔트로피의 감소는 수호정령이 어떤 분자가 어디에 있는지 그 정보를 얻는 과정에서 상쇄되는 것이다.

"정보 소통이야말로 열쇠이지요." 니파스티스가 외쳤다. "수호정령은 자신이 얻은 정보를 민감한 분자들에 넘겨주고 민감한 분자들은 같은 식으로 반응합니다. 저 상자 속에는 헤아릴 수 없이 많은, 어쩌면 수억 개도 넘을 분자들이 들어 있어요. 수호정령은 각각의 분자에 대한 정보를 수집하며, 이때 심오한 정신적 차원에서 의사소통을 하지 않으면 안 됩니다. 예민한 사람은 엄청난 양의 에너지를 받아들이는 대신 똑같은 양의 정보를 전달합니다. 모든 것이 계속해서 움직일 수 있게 말입니다. 외적인 차원에서 우리가 볼 수 있는 것은 희망차게 움직이는 피스톤 하나뿐이지요. 거대하고도 복잡한 정보에 대항해서 단 하나의 작은 움직임이 일어나는 것입니다. 그 정보의 힘에 의해 매번 파괴되면서도 말입니다."

"제발 그만. 무슨 소리인지 하나도 못 알아듣겠어요." 에디파가 말했다.

"엔트로피는 은유적인 표현일 뿐입니다." 니파스티스는 한숨을 쉬며 말했다. "그것은 열역학의 세계와 정보 소통의 세계를 연결시켜 주지요. 이 장치는 두 세계를 다 이용합니다. 수호정령은 이런 은유를 언어적 차원에서 아름답게 만들 뿐 아니라 객관적인 진실이 되도록 해 주지요."

그녀는 마치 자신이 이단자인 듯 느껴졌다. "그러나 수호정령이 단지 그 두 세계의 평형상태가 비슷하게 보이기 때문에 존재하는 것이라면? 은유적 표현 때문에 말이죠."

니파스티스는 미소 지었다. 완고하고 침착하게, 믿는 자의 미소를. "클럭 맥스웰에게 수호정령은 은유가 생겨나기 훨씬 이전부터 존재하던 것입니다."

그러나 클럭 맥스웰이 과연 자신이 고안한 수호정령의 실체를 그렇게 광적으로 믿었을까? 에디파는 상자 겉에 있는 그의 사진을 바라보았다. 클럭 맥스웰은 옆모습만을 보여줄 뿐, 그녀와 시선을 마주치려 하지 않았다. 둥근 이마는 부드러워 보였으며, 머리 뒤쪽에 난 이상한 혹은 구불구불한 머리카락에 덮여 있었다. 사진에 드러난 그의 한쪽 눈은 온화했고 어떠한 암시도 하지 않는 것처럼 보였으나, 에디파는 덥수룩한 수염 속에 숨은 그의 음침하고 교활한 입이 한밤중에 어떤 소통의 단절, 위기, 으스스한 일들을 초래할지 궁금했다.

"사진을 잘 보세요." 니파스티스가 말했다. "실린더를 집중해서 보세요. 마음을 편하게 갖고 수호정령의 메시지를 받아들이려고 해 봐요. 금방 돌아올 테니까요." 그는 만화영화가 나오는 텔레비전 앞으로 돌아갔다. 「요기 베어」 두 편과 「마질라 고릴라」, 「피터 포터머스」가 각각 한 편씩 방영되는 동안, 에디파는 자리에 앉아 클럭 맥스웰의 수수께끼 같은 옆모습을 응시하며 수호정령이 접촉해 오기를 기다렸다.

'조그만 친구야, 정말 거기 있는 거니?' 에디파가 수호정령에게 물었다. 아니면 니파스티스가 나를 놀리는 것일까? 피스톤이 움직이지 않는 한 그녀는 알 도리가 없었다. 사진에서는 클럭 맥스웰의 손이 보이지 않았다. 어쩌면 손에 책을 들고 있을지도 모른다. 그는 영원히 멀리 사라져 버린 영광을 뒤로 한 빅토리아조 영국의 모습을 응시하고 있었다. 에디파는 초조해졌다. 맥스웰이 수염 사이로 아주 희미하게 미소를 짓기 시작하는 것 같았다. 확실히 그의 눈빛은 달라져 있었다.

그러자 그녀의 시야 가장자리에서 오른쪽 피스톤이 약간 움직이는 것처럼 느껴졌다. 그러나 그녀는 클럭 맥스웰의 얼굴에만 시선을 집중하도록 지시받았기 때문에 피스톤을 똑바로 바라볼 수 없었다. 몇 분이 지났으나 피스톤은 제자리에서 움직이지 않았다. 고음의 우스꽝스러운 목소리가 텔레비전에서 흘러나왔다. 그것은 단지 그녀의 망막이 잠깐 일으킨 경련, 결국 신경세포의 오류일 뿐이었을까? 정말 민감한 사람은 더 많이 볼 수 있을까? 그녀는 아무 일도 일어나지 않을까 봐 점점 더 안달이 났다. 무엇 때문에 내가 지금 걱정하고 있는 거지, 하면서도 걱정이 되었다.

니파스티스는 정신병자야, 잊어버려. 그는 진짜 미치광이일 뿐이라고. 진짜 예민한 사람이라는 것도 결국 저 사람의 환각 증세를 공유할 그런 사람일 뿐이야.

하지만 환각을 나눠 갖게 된다면 얼마나 멋질까. 그녀는 십오 분 가량 더 애를 썼다. 만약 거기 있다면 네가 무엇이든지 간에 그 모습을 나에게 보여 다오. 네가 필요해. 모습을 드러내 다오. 그녀는 반복해서 중얼거렸다. 그러나 아무 일도 일어나지 않았다.

"미안해요." 놀랍게도 그녀는 좌절감에 휩싸여 울먹거리며 도움을 청했다. "아무 소용없어요." 니파스티스가 다가와 그녀의 어깨를 감쌌다.

"괜찮아요. 제발 울지 말아요. 자, 소파 위에 앉아요. 뉴스가 곧 시작될 겁니다. 우리는 여기서 그걸 할 수 있어요."

"그거라니요? 뭐 말이에요?"

"성교를 하자는 말이지요." 니파스티스가 대답했다. "아마도 오늘 밤에는 중국에 관한 뉴스가 있을 겁니다. 나는 베트남에 관한 뉴스를 들으면서 하는 걸 좋아하지만, 사실은 중국이 최고지요. 중국에 관한 모든 걸 생각해 봐요. 삶의 충만함과 풍성함. 그것은 성행위를 더 섹시하게 만들어요. 그렇지 않아요?"

"맙소사." 에디파는 비명을 지르며 도망쳤다. 니파스티스는 어두운 방 안에서 그녀 뒤에다 대고, 텔레비전에서 배운 것이 틀림없는 '오, 갈 테면 가라고, 아가씨.' 하는 식으로 손가락으로 딱 소리를 냈다.

"스탠리에게 안부나 전해 줘요." 그녀가 계단을 후다닥

내려와 차 번호판 위로 날아간 스카프도 내버려 두고 굉음을 내며 텔레그래프 가를 빠져나오려 할 때, 그가 큰 소리로 외쳤다. 한 젊은이가 속도가 주는 신선하고 남성적인 느낌에 취해 머스탱*을 빠르게 몰다가 그녀를 쳐 죽게 할 뻔할 때까지 정신없이 차를 몰았다. 순간, 그녀는 자신이 프리웨이를 타고 샌프란시스코 만 다리 쪽으로 가고 있음을 깨달았다. 퇴근 시간이어서 도로는 꽉 막혀 있었다. 에디파는 이런 교통 체증이 로스앤젤레스 같은 곳에서만 있으리라 생각했기 때문에, 그 혼잡한 모습에 그만 질려 버리고 말았다. 몇 분 후 활같이 굽은 다리의 가장 높은 지점에서 샌프란시스코를 내려다보았을 때, 스모그 현상이 보였다. 저건 옅은 안개일 뿐이야. 에디파는 생각을 바꿨다. 어떻게 샌프란시스코에 스모그가 있을 수 있겠어? 사람들 말에 의하면 스모그는 훨씬 더 남쪽에서 생기는 것이니까. 지금 이 안개는 아마 햇빛의 각도 때문에 생겼을 거야.

프리웨이 위의 배기가스며 땀, 햇빛, 여름철 저녁 특유의 불쾌감 속에서 에디파 마스는 트리스테로 문제를 곰곰이 생각했다. 샌나르시소의 고요함, 모텔 수영장의 잔잔한 수면, 일본식 정원의 모래 바닥에 차분하게 그려진 듯 고요한 주택가도 프리웨이의 광기처럼 그녀를 한가로운 상념에 잠기도록 하지는 못했다.

존 니파스티스의 말처럼 (최근의 예를 들면) 두 가지 종류의 엔트로피, 즉 열역학 법칙과 정보 소통 이론을 등식

---

* 포드 회사에서 나온 자동차 모델로 젊은 층에 인기가 있다.

으로 써 놓고 보면 우연의 일치인지 비슷하게 보인다. 그는 맥스웰의 수호정령 덕분에 이같이 단순한 우연의 일치를 의미 있는 것으로 만들 수 있었다.

여기에서 에디파는, 그것이 얼마나 복합적인가는 알 수 없지만, 최소한 두 가지 이상의 의미를 지닌 은유와 직면해 있었다. 사방 어디를 둘러보든지 우연의 일치가 퍼져 있는 상황에서, 그 모두를 함께 묶을 수 있는 것은 트리스테로라는 단어밖에 없었다.

그녀는 트리스테로에 관한 몇 가지 사실을 알고 있었다. 트리스테로는 유럽에서 툰과 탁시스 우편제도와 대결했으며, 그 상징은 약음기가 달린 우편 나팔이다. 1853년 이전 특정한 시기에 미국에 등장했고, 검은 옷을 입은 무법자나 인디언으로 가장해서 포니 익스프레스, 웰스 앤드 파고 컴퍼니 등의 공식 우편제도와 맞섰다. 지금은 기묘한 성적 취향을 지닌 사람들과 맥스웰의 수호정령의 존재를 믿는 발명가들 사이의 정보 소통 수단으로 캘리포니아에서 살아남아 있다. 어쩌면 그녀의 남편인 무초 마스도 사용하는 수단일지 몰랐다.(그러나 그녀가 무초의 편지를 오래전에 내던져 버린 탓에 젱기스 코헨이 그 우표를 확인할 방법이 없었다. 만일 그녀가 확실히 알아내려 한다면 무초에게 직접 물어보는 수밖에 없었다.)

트리스테로라는 것이 확실히 존재하거나, 아니면 에디파가 죽은 남자의 유산에 너무 매달려 깊이 얽히는 바람에 만들어진 환상이거나 둘 중 하나였다. 어쩌면 그녀는 이곳 샌프란시스코에서 피어스가 남긴 모든 유형적 유산에서 벗어나 이 모든 일에서 손을 뗄 기회를 얻을 수 있을지 모른다. 그렇다면 그녀는 오늘 밤 되는대로 아무렇게나 돌아다녀 보고 아무 일도 일어나지 않는지 지켜본 후, 이 모든 것이 단지 신경과민에서 비롯된 것이므로 정신과 의사의 치료를 받으면 그만이라고 확신하면 될 것이었다. 그녀는 노스비치에서 프리웨이를 벗어나 마침내 창고들 사이로 난 가파른 인도에 차를 세웠다. 그러고는 브로드웨이 가를 따라 걷다가 초저녁의 인파 속으로 빨려 들어갔다.

그러나 에디파는 한 시간도 채 안 되어 다시 약음기가 달린 우편 나팔을 보게 되었다. 그녀는 루스 앳킨스 양복을 입은 나이 지긋한 남자들로 가득한 길에서 그 무리를 따라 배회하다가, 샌프란시스코의 야간 명소에 들르기 위해 안내원과 함께 폭스바겐 버스에서 내리는 왁자지껄한 관광객 무리와 맞부딪쳤다. "이것을 꽂아 드릴까요? 나는 방금 나오는 길이거든요."라고 하는 목소리가 들렸다. 그녀는 자신의 한쪽 가슴에 안녕하세요! 내 이름은 **아널드 스납**이에요! 재미있는 시간을 보내고 싶어요!라고 쓰인 커다란 연분홍색 배지가 솜씨 좋게 꽂혀 있는 것을 발견했다. 에디파는 주위를 둘러보았다. 천진난만한 얼굴을 한 사람이 윙크를 하면서 어깨가 편안한 간소복과 줄무늬 셔츠를 입은 무리와 함께 사라지는 것을 보았다. 아널드 스납은 더 재미있는 시간을 찾아서 가 버린 것이다.

누군가가 운동경기용 호루라기를 불었다. 어느새 에디파는 배지를 단 다른 사람들에 휩쓸려 그릭 웨이라는 술집으로 향하고 있었다. 아냐, 이건 안 돼. 에디파는 생각했다.

동성애자 술집은 안 돼. 그러나 그녀는 사람들의 물결 속에서 빠져나오려고 잠시 애를 쓰다가 오늘 밤은 방황하기로 결심했던 사실을 기억해 냈다.

안내인이 말했다. "자, 여기서 여러분들은 이제 제3의 성을 지닌 사람들, 다시 말해 이 해변 도시에서 가장 유명한 남자 동성애자들을 만나 볼 것입니다. 아마 여러분 중 몇몇 분에게는 조금 이상한 광경처럼 보일지도 모르겠으나 그렇다고 촌스러운 관광객들처럼 행동하진 말아 주셨으면 합니다. 만약 누군가가 여러분에게 수작을 건다면 그것은 그저 여기 이 유명한 노스비치에서 볼 수 있는 동성애자들의 밤 생활 가운데 일부, 즉 가벼운 장난이니 말입니다. 술을 두어 잔 드시다가 호루라기 소리가 나면 밖으로 나와 이 자리에 얼른 다시 모이라는 신호니까 그리 알고 행동해 주세요. 만약 여러분이 잘 협조해 주시면 그 다음에는 피노키오* 술집으로 갈 예정입니다." 그가 호루라기를 두 번 불자 관광객들은 큰 소리를 지르며 미친 듯이 술집으로 몰려갔고, 에디파도 휩쓸려 들어갔다. 분위기가 조금 가라앉았을 때, 그녀는 자신도 모르는 사이 스웨이드 재질의 스포츠 코트를 입은 어떤 키 큰 사람에 눌린 채, 손에는 알 수 없는 술이 든 잔을 들고 문 가까이에 서 있었다. 그의 옷깃에서 분홍색 배지가 아닌 반짝이는 하얀색 합금으로 정교하게 만든 트리스테로 우편 나팔 모양의 핀을 보았다. 약음기까지 달린 아주 정확한 모양이었다.

---

* 속어로 동성애자를 뜻한다.

좋아, 네가 진 거야. 한 시간만 게임을 해 보자. 그녀는 자신 있게 말했다. 그때 그녀는 버클리의 호텔로 돌아갔어야 했다. 그러나 결코 그렇게 할 수가 없었다.

"만약 내가 툰과 탁시스의 요원이라고 밝힌다면 어떻게 하겠어요?" 그녀는 그 핀을 꽂은 사람에게 말을 걸었다.

"뭐라고요?" 그가 대답했다. "그건 무슨 연극 집단인가요?" 그는 큰 키에 머리를 빡빡 깎았으며 얼굴에는 여드름이 나 있었는데, 이상스러울 만큼 텅 빈 그의 눈이 잠시 에디파의 가슴에 와 닿았다. "어떻게 당신이 아널드 스납이라는 이름을 갖게 되었소?" 그가 물었다.

"당신이 그 옷깃에 꽂은 핀을 어디서 구했는지 말해 준다면 대답하겠어요." 에디파가 대답했다.

"미안하지만 말할 수 없습니다."

그녀는 계속해서 조르기로 했다. "동성애자 표시 같은 것이라 해도 괜찮아요."

그의 눈에는 아무런 변화도 없었다. "나는 그런 쪽으로 놀지 않습니다. 당신도 마찬가지일 테지만요." 그는 그녀에게서 등을 돌리고 술을 주문했다. 에디파는 배지를 떼어서 재떨이에 놓아 두고는 지나치게 흥분한 인상을 주지 않으려고 조용히 말했다.

"이것 보세요. 나를 좀 도와주세요. 나는 정말로 내가 미쳐 가고 있다고 생각하거든요."

"사람을 잘못 찾아왔군요, 아널드 씨. 그런 이야기는 목사님한테나 가서 하세요."

"나는 미합중국의 정규 우편제도를 이용합니다. 다른 제도를 이용하라고 배운 적이 없으니까요." 그녀는 호소했다. "나는 당신의 적이 아니에요. 적이 되고 싶지도 않고요."

"내 친구가 되는 것은 어때요?" 그는 의자를 빙그르 돌려 다시 그녀를 향해 앉았다. "내 친구가 되고 싶은 거예요, 아널드 씨?"

"모르겠어요." 그녀는 그렇다고 말하는 편이 더 낫지 않았을까 생각했다.

그는 멍하게 에디파를 바라보았다. "당신이 알고 있는 것은 무엇이지요?" 그녀는 그에게 모두 말해 주었다. 말하지 않아야 할 이유가 있겠는가. 아무것도 숨기지 말자. 이야기가 끝나 갈 때쯤엔 관광객들이 호루라기 소리를 듣고 이미 밖으로 나간 후였고, 에디파도 벌써 석 잔을, 그도 두 잔을 비운 후였다.

"커비에 대해서는 들은 적이 있습니다." 그가 말했다. "그것은 실제 사람의 이름이 아니라 암호일 뿐이에요. 그러나 중국인을 좋아하는 만 건너편 사람이라든가, 그 혐오스러운 연극이라든가 그런 것들은 아닙니다. 무슨 내력이 있으리라고는 생각해 본 적이 없어요."

"나는 그것만 생각하고 있는걸요." 에디파는 다소 애처롭게 말했다.

"그런데 당신은 이런 말을 같이 나눌 사람이 아무도 없어요? 술집에서 만난 이름도 모르는 사람 말고는 말예요." 짧은 머리를 긁적이며 그가 물었다.

그녀는 그를 바라보려 하지 않았다. "없는 것 같아요."

"남편도 없고 정신과 의사도 없어요?"

"둘 다 있지만 그들은 아무것도 몰라요."

"그들에게 말할 수가 없습니까?"

그녀는 결국 그의 텅 빈 눈을 잠시 바라보고는 어깨를 으쓱했다.

"그렇다면 내가 아는 것을 말해 주지요." 그는 결정했다. "내가 꽂고 있는 핀은 내가 IA의 회원이라는 뜻입니다. IA란 '익명의 연인들(Inamorati Anonymous)'을 의미해요. 그리고 인아모라토(inamorato)란 사랑에 빠진 사람을 의미합니다. 사랑이 최악의 중독이니까요."

"누군가가 사랑에 빠지려고 할 때 그들을 돌보아 준다거나 하는 것인가요?" 에디파가 말했다.

"그렇습니다. 근본 취지는 사람들이 사랑을 필요로 하지 않게 되도록 만들자는 것입니다. 나는 운이 좋았어요. 어려서 그 버릇을 없애 버렸으니까요. 믿길지 모르지만 한밤중에 비명을 지르며 깨어나곤 하는 예순 살 된 노인들, 그보다 나이가 많은 노파도 있거든요."

"그렇다면 당신들은 AA*처럼 모임을 갖나요?"

"물론 그렇지는 않아요. 대신 전화번호를 받게 됩니다. 전화 응답 서비스라고나 할까요. 아무도 다른 사람의 이름을 알지 못합니다. 단지 상태가 너무 악화되어 혼자 처리할 수 없는 경우를 대비해서 전화번호를 가지고 있지요. 우리는 고립주의를 지향합니다. 모임을 갖는다는 건 근본 취지를 파괴하는 것이에요."

---

* Alcoholics Anonymous. 알콜 중독자들로 구성된 익명의 모임.

"당신을 돌봐 주기 위해 오는 사람은 어떻게 되나요? 만일 그 사람과 사랑에 빠지면 어떻게 되죠?"

"그들은 가 버립니다." 그는 말했다. "그들은 두 번 다시 볼 수 없어요. 전화 응답 서비스가 사람을 보내 주지만, 반복해서 같은 사람을 보내는 일이 없도록 주의해요."

그렇다면 우편 나팔은 어떻게 해서 시작되었는가? 그 조직의 창립 당시로 거슬러 올라간다. 1960년대 초 로스앤젤레스 근처에 사는 요요다인의 한 간부가 있었는데 직위가 부장보다는 높고 부사장보다는 낮았다. 서른아홉 살 되던 해에 사무자동화로 인해 실직당했다. 일곱 살 때부터 사장 자리가 아니면 죽음을 강요하는 종말론적 가르침을 엄격하게 받아 왔고, 자신이 이해할 수 없는 전문적인 서류에 서명하는 일밖에는 배운 기술이 전혀 없으며, 그 스스로 납득해야만 하는 어떤 특수한 이유로 특수 프로그램을 책임지도록 훈련받았기 때문에, 이 간부는 자연스럽게 자살을 맨 처음 떠올렸다. 그러나 지금까지 받아 온 훈련이 이 생각을 이겨 내게 만들었다. 회의를 열어 사람들의 의견을 듣지 않고서는 스스로 결정을 내릴 수 없었던 것이다. 그는 《로스앤젤레스 타임스》에 광고를 내서 자기와 비슷한 곤경에 처해 있는 사람들 가운데 자살하지 않아도 될 이유가 있는 사람이 있는지 묻는다면(그의 빈틈없는 가정에 의하면 자살한 사람은 아무 응답이 없을 것이므로), 자연히 그에게 유용한 자료만을 가져다줄 거라 생각했다. 그러나 그 가정은 잘못된 것으로 결론 났다. 아내가 작별 선물로 주고 간 (그가 해고 통지서를 받던 날 그녀는 그를 떠났다.) 1달러짜리 조그만 쌍안경으로 열심히 우체통을 지켜보며, 매일 정오면 순진한 사람들을 노리고 배달되는 광고지만 받으며 일주일가량을 보냈다. 그러던 어느 날, 그는 문 두드리는 소리에 고층 빌딩에서 혼잡한 차도로 뛰어내리는 흑백의 음산한 꿈에서 갑자기 깨어났다. 일요일 오후 늦은 시각이었다. 그가 문을 열자 털실로 짠 모자를 쓰고 갈고리 손을 한 늙은 거지가 있었다. 거지는 편지를 한 뭉치 건네고는 한마디 말도 없이 뛰어가 버렸다. 대부분 서투르게 자살을 시도했거나 마지막에 겁을 먹고 실패한 사람들에게서 온 편지들이었다. 그러나 그 어느 편지도 그가 살아야 할 충분한 이유를 제시하지는 못했다. 여전히 그의 마음은 흔들리고 있었다. 그는 종이에 두 개의 칸을 만들어 찬성과 반대로 나눈 다음, 투신자살에 대한 찬반 이유를 적어 가면서 또 일주일을 보냈다. 그는 결정타가 없는 한 어떤 식으로든 확실한 결단을 내리기가 불가능함을 깨달았다. 그러던 어느 날 《타임》 1면에 베트남의 한 승려가 정부 시책에 항거하여 분신자살했다는 기사가 AP 통신의 사진과 함께 실린 것을 보았다. "바로 이거야!" 그는 차고로 가서 차의 연료 탱크에서 휘발유를 사이펀으로 빼낸 다음, 녹색 자카리 중저가 양복을 조끼와 함께 챙겨 입고, 사람들이 보내온 편지들을 모두 외투 주머니에 찔러 넣은 채 부엌으로 들어가서는, 바닥에 앉아 몸에다 휘발유를 흠뻑 끼얹기 시작했다. 방어용 구축물을 쌓은 노르망디, 아르덴 전투가 벌어졌던 벨기에, 독일, 전후 미국을 거치며 내내 그를 지켜보았던 충실한 지포라이터에 마지막 작별 인사로 찰칵 당기려는 순간, 그는 현관문 쪽에서 열쇠 소리와 사람 목소리를 들었다. 그의 아내와 어떤 남자의 목소리였는데, 그 남자가 자신을 IBM 7094로 대체시킨 요요다인의 작업 능률 전문가임을 그는 즉시 알아챘다. 일이 아이러니하게 흘러가자 호기심이 생긴 그는 부엌에 앉아 넥타이를 심지인 양 휘발유 속에 집어넣고는 귀를 기울였다. 간간히 들리는 소리로 추측해 보건대, 그 능률 전문가는 거실의 모로코산 카펫 위에서 아내와 성교를 하고 싶어 하는 것 같았다. 아내도 마음이 내키는 듯했다. 곧이어 엉큼한 웃음소리, 지퍼 내리는 소리, 구두 벗는 소리, 거친 숨소리, 신음 소리가 들려왔다. 그는 넥타이를 휘발유에서 빼내고는 숨죽여 낄낄거리기 시작했다. 지포라이터의 뚜껑도 닫았다. "웃는 소리가 들려요." 그의 아내가 말했다. "휘발유 냄새도 나는데요." 능률 전문가가 말했다. 두 사람은 벌거벗은 채 손을 잡고 부엌으로 다가왔다. "나는 승려처럼 분신자살을 하려던 참이었소." 그가 설명했다. "저 친구는 그것을 결정하는 데 거의 삼 주나 걸렸어." 능률 전문가는 놀라며 말했다. "IBM 7094가 그걸 처리하는 데 얼마나 걸리는지 아시오? 겨우 100만 분의 12초야. 당신이 컴퓨터에 밀려난 게 당연하군." 전문가의 말에 그는 머리를 뒤로 젖힌 채 적어도 십 분간은 족히 웃어 댔다. 그가 웃는 도중에 아내와 아내의 정부는 놀라서 자리를 떠나더니 옷을 주워 입고는 경찰을 부르러 나갔다. 그는 옷을 벗고 샤워를 하고 빨랫줄에 양복을 널었다. 그때 그는 이상한 것을 발견했다. 양복 주머니에 들어 있던 편지의 우표들이 흰색에 가깝게 변해 버린 것이었다. 그는 휘발유가 잉크를 녹인 것을 이내 알아차렸다. 그는 한가롭게 우표를 떼어 내다가, 갑자기 그의 손에 투명한 우표 무늬가 찍혀 나오는 것을 발견하였다. 그것은 분명히 약음기가 달린 우편 나팔 형상이었다. "기적의 표시로구나." 그는 낮은 목소리로 말했다. 만일 그가 신앙심이 두터운 사람이었더라면 무릎을 꿇었을 것이다. 그러나 그는 아주 경건하게 다음과 같이 선언했을 뿐이다. "내 실수는 사랑이었다. 오늘부터 나는 사랑을 멀리하기로 맹세한다. 이성, 동성, 양성, 개, 고양이, 차 등에 대한 모든 종류의 사랑을 말이다. 나는 이 목적에 헌신할 고립주의자들의 모임을 창시하겠다. 또한 나를 죽게 할 뻔한 휘발유 때문에 모습을 드러낸 이 표적이 그 모임의 상징이 될 것이다." 그는 그렇게 실행했다.

에디파는 이제 어지간히 술에 취한 상태가 되었다. "지금 그는 어디 있나요?"

"그의 이름은 알려져 있지 않아요." 익명의 연인들의 회원인 그가 말했다. "W.A.S.T.E.를 통해 그에게 편지를 해 보시지요. IA 창시자 앞으로 말입니다."

"어떻게 이용하는지도 모르는걸요." 그녀가 말했다.

"생각해 보세요." 그 역시 술에 취한 상태였다. "자살에 실패한 사람들의 지하 세계를요. 그들은 모두 그 비밀 우편제도를 통해 서로 연락을 취하지요. 서로에게 무슨 이야기를 하냐고요?" 그는 미소를 지으며 고개를 가로저었다. 그러고는 의자에서 내려와 소변을 보려고 우글거리는 사람들 속으로 사라졌다. 그리고 다시 돌아오지 않았다.

에디파는 자신의 인생에서 처음 느껴 보는 듯한 심한 외로움에 잠겨 앉아 있었다. 자신이 술 취한 남자 동성애자들로 가득한 술집에 있는 유일한 여자임을 알아차렸다. 그녀는 생각했다. 내 삶에 일어난 일들은 이제 이야기할 수조차 없을 거야. 무초는 결코 내게 말을 걸지 않겠지. 힐라리어스도 귀 기울이지 않을 테고, 심지어 클럭 맥스웰은 나를 쳐다보지도 않았어. 주변에 있는 어느 누구와도 성적인 관계를 맺고 있지 않을 때 느끼는 절망감이 그녀를 엄습해 왔다. 그녀는 실제로 격렬한 증오(서리처럼 희고 긴 머리카락을 귀 뒤로 넘겨 기르고, 끝이 뾰족한 카우보이 부츠를 신은, 스무 살도 채 안 된 인디언 같아 보이는 소년)에서부터 건조한 사색(혹시 여장 남자가 아닌지 그녀의 다리를 뚫어져라 노려보는 나치 친위대 스타일의 어떤 남자)에까지 이르는 감정의 스펙트럼을 하나하나 살펴보았지만 그중 어떤 것도 그녀에게 전혀 도움이 되지 못했다. 그래서 그녀는 잠시 후 일어나 그릭 웨이를 나섰다. 그리고 다시 도시로, 그 오염된 도시 속으로 걸어 들어갔다.

그녀는 트리스테로의 우편 나팔 모양을 찾는 데 나머지 시간을 보냈다. 차이나타운에 있던 어느 한약방의 어두운 창문에 붙어 있는 문자들 가운데에서 그녀는 얼핏 그것을 본 것 같다는 생각이 들었다. 그러나 가로등 불빛이 너무 침침했다. 잠시 후, 그녀는 보도에 6미터 정도 간격을 두고 분필로 그려 놓은 표의문자를 두 개 발견했다. 두 문자 사이에는 몇 개는 문자로, 몇 개는 숫자로 채워진 네모 칸들이 복잡하게 그려져 있었다. 아이들의 장난인가? 아니면 지도 위의 장소 이름, 혹은 비밀스러운 역사의 연대일까? 그녀는 그 그림을 수첩에 베껴 놓았다. 그러고 나서 위쪽을 쳐다보니 검은 양복을 입은 남자가(아마 남자였을 것이다.) 그녀를 지켜보며, 반 블록쯤 떨어진 문 앞에 서 있었다. 에디파는 그가 사라지는 것을 보았지만 말을 걸 기회를 찾지 못했다. 그녀는 왔던 길을 서둘러 돌아갔다. 가슴이 두근거렸다. 버스 한 대가 다음 모퉁이에 멈춰 섰다. 그녀는 그 버스를 타기 위해 달려갔다.

졸음을 쫓기 위해 잠시 걸을 목적으로 내릴 때를 제외하고는, 에디파는 버스에 탄 채 내내 시간을 보냈다. 그녀를 엄습한 꿈의 파편들은 거의 다 그 우편 나팔과 관계가 있었다. 밤을 현실과 꿈으로 나누려 한다면, 아마도 꽤 많은 어려움에 봉착하리라.

낭랑하게 울려 퍼지는 밤의 음악 속에서 어떤 불명확한 악절과 마주친 듯, 그녀는 자신이 안전하리라고, 취기가 가라앉은 탓인지도 모르지만 무엇인가 자신을 보호해 주리라는 생각이 불현듯 떠올랐다. 오늘 밤 이 도시는 그녀의 것이다. 도시는 전에는 결코 존재하지 않았던 방식으로 관습적인 낱말들과 이미지들(코스모폴리탄, 문화, 케이블카)이 조합되어 매끄럽게 다듬어져 있었다. 그녀는 오늘 밤, 도시 멀리 뻗친 모세혈관까지 안전하게 다가갈 수 있는 통행증을 갖고 있었다. 그러나 그 모세혈관들은 그 속을 들여다보는 것 이상 무언가를 하기엔 너무 작았고, 혈관들은 관광객을 제외하고는 누구나 볼 수 있을 정도로 피부 밖으로 삐져나와 제멋대로 생겨난 부스럼 안에 짓눌려 있었다. 그러나 이 밤의 어떤 것도 그녀에게 와 닿지 않았다. 그 어떤 것도. 다만 그 상징들의 반복만으로도 충분해 보였다. 어떤 심리적인 외상을 동반하지 않고 오히려 그러한 외상을 희석하거나 그녀의 기억에서 아주 느슨하게 풀어 버릴 수도 있으므로. 그녀는 기억하도록 운명 지어져 있었다. 마치 롤러코스터를 탔을 때나 동물원에서 짐승에게 먹이를 줄 때, 높은 발코니에서 장난감 같은 거리를 내려다보았을 때 느끼는 것처럼, 지금 그녀는 어떤 가능성을 느끼고 있었다. 즉 미미한 몸짓으로도 실현할 수 있는 죽음의 충동 말이다. 그 유혹에 복종하기만 하면 그것은 꿈보다 더 아름답게 펼쳐지리라는 것을 알고 있었다. 에디파는 그 육감적인 영역의 가장자리를 건드려 보았다. 중력의 끌어당기는 힘, 야생의 강탈, 탄도학의 법칙도 그보다 더 큰 즐거움을 약속해 주지는 않았다. 그녀는 오한이라도 난 듯 몸을 심하게 떨며 시험해 보았다. "나는 기억하도록 운명 지어져 있는 거야. 나에게 다가오는 단서들은 각각 나름대로의 명료함과 영속성이 있을 거야. 영원히 지속할 수 있는 좋은 기회가 있을 거야." 그러나 곧 그 보석과도 같은 단서들이 단지 하나의 보상에 불과한 것인지도 모른다는 생각이 들었다. 즉 그녀에게 간질병처럼 직접적으로 미리 전조를 알려 주는 '말씀'*, 밤을 파괴할 수도 있는 그 절규를 상실한 데 대한 보상 말이다.

---

* 과거에는 간질을 종교적 희열로 생각하기도 했다.

골든게이트 공원에서는 잠옷을 입고 모여 있는 어린아이들을 만났는데, 그 아이들은 자신들이 지금 꿈속에서 모여 있는 거라고 말했다. 그 아이들에게 꿈은 깨어 있는 것과 다름없었다. 아침에 일어났을 때, 그들은 마치 밤새 깨어 있었던 것처럼 피곤함을 느낄 것이기 때문이다. 그들이 밖에서 놀고 있을 것이라고 어머니들이 생각하는 동안, 사실 그들은 이웃집 찬장 속에서, 나무 위에 세워 놓은 놀이집에서, 울타리 안쪽에 있는 아무도 모르는 둥지에서 밤잠을 보충하느라 잔뜩 움츠린 채 잠들어 있었다. 그들은 밤을 전혀 무서워하지 않았다. 그들은 자신들 집단 내부에 가상적인 불빛 하나를 지니고 있었으며, 의미도 잘 모르는 채 서로 공유하고 있는 공동체적 의식 이외에는 아무것도 필요로 하지 않았다. 그들은 그 우편 나팔에 대해선 알고 있었지만, 에디파가 보도 위에서 본 그 분필 글씨에 대해서는 아무것도 알지 못했다. 사람들은 단지 이미지만을 하나 사용했을 뿐이에요. 그것이 바로 고무줄 놀이지요. 한 작은 소녀가 설명했다. 여자 친구가 노래를 불러 주는 동안 번갈아 가면서 고리 모양의 나팔관, 나팔의 입, 약음기 속에 들어가는 거예요.

트리스토, 트리스토, 하나, 둘, 셋,
바다 건너편에서 택시를 돌려……

"지금 툰과 탁시스에 대해 말하는 거니?"
그러나 아이들은 그런 이름을 한 번도 들어 본 적이 없는 것 같았다. 그들은 에디파에겐 보이지 않는 그들만의 불에 손을 쬐기 위해 가 버렸다. 에디파는 앙갚음이라도 하듯 이제 그 아이들을 믿지 않기로 했다.

그녀는 24번가에서 약간 떨어진 곳에 있는 스물네 시간 영업하는 싸구려 멕시코 식당에서 만난 헤수스 아라발을 통해 자신의 과거 일부를 발견했다. 그는 닭발이 든 꽉꽉한 수프 그릇을 한가하게 휘저으며 텔레비전 아래쪽 구석에 앉아 있었다. "이봐요, 마자틀란에서 뵌 분이군요." 그가 에디파에게 인사를 건네며 앉으라고 손짓했다.

"당신은 모든 것을 다 기억하고 있겠군요, 헤수스. 심지어 여행자들까지도 말예요. 당신의 CIA는 요즘 형편이 어떤가요?" 에디파가 말했다. 여기서 CIA는 우리가 생각하는 기관을 가리키는 게 아니라 무정부주의자들의 비밀 저항 집단으로 알려져 있는 멕시코의 한 단체를 뜻했다. 그 단체의 기원은 플로레스 마곤 형제들* 시대까지 거슬러 올라갈 수 있으며, 나중에는 사파타**와 잠시 동맹 관계를 맺기도 했다.

"당신도 알다시피 난 지금 망명 중입니다." 앉아 있던 곳 주위로 팔을 이리저리 흔들며 말했다. 그는 여전히 혁명, 다름 아닌 그들의 혁명에 대한 신념을 지니고 있는 어느 멕시코 인디언과 공동으로 식당을 경영하고 있었다. "당신에게 그렇게 돈을 물 쓰듯 써 대던 그링고***와 아직

---

* 멕시코 혁명의 지도자.
** 멕시코 혁명의 지도자로 오늘날의 멕시코를 건설했다.
*** 라틴 아메리카 사람들이 미국인을 일컫는 말.

도 함께 지내나요? 그 재벌 총수이자 기적 같은 사나이 말이에요."

"그는 죽었어요."

"아, 그래요." 에디파와 인버라리티는 아라발이 이전에 반정부 집회를 열었던 한 해변에서 그를 만났다. 아무도 그 집회에 참석하지 않았다. 그래서 아라발은 자신의 신념에 비추어 볼 때 적일 수밖에 없는 인버라리티와 이야기를 나누게 되었다. 악의를 품은 사람들 앞에서는 으레 중립적인 태도를 취하던 피어스는 거의 말이 없었다. 그가 너무도 완벽하게 부유하고 밉살스러운 그링고 역을 연기했기 때문에, 에디파는 태평양의 바닷바람 탓도 아닌데 그 무정부주의자의 팔뚝에 소름이 돋는 것을 볼 수 있었다. 피어스가 서핑을 즐기러 가자 아라발은 그녀에게 그가 정말로 그링고인지, 스파이인지, 아니면 단지 자신을 조롱했던 것뿐인지 물었다. 물론 에디파 또한 어느 것이 진짜였는지 분별할 수 없었다.

"당신도 기적이 어떤 것인지 알 겁니다. 바쿠닌*이 말했던 것은 아니지요. 기적이란 또 다른 세계가 이 현세로 침입해 들어오는 것이라고나 할까요. 대부분의 시간 동안 우리는 평화롭게 공존합니다. 그러나 우리가 무언가와 접촉하면 곧 대격변이 일어나게 돼 있어요. 우리가 증오하는 교회와 마찬가지로, 우리도 또 다른 세계가 존재한다는 것을 믿습니다. 어떤 지도자 없이도 자발적으로 혁명이 일어

---

* 러시아의 혁명가. 여러 유럽 국가에서 무정부주의자로 활동했다.

날 수 있는 곳, 대중들이 영혼의 능력을 통해 집단적으로 교감하여 인간의 신체가 작동하는 것처럼 힘들이지 않고 자동적으로 함께 일할 수 있는 그런 곳이 가능함을 믿습니다. 만약 이 중 어느 하나라도 실제로 일어난다면, 나는 그것 또한 바로 기적이라고 외칠 것입니다. 무정부주의자의 기적이라고 말입니다. 당신의 친구가 이룬 것처럼 말입니다. 그러나 당신의 친구 역시 정확히 말해 우리가 싸우는 대상입니다. 멕시코에서는 특권층이라도 항상 어느 정도는 구원받습니다. 그들도 결국 민중의 일부니까요. 그곳에선 놀랄 일이 아닙니다. 그러나 당신의 친구는, 만일 그가 농담으로 한 말이 아니라면, 마치 성모 마리아가 인디언에게 나타난 것만큼이나 나를 겁에 질리게 합니다."

몇 년이 흘렀음에도, 에디파는 자신이 피어스에게서 발견하지 못한 점을 헤수스가 알아냈다는 사실 때문에 그를 기억했다. 성적인 측면을 제외하면 그가 자신의 경쟁자이기라도 한 것처럼. 에디파는 난로 안쪽 버너 위에 놓여 있던 사기 주전자에서 미지근하지만 진한 커피를 따라 마시면서, 헤수스가 조직의 비밀스러운 계획을 이야기하는 것을 귀 기울여 들으면서, 만약 피어스의 불가사의함이 어떤 확신을 주지 않았더라면 헤수스는 결코 CIA를 떠나 망명길에 오르지 않았을 것이라고 그녀는 추측해 보았다.

결국 지금은 죽고 없는 인버라리티가 맥스웰의 수호정령처럼, 그녀가 헤수스와 이렇게 우연히 재회하는 데 매개 역할을 한 셈이다. 그가 아니었더라면 그녀도 헤수스도 지금 이 시각, 이 장소에 와 있지 않았을 터이므로. 어쩌면 피어스는 그 존재 자체만으로도 충분히 암호로 된 경고문 구실을 하는지 몰랐다. 오늘 밤 이러한 우연은 도대체 무엇을 의미하는 것인가? 바로 그때 둥그렇게 말린 낡은 신문 뭉치가 눈에 띄었다. 무정부주의 성향의 노동조합원 신문인 《레헤네라시온》으로, 배달 날짜가 1904년으로 되어 있었다. 소인 옆에는 우표가 없고 단지 손으로 그린 듯한 우편 나팔 형상이 있을 뿐이었다.

"이제야 도착했군." 아라발이 말했다. "배달되는 데 이렇게 오래 걸리다니. 내 이름이 이미 죽은 회원의 이름과 바뀌기라도 했단 말인가? 정말로 육십 년이나 걸렸단 말인가? 아니면 나중에 다시 찍은 재판일까? 하긴 이제 다 소용없는 질문들이야. 난 일개 보병일뿐이니까. 좀 더 높은 분들은 다 그 나름대로 합당한 이유가 있을 테니까 말이야." 에디파는 아라발의 말을 생각하며 밤거리로 나갔다.

에디파가 도시의 해변으로 내려갔을 때는 피자를 파는 가판대들도 이미 오래전에 문을 닫았을 만큼 야심한 시각이었다. 그녀는 서부 갱들의 여름용 재킷을 걸치고 꿈속에서 표류하듯 어슬렁거리는 범죄자들 곁을 지나갔지만 아무도 치근거리지 않았다. 그들이 입은 재킷에는 달빛 아래에서 은빛이 나는 실로, 우편 나팔이 수놓아져 있었다. 모두 마약을 피우면서 무언가를 코로 들이쉬거나 뿜어내고 있었는데 아무도 그녀를 보지 못한 것 같았다.

야간 근무 교대를 위해 도시 전역으로 출근하는, 피로에 찌든 흑인들로 가득 찬 버스를 타고 가다가, 에디파는 좌석 뒤쪽에 뭔가가 펜으로 긁혀 쓰여 있는 것을 발견했다. 불빛이 흐릿한 차 안에서, '죽음'이라는 글자를 새긴 우편 나팔이 그녀가 바라봐 주기를 기다리며 빛나고 있었다. 그러나 W.A.S.T.E.가 아니라, 누군가가 그 사이에 연필로 다음과 같이 써 넣었다. 결코 나팔을 적대하지 마시오.

필모어 거리 근처 어딘가에서는 그 문양이 세탁소의 가격 할인 광고나 보모를 제공한다는 광고 용지들과 함께 빨래방의 게시판에 압정으로 고정되어 있는 것을 보았다. 거기에는 이렇게 쓰여 있었다. 만일 이것이 무엇을 의미하는지 안다면 이것을 어디에서 찾아야 하는지 더 잘 알 것이다. 그녀의 주변에선 표백제 냄새가 마치 향을 피운 것처럼 대기 속으로 퍼져 나가고 있었다. 기계는 강력하게 윙윙 소리를 내며 돌아가면서 철벅철벅 액체를 튀겼다. 에디파 말고는 아무도 없었다. 형광등 전구들은 자기들이 방사한 빛이 모든 사물을 흰색으로 바꿔 주고 있는데도 비명을 지르듯 흰빛을 뿜어냈다. 그곳은 흑인 지역이었다. 나팔이 그렇게 신성한 것인가? 이렇게 묻는 것은 "나팔을 적대하"는 것이나 마찬가지인가? 도대체 그녀는 누구에게 물어볼 수 있단 말인가?

그녀는 밤새 버스 안에서 라디오 소리에 귀를 기울이며 앉아 있었는데, '인기 팝송 200'에서 낮은 순위를 기록한 노래들이 흘러나왔다. 그 노래들은 결코 유행하지 않을 듯싶고, 멜로디나 가사가 한 번도 불린 적이 없었던 것처럼 곧 잊히고 말 듯한 곡들이었다. 한 멕시코 소녀는 버스 모터가 공전하느라 으르렁거리는 소음 속에서도, 유리창엔 허연 숨기운을 서려 놓고 노래를 들으려 애쓰고 있었다.

그녀는 손톱 끝으로 우편 나팔과 하트 모양을 더듬어 가며, 마치 그 노래를 영원히 기억하겠다는 듯이 따라 부르며 흥얼거렸다.

공항에 도착하자 에디파는 자신이 사람들 눈에 띄지 않는 것 같다고 느끼며 포커 판을 엿보았는데, 계속 지고 있던 사람은 잃을 때마다 안쪽을 서투르게 그린 우편 나팔로 장식한 작은 금전 출납부를 꺼내 열심히 깔끔하게 표시를 해 두고 있었다. "나는 평균 99.375퍼센트 정도는 잃은 돈을 도로 따 내지." 그녀는 그가 이렇게 말하는 소리를 들었다. 다른 낯선 사람들도 그를 바라보고 있었다. 몇몇은 멍한 표정으로 몇몇은 괴롭다는 듯한 표정으로. "평균적으로 그래 왔어. 이십삼 년 이상이나 말이야." 그는 미소를 지으려고 애쓰며 계속해서 말을 이었다. "설사 그 수치를 초과한다 해도, 아주 근소한 정도일 뿐이었지. 이십삼 년간이나 말이야. 물론 나는 절대로 그 정도를 초과하지는 않을거야. 그러니 왜 내가 자리를 뜨겠어?" 대답하는 사람은 아무도 없었다.

화장실에는 ACDC, 즉 알라메다 군의 죽음의 제의 집단에서 낸 광고가 있었는데 거기에는 사서함 번호와 우편 나팔이 함께 있었다. 그들은 한 달에 한 번씩 순수하고 정숙하며 사회에 완전히 적응한 사람들 가운데 희생양을 선택해서는, 그를 성적으로 이용한 다음 제물로 바쳤다고 한다. 에디파는 그 사서함 번호는 베끼지 않았다.

한편, 한 어린 소년은 밤중에 몰래 수족관에 들어가서 장차 인류를 계승할 돌고래와 협상을 벌일 생각으로, 마이

애미행 TWA 비행기에 타고 있었다. 그는 어머니에게 열정적으로 작별 키스를 하며 어린아이다운 말투로 재잘거렸다. "편지 쓸게요, 엄마." 그는 계속해서 말했다. "W.A.S.T.E. 편으로 부칠게요." 어머니가 말했다. "명심해야 한다. 다른 우편제도를 사용하면 정부 당국에서 편지를 열어 볼 거야. 돌고래들이 화를 낼지도 모르고." 그가 말했다. "사랑해요, 엄마." 어머니가 충고했다. "돌고래들을 사랑해 주렴. 그리고 꼭 W.A.S.T.E.편으로 편지를 보내도록 하고."

모든 일은 그런 식으로 진행되었다. 에디파는 그동안 엿보는 자이자 엿듣는 자였다. 그녀가 많은 사람들과 우연히 마주쳤다. 얼굴이 보기 흉하게 뒤틀려 있지만 자신의 추한 용모를 소중하게 여기던 용접공, 소외된 자들이 공동체의 허무함에서 위안을 구하듯 밤거리를 배회하며 탄생 이전의 텅 빈 죽음을 소망하던 소년, 다른 여자들이 탄생의 의식을 엄숙하게 수행하는 것처럼 매번 다른 이유로 유산의 의식을 계속 치러 오면서, 대를 잇는 것보다는 중절에 더 매진하는 듯했던, 불룩한 한쪽 뺨에 대리석같이 정교한 상처가 나 있는 흑인 여자도 있었다. 너무 늦기 전에 모든 것을, 모든 장래성, 생산성, 배신감, 위궤양을 동화시키려고 로션, 공기 청정제, 옷감, 담배, 왁스까지도 소화하도록 헛되이 위장을 단련한, 아이보리 비누를 갉아먹는 늙은 야간 경비원, 심지어는 아무도 모르는 어떤 것을 찾기 위해 아직도 불이 켜진 창문 밖에서 몰래 안을 들여다보며 도시를 배회하던 관음증 환자도 있었다. 때로는 소매에 달린 커프스단추로, 도안으로, 또는 별 의미 없어 보이는 낙서로, 소외를 장식하는 모든 것에는 언제나 우편 나팔이 나타나 있었다. 그래서 그녀는 어쩌면 자신이 생각한 만큼 그렇게 우편 나팔을 많이 보지는 않았을 거라고 생각하게 되었다. 실제로 여섯 번 정도 봤다고 기억한다면 아마 충분하리라. 아니, 그것도 사실 너무 많았다.

그녀는, 무척 드문 일이었지만, 자신을 운명에 내맡기며 밝아 오는 아침 속으로 계속해서 들어갔다. 샌나르시소에서 여기까지 그토록 용감하게 차를 몰아 온 에디파는 도대체 지금 어디에 있단 말인가? 공항에서 본 그 낙천적인 어린아이는 경찰의 경직된 법규에서 벗어난 풍부한 지략과 용기만 있다면 아무리 거대한 신비라도 충분히 풀 수 있다고 믿으면서, 오래전에 방영된 어떤 라디오 드라마에 나왔던 사립 탐정처럼 그렇게 자신만만하게 이곳으로 왔는데 말이다.

그러나 그 사립 탐정은 조만간 기습을 당해 깜짝 놀라게 될 것이었다. 이 밤 동안에 나타난 수많은 우편 나팔들, 악의로 가득 찬 그림들이 바로 그를 기습하여 당혹시킬 것들이었다. 그들은 그녀의 급소가 어디에 있는지, 그녀가 낙관하는 것의 핵심이 무엇인지 잘 알고 있었으며 이에 따라 하나하나 정확하게 그녀를 죄어들어 가면서 그녀를 꼼짝 못하게 만들었던 것이다.

어젯밤 에디파는 자신이 이미 알던 두 사람은 제외하고, 다른 어떤 지하조직들이 W.A.S.T.E. 우편제도로 소통하는지 궁금해 했다. 그러나 날이 밝을 무렵, 그녀는 이제 '그런 방식으로 교류하지 않는 지하조직이 과연 있을까?' 라는 질문으로 자신의 의문을 정당화했다. 수년 전 헤수스 아라발이 마자틀란 해변에서 가정했던 대로, 만일 기적이라는 것이 우주의 당구공이 부딪치는 것처럼 다른 세상에서 이 세상으로 틈입해 온 것이라면, 그날 밤 에디파가 목격한 각각의 우편 나팔들도 당연히 기적임에 틀림없었다. 신은 미합중국 우편제도를 이용하지 않기로 한 국민들이 얼마나 많은지를 알고 있을 것이므로 그들의 선택은 결코 반역 행위가 아니었으며, 또한 반항의 표시도 아니었다. 그것은 단지 국가가 지배하는 삶에서, 즉 국가 체제와도 같은 구조에서 벗어나려는 계산에서 나온 행동이었다. 어떤 증오심이나 투표권에 대한 무관심, 허점과 단순한 무지로 인해 그들이 누릴 수 있는 권리가 거부되고 있든지 간에, 이러한 물러남은 결코 공적인 것이 아닌 개인적인 선택이었다. 그리고 그들이 진공상태 속으로 물러날 수는 없는 법이므로(그러한 것이 설사 허용된다 하더라도 그들이 정말 그렇게 할 수 있겠는가?), 그곳에는 당연히 공적인 세계와는 별도로 말없이 존재하고 있는, 나아가 상식적으로는 전혀 있을 것 같지 않은 세계가 있어야만 했다.

아침 러시아워가 시작되기 직전, 에디파는 매일 적자를 보는 늙은 기사가 모는 낡은 마을버스를 타고 하워드 가의 상가 지역에서 내려 엠바카데로 쪽으로 걷기 시작했다. 그녀는 지금 자신의 몰골이 말이 아니라는 것을 알고 있었다. 눈을 비비자 아이라이너와 마스카라가 손가락 마디에 시꺼멓게 묻어 나왔으며, 입에선 밤늦게 마신 술과 커피 냄새가 아직도 풍겨 나왔다. 열린 출입구 사이로, 한 노인이 소독약 냄새가 감도는 어슴푸레한 거실로 이어지는 계단 위에서 한 번도 들어 본 적이 없는 신음 소리를 내뱉으며 웅크리고 앉아 있었다. 그는 연기처럼 희뿌연 두 손으로 얼굴을 감싸 쥐고 있었다. 에디파는 그의 왼쪽 손등에서 오래전에 잉크로 새겨 희미해진 문신을 보았다. 우편 나팔 문양이었다. 이러한 발견에 순간적으로 매혹된 에디파는 그 어슴푸레한 어둠 속으로 걸어 들어가 매 계단마다 망설이고 주저하면서, 삐걱거리는 층계를 올라갔다. 에디파가 노인에게서 세 계단쯤 떨어진 곳까지 오르자, 그가 갑자기 두 손을 옆으로 내려뜨렸다. 그녀는 세파에 찌든 얼굴과 공포에 질려 핏줄이 터질 듯 튀어나온 눈동자를 보고 그만 걸음을 멈췄다.

"내가 도와드릴 게 있나요?" 피곤한 탓인지 그녀는 약간 떨고 있었다.

"내 아내는 프레스노에 있소." 그가 말했다. 노인은 모자는 쓰지 않은 채 낡아 빠진 더블브레스트 양복과 다 해진 회색 셔츠를 입고 그 위에 폭이 넓은 넥타이를 매고 있었다. "난 그녀를 떠나왔지요. 기억도 안 날 만큼 오래전에 말입니다. 이제 이것을 아내에게 좀 전해 줬으면 좋겠어요." 그는 몇 년 동안이나 간직한 것처럼 보이는 편지 하나를 에디파에게 건네주었다. "이걸 좀 전해 줘요." 그는 문신을 새긴 팔을 들어올렸다. 그러더니 그녀의 눈을 뚫어져라 바라보았다. "당신도 알다시피 난 이제 갈 수가 없어요. 그곳은 이제 내겐 너무 먼 곳이 되어 버렸지요. 더구나 난 어젯밤에 한숨도 못 잤어요."

"알겠습니다. 하지만 난 이곳 사람이 아니어서 거기가

어디쯤인지 잘 모르겠어요." 그녀가 말했다.

"프리웨이 아래쪽에 있소." 그는 손으로 그녀가 가던 방향을 가리켰다. "거기에 가면 언제나 찾을 수 있어요. 쉽게 찾을 거요." 그의 눈이 다시 감겼다. 이 도시가 날마다 고결하게 경작하는 그 이랑의 골에서 밤마다 빠져나와서, 그는 도대체 어떤 기름진 밭을 갈고 어떤 동심(同心)의 혹성을 발견했을까? 그는 그동안 어떤 목소리를 듣고 벽지의 얼룩진 잎사귀 무늬 속에서 어떤 빛나는 신들의 편린들을 힐끗이나마 엿보았을까? 마치 잃어버린 것들을 저장하고 있는 컴퓨터의 기억장치처럼 매일 밤 악몽을 꾸며 흘린 땀이나 질질 흘린 오줌, 잔인하게도 쓸쓸한 눈물로 끝나 버린 축축한 꿈의 흔적들을 간직한 매트리스에서 묻어 나오는 그 은밀한 소금기 위에서 언젠가는 그 자신이나 친구가 담배를 피우다가 잠들어 결국엔 타오르는 불꽃 속에서 종말을 고하게 되리라고 예상하며, 밤마다 토막 촛불을 켜곤 하지 않았을까? 에디파는 갑자기 그를 흔들어 정신을 차리게 해야겠다고 생각했다. 그렇게 하지 않으면 그의 말을 믿을 수도, 그를 기억할 수도 없을 것 같았다. 완전히 지쳐 버린 그녀는 자신이 지금 무슨 일을 하는지도 모른 채, 세 계단을 마저 올라가서는 그 노인 곁에 앉아 그를 껴안고 계단 아래로 시선을 돌려 흐릿한 눈으로 아침이 찾아오는 것을 보았다. 에디파는 가슴이 축축해지는 것을 느꼈다. 그가 다시 울고 있었다. 그 노인은 숨도 거의 쉬지 않고, 눈물을 끝없이 쏟아 냈다. "나도 어쩔 수가 없어요." 그를 흔들며 에디파는 나직이 속삭였다. "어쩔 수 없다고요."

프레스노는 여기서 너무나 멀리 떨어져 있었다.

"그 사람인가요? 선원이 맞지요?" 그녀의 등 뒤, 계단 위에서 누군가의 목소리가 들려왔다.

"손에 문신이 있어요."

"그럼 그가 맞소. 그를 위로 좀 데려올 수 있겠소?" 에디파는 몸을 돌려 보았다. 그보다 더 나이가 많고 더 작은 키에 테가 좁은 큰 중절모자를 쓴 노인이 그들을 바라보며 웃고 있었다. "당신을 도와줬으면 좋으련만. 난 관절염이 있다오."

"이 노인을 위로 데려가야 하나요?"

"그럼 그가 달리 어디로 갈 수 있겠소, 부인."

그녀는 물론 그를 데려갈 곳을 알지 못했다. 그녀는 잠시 동안 그가 스스로 걷게 해 보았다. 마치 그가 자신의 아이인 것처럼 불안한 표정으로. 그가 고개를 들어 에디파를 올려다보았다. "따라오세요." 그녀가 말했다. 그는 문신 새긴 손을 그녀 쪽으로 내밀었다. 그녀는 그 손을 잡았다. 그들은 그런 식으로 계단을 다 올라가서 건물 안쪽으로 쭉 들어갔다. 손과 손을 잡고 아주 천천히, 관절염을 앓고 있는 그 노인을 향해.

"그는 어젯밤 사라져 버렸소." 그 노인이 그녀에게 말했다. "자기 부인을 찾을 거라면서 말예요. 저 친구는 이따금 그런 일을 저지르곤 하지요." 그들은 복도를 따라 방들이 토끼장처럼 죽 늘어서 있는 곳으로 들어섰는데, 가벼운 목재 판자로 칸막이가 쳐진 방에는 10와트짜리 전구가 불을 밝히고 있었다. 그 노인은 딱딱하고 뻣뻣한 몸놀림으로 그들을 뒤따라왔다. 마침내 그가 말했다. "여기라오."

그 작은 방에는 양복 한 벌과 종교 책자 두 권이 있었으며, 양탄자 위에 의자가 하나 놓여 있었다. 예루살렘에서 부활절을 맞아 램프를 밝히기 위해 우물물로 석유를 만들고 있는 성인의 그림도 걸려 있었다. 다른 전구 하나는 꺼져 있었다. 그리고 침대와 매트리스가 주인을 기다리고 있었다. 에디파는 순간적으로 이 자리에서 자신이 상상할 수 있는 장면들을 마음속에 그려 보았다. 그녀는 우선 이곳의 건물 주인을 찾아내어 고발할 것이다. 그 늙은 선원에게는 루스 앳킨스에서 새 양복을 한 벌 맞춰 주고 셔츠 하나와 구두 한 켤레를 사 준 다음, 마지막으로 프레스노까지 갈 차비를 줄 것이다. 이처럼 그녀가 그의 손이 빠져나가는 것을 알아채지 못할 만큼 환상에 빠져 있는 동안, 늙은 선원이 한숨을 내쉬며 자신의 손을 뺐냈다. 마치 지금이 자신의 손을 뺄낼 가장 좋은 순간이라는 것을 알고 있었던 것처럼.

"그 편지를 좀 부쳐 주시오. 우표는 붙어 있으니까." 그가 말했다. 그 편지에는 흔히 볼 수 있는 8센트짜리 진홍색 항공우표가 붙어 있었는데, 거기엔 국회의사당의 돔 옆으로 제트기가 날고 있는 광경이 그려져 있었다. 그 돔의 꼭대기에는 검은 옷을 입고, 두 팔을 펼친 채 서 있는 자그마한 사람의 형상이 인쇄되어 있었다. 처음에 에디파는 국회의사당의 꼭대기에 있는 것이 무엇인지 정확하게 알지 못했다. 그러나 곧 그것이 무엇인지 알아차렸다.

"제발, 이제 그만 가도 되오. 당신도 여기에 더 이상 머물고 싶지 않을 테니 말이오." 그 선원이 말했다. 그녀는 자신의 지갑 속을 들여다보았다. 그녀는 10달러짜리 하나와 1달러짜리 하나를 찾아내서는 그중에서 10달러짜리를 그에게 주었다. "술 마시는 데 다 써 버리고 말 텐데." 그가 말했다.

"혼자서만 다 쓰지 말게." 그 관절염에 걸린 노인이 10달러짜리 지폐를 주의 깊게 지켜보며 말했다.

"제기랄. 이 녀석이 가 버릴 때까지 기다렸다가 주시지 않고."

에디파는 그가 매트리스에 좀 더 편하게 누우려고 뒤척이는 것을 지켜보았다. 쌓이고 쌓인 그 기억. 컴퓨터의 기억장치처럼…….

"담배 한 대만 줘, 라미레스." 늙은 선원이 말했다. "담배를 갖고 있다는 것 알고 있어."

바로 오늘일까? "라미레스." 그녀가 소리쳤다. 그 관절염 환자는 그의 축 처진 목 주변을 살펴보고 있었다. "그는 죽어 가고 있어요." 그녀가 말했다.

"죽어 가지 않는 사람이 누가 있겠소?" 라미레스가 말했다.

에디파는 존 니파스티스가 자신의 '기계'와 정보의 대량 파괴에 대해 말했던 것을 기억해 냈다. 이 매트리스가 바이킹의 장례식*에서처럼 그 선원의 몸 주위로 불타오를 때, 그녀는 그것들을 기억해 낼 수 있을 것이다. 그 컴퓨

---

* 시체를 불타는 배에 싣고 바다에 띄우는 바이킹 족의 장례 풍습을 가리킨다.

터 기억장치 속에 저장되어 코드로 환원된 무익한 나날들, 때 이른 죽음, 자학, 희망의 완벽한 소멸, 매트리스가 불길에 휩싸인 순간부터 매트리스 위에서 잤던 모든 사람들은 그들의 삶이 어떠했든지 간에 이제 참으로, 영원히, 존재하지 않게 될 것이라는 사실을. 그녀는 경이로움에 사로잡혀 그것을 응시했다. 마치 되돌릴 수 없는 어떤 과정을 발견한 것처럼. 그렇게 많은 것들이, 심지어 이제는 더 이상 이 세상에 흔적조차 없는 그 선원에게만 속해 있던 일정량의 환각조차도 상실할 수 있다는 것에 그녀는 깜짝 놀랐다. 그녀는 그를 부축하면서 그가 DT로 고생하고 있음을 알았다. DT라는 머리글자에는 일종의 은유가, 즉 섬망증(Delirium Tremers) 또는 '흥분으로 떨면서 현실을 제대로 판별하지 못하는 마음의 상태'라는 뜻이 숨어 있었다. 성수로 램프의 불을 밝히는 성자, 회상에 빠지기만 해도 신의 숨결을 느끼는 투시력을 지닌 사람, 자신을 둘러싼 모든 것이 유쾌한 영역이나 자신의 심장 맥박을 위협해 들어오는 영역 안에 조직되어 있다고 믿는 진짜 편집증 환자, 또는 우리를 보호해 줄 완충 역할을 하는 말 속에 이중적 의미가 들어 있는 진리의 오래된 갱도와 터널을 탐색하는 몽상가. 그렇다면 은유의 행위란 결국 우리가 어느 쪽에 있느냐에 따라 진리나 허위에 날카로운 일격을 가하는 것이다. 그것은 당신의 위치, 즉 안쪽에 안전한 상태로 있었는지 아니면 바깥쪽에 상실된 상태로 있었는지에 달린 문제였다. 하지만 에디파는 도대체 자신이 어디에 있는지 알수 없었다. 그녀는 몸을 떨면서, 이러한 생각에서 벗어나

판에 박은 듯이 뻗하게 흘러온 세월을 가로질러 갈 양으로 날카로운 소리를 지르며, 살짝 미끄러지듯 다른 생각으로 옮겨 갔다. 그러면서 그녀는 대학 시절, 두 번째인가 세 번째 연인이었던 레이 글로징이 미적분을 풀다가 충치에 혀를 대며 "으!" 하고 냈던 그 진지하고 높은 톤의 목소리를 다시 떠올렸다. dt는 또한(신께서 문신 새긴 이 노인을 도와주시길.) 시간의 미분, 즉 변화를 있는 그대로 대면해야만 하는 아주 짧은 순간을 의미했다. 예컨대 더 이상 평균적인 것처럼 무해한 것으로 위장할 수 없는 어떤 짧은 순간, 또는 로켓이 날아가다가 중간에 멈춰 선다 할지라도 로켓이 간직하고 있을 가속도처럼 짧은 순간, 세포가 살아 있을지라도 그 속에 내재해 있는 죽음을 일별하는 것처럼 짧은 순간을 의미했다. 이 언어유희에 고도의 마력이 깃들어 있고, DT가 친숙한 태양 너머, 남극의 순수한 고독과 공포로 이루어진 음악으로 이루어진 dt에 접근할 수 있도록 해 주었기 때문에, 그 선원이 다른 그 누구도 보지 못했던 세계를 볼 수 있었다는 것을 그녀는 알았다. 그러나 그녀가 알고 있던 그 어느 것도 그것들을, 또는 그를 보호해 주진 않을 것이었다. 에디파는 늙은 선원에게 작별 인사를 했다. 그런 후 아래층으로 내려가서 그가 말해 준 방향으로 갔다. 한 시간 동안이나 찾아봤지만 어떤 비밀스러운 우편함도 발견하지 못한 채, 그녀는 술에 취한 사람, 부랑자, 행인, 게이, 창녀, 걷고 있는 정신병자를 바라보며 프리웨이에 세워진 어두운 콘크리트 축대 근처를 배회했다. 그러다 마침내 그녀는 그 그늘 속에서 커다란 깡통, 사다리꼴 뚜껑이 달려 있어서 그 안에 쓰레기나 던져 넣으면 알맞을 그런 종류의 깡통을 우연히 보았다. 높이가 1미터 정도에 초록색으로 도색한 매우 낡은 깡통이었다. 그 윗부분에는 W.A.S.T.E.라는 머리글자가 페인트로 칠해져 있었다. 그 글자들 사이에 찍힌 구두점들을 보기 위해서는 자세히 들여다보아야만 했다.

에디파는 기둥 그늘 속에 되돌아와 주저앉았다. 그녀는 깜빡 잠이 든 것 같았다. 다시 깨어났을 때, 에디파는 한 아이가 그 깡통 속에 편지 한 묶음을 떨어뜨리는 것을 보았다. 그녀는 살짝 다가가 그 선원이 프레스노로 부쳐 달라고 한 그 편지를 넣었다. 그러고선 다시 몸을 숨기고 조용히 기다렸다. 정오가 다 되어 갈 무렵, 젊고 깡마른 알코올 중독자 하나가 행낭을 들고 나타났다. 그는 깡통 측면에 댄 패널을 열쇠로 열고는 들어 있던 편지를 전부 행낭에 쓸어 넣었다. 에디파는 그가 반 블록쯤 가기를 기다렸다가 그를 뒤쫓기 시작했다. 나올 때 굽이 낮은 구두를 신어야겠다고 생각했던 자신을 기특하게 여기면서. 우체부는 시장을 가로질러 시청 쪽으로 그녀를 이끌었다. 돌로 바닥을 깐 우중충한 도심지 공터에 너무 가깝게 붙어 있어 그 회색빛의 우울함이 옮겨 올 듯한 거리에서, 그는 다른 우체부와 만나 행낭을 서로 바꿨다. 에디파는 이 남자를 끝까지 바짝 뒤쫓기로 했다. 물건들이 어수선하게 흩어져 있고 교활한 술책이 범람하며 고함 소리로 들끓는, 꽤 길게 뻗어 있는 시장 앞을 지나 1번가를 넘어 만(灣) 왕복 버스 터미널까지 그를 뒤따라갔다. 여기에서 그 남자는 오클랜드행 차표를 샀다. 에디파도 그를 따라 표를 샀다.

그들이 탄 버스는 다리를 건너, 거대하고 텅 빈 듯한 오클랜드 시 오후의 섬광 속으로 빠져 들어갔다. 그곳의 풍경은 모든 다양성을 상실하고 있었다. 그 우체부는 에디파가 알지 못하는 지역에서 내렸다. 그녀는 이름 모를 거리를 따라, 한적하고 고요한 오후인데도 너무나 복잡하게 얽혀 있어 그녀를 거의 죽을 지경까지 몰아넣었던 그 동맥과도 같은 길들을 가로질러, 빈민가로 들어섰다. 그러고는 금세 그곳을 다시 빠져나와, 창문마다 무미건조하게 햇빛만을 반사하고 있는 침실 두세 개짜리 집들로 꽉 메워진 언덕의 긴 능선 쪽으로 걸어 올라갔다. 그렇게 해서 하나씩 하나씩 배낭에서 편지들이 사라져 갔다. 마침내 그는 버클리행 버스에 올랐다. 에디파 역시 뒤따라 그 버스에 올라탔다. 텔레그래프 언덕 위쪽으로 절반쯤 가자 배달부는 버스에서 내렸다. 그는 그녀를 거리 아래쪽 멕시코 양식으로 지은 아파트로 이끌었다. 그동안 그는 한 번도 뒤를 돌아보지 않았다. 그곳은 존 니파스티스가 살고 있는 곳이었다. 결국 에디파는 자신이 출발했던 곳으로 되돌아온 셈이다. 그녀는 스물네 시간이 지났다는 사실을 믿을 수가 없었다.

호텔로 다시 돌아왔을 때, 그녀는 한국전쟁 당시 유행했던 중공군의 털모자를 흉내 낸 파티용 모자를 쓴 벙어리들과 귀머거리들이 휴게실에 모여 있는 것을 보았다. 그들은 모두 술에 취해 있었다. 그들 중 몇 사람은 웅장한 무도회장 안의 파티 석상으로 그녀를 데려가려고 팔을 붙잡았다.

그녀는 침묵 속에서 몸짓만으로 소통하는 그 무리에서 벗어나려고 몸부림쳐 보았지만, 그러기에 그녀의 몸은 너무 쇠약해 있었다. 다리는 쿡쿡 쑤시고 입에서는 쓴 맛이 느껴졌다. 그들은 그녀를 끌다시피 무도회장으로 데려갔는데, 거기에서 그녀는 해리스 트위드 외투를 입은 한 젊은 이에게 꼼짝없이 허리를 붙잡혀 아직 불이 켜지지 않은 커다란 샹들리에 아래에서 옷이 스치는 소리, 발이 끌리는 소리만을 들으며 왈츠를 추었다. 무대 위에서 각 커플들은 머릿속에 떠올릴 수 있는 모든 종류의 춤, 탱고, 투스텝, 보사노바, 슬롭 등을 모두 다 시도해 보고 있었다. '충돌이 일어나 심각한 사고로 이어질 때까지 이 무도회가 도대체 얼마나 오랫동안 진행될까?'라는 생각이 에디파의 머릿속을 스쳐 갔다. 이렇게 사람들로 빽빽한 상황에선 당연히 충돌이 있을 수밖에 없기 때문이다. 유일한 대안이라고는 상상할 수 없을 정도로 엄정한 음악의 질서와 다양한 리듬, 모든 음조를 동시에 조합해 내는 기술, 각 커플이 쉽게 화합할 수 있도록 미리 고안한 안무밖에 없을 것이었다. 정상인에게는 없는 여분의 감각으로 그들이 듣는 음악 역시 그녀는 들을 수 없었다. 에디파는 파트너인 젊은이가 자신을 꽉 움켜잡는 바람에 절뚝이면서, 충돌이 일어나기만을 기다리며 그가 이끄는 대로 따랐다. 그러나 충돌은 전혀 없었다. 모든 사람이 신비스러운 일체감으로 말없이 동의라도 한 것처럼 휴식을 위해 일제히 춤추는 것을 멈출 때까지, 그녀는 파트너와의 접촉 이외에는 어떤 접촉도 느끼지 않은 채 삼십 분가량 춤을 추었다. 헤수스 아라발 같으면 아마 이러한 현상을 무정부주의자의 기적이라고 불렀을 것이다. 그러나 에디파는 이러한 현상을 명명할 적당한 이름을 생각하지 못했고 그저 어리둥절할 뿐이었다. 그녀는 몸을 굽혀 인사한 후, 서둘러 그곳을 벗어났다.

열두 시간 정도 꿈도 꾸지 않고 푹 잔 후에, 다음 날 에디파는 계산을 치르고 호텔을 나와 키너릿 어몽 더 파인스를 향해 캘리포니아 남쪽으로 차를 몰았다. 그녀는 근 며칠 동안에 일어난 일들을 떠올려 보다가, 정신과 의사인 힐라리어스를 만나 모든 일을 다 말하기로 결심했다. 그녀는 싸늘하고 땀으로 미끈거리지 않는 정신이상의 손아귀 속에 들어 있는 거나 마찬가지였다. 에디파는 분명 두 눈으로 직접 W.A.S.T.E. 시스템을 목격했다. W.A.S.T.E. 배달부 두 사람, W.A.S.T.E. 우편함 한 개, 수많은 W.A.S.T.E. 우표와 W.A.S.T.E. 소인들을 보았다. 약음기가 달린 그 우편 나팔 형상은 해안가 전역에 스며들어 있었다. 그녀는 이 모든 것이 환상이길, 다시 말해 그녀가 입은 상처나 욕구불만, 혹은 자신의 은밀한 분신이 만들어낸 어떤 명백한 결과물이길 바랐다. 에디파는 힐라리어스가 자신을 일러 일종의 미치광이이거나 휴식이 필요한 상태에 있으며 트리스테로 같은 것은 없다고 말해 주길 원했다. 그것이 실제로 존재한다면, 왜 그녀가 이렇게 위협을 느끼는지도 알고 싶었다.

일몰이 막 지난 시각, 힐라리어스의 진료소 앞에 차를 세웠다. 진료소는 불이 꺼져 있는 것 같았다. 유칼립투스 가지들이 언덕 아래로 흘러든 거대한 대기의 흐름에 춤을 추며 밤바다 속으로 빨려 들어갔다. 포석이 깔린 도로를 따라 절반쯤 갔을 때, 갑자기 들려오는 총소리와 함께 곤충 같은 것이 그녀의 귓가를 스쳐 지나가며 큰 소리로 윙윙거리는 바람에 깜짝 놀랐다. 그러나 곤충은 없었다. 총소리가 계속되자 그러한 연관을 만들어 냈을 뿐이었다. 희미해져 가는 빛 속에서 그녀야말로 뚜렷한 표적이었다. 갈수 있는 유일한 길은 진료소를 향해 난 길뿐이었다. 그녀는 진료소의 유리문을 향해 서둘러 갔지만, 문은 잠겨 있었고 현관 안쪽은 어두컴컴했다. 에디파는 화단 옆에 있는 돌을 하나 집어 유리문에다 대고 힘껏 던졌다. 그러나 돌은 다시 튕겨 나왔다. 그녀는 다른 돌을 찾으려고 주위를 두리번거렸다. 바로 그때, 하얀 형상이 문 안쪽에서 나타났다. 그 사람은 날아오듯 재빨리 문으로 다가와서는 그녀가 들어갈 수 있도록 문을 열어 주었다. 힐라리어스의 임시 간호사인 헬가 블람이었다.

"빨리요." 에디파가 문 안쪽으로 미끄러져 들어가자, 그녀가 재빠르게 말했다. 그 여자는 거의 병적으로 흥분해 있었다.

"무슨 일이 일어났나요?"

"그가 미쳐 버렸어요. 경찰을 부르려 했지만 그가 의자로 전화를 부숴 버렸어요."

"힐라리어스가 말이에요?"

"그는 누군가가 자기를 뒤쫓고 있다고 생각해요." 그녀의 광대뼈 위로 눈물이 흘러내렸다. "그는 장총을 가지고 사무실에 틀어박혀 있어요." 에디파는 그 장총이 그가 전쟁터에서 가져와 기념품으로 간직하고 있던 게베르 43임을 기억해 냈다.

"그가 내게 총을 쐈어요. 누군가 신고를 할까요?"

"그는 벌써 여섯 사람에게나 총을 쐈어요." 복도를 지나 에디파를 자신의 사무실로 데려가면서 블람이 대답했다. "누군가가 신고를 해야겠네요." 에디파는 달아날 수 있도록 창문이 열려 있는 것을 발견했다.

"당신은 도망갈 수도 있었을 텐데요."

블람은 세면기의 수도꼭지에서 뜨거운 물을 컵에 받아 인스턴트커피를 집어넣고 휘저으면서, 에디파를 올려다보곤 기묘한 표정을 지었다. "그를 돌봐 줄 사람이 필요할 것 같아서요."

"누가 그를 뒤쫓고 있는 거예요?"

"그는 세 사람이 기관총을 가지고 자신을 뒤쫓고 있다고 말했어요. 테러리스트들과 광신자들. 그것이 내가 알고 있는 전부예요. 그러더니 그는 구내 전화를 부수기 시작했어요." 그녀는 적개심에 불타는 표정을 지어 보였다. "미치광이 여자들이 너무 많아요. 바로 그 때문이에요. 키너릿 어몽 더 파인스는 미치광이 여자들로만 가득할 뿐이에요. 그는 그걸 견뎌 낼 수 없었던 거예요."

"난 그동안 다른 곳에 가 있었어요." 에디파가 말했다. "그가 왜 그러는지 알아낼 수 있을 거예요. 내가 그에게 위협이 되지는 않을 겁니다."

블람은 그 말을 듣고 그만 커피에 입을 데었다. "그에게 당신의 고통을 털어놓기 시작하면, 그는 곧바로 당신에게 총을 쏘아 댈 거예요."

결코 닫혀 있는 것을 본 적이 없는 그의 방문 앞에서 에디파는 자기 자신의 정신이 온전한지를 의심하며 잠깐 동안 멍하니 서 있었다. 왜 나는 이곳의 창문을 부수고 뛰쳐나가지 않는가? 이 사건의 결말은 신문에서나 읽으면 되는 것 아닌가?

"누구야?" 인기척을 들은 힐라리어스가 날카롭게 소리를 질렀다.

"에디파 마스예요."

"스피어와 그의 크레틴병 환자들이라면 지옥에서 영원히 썩어 버려라. 이 실탄 중 절반이 불발탄이라는 걸 알고 있소?"

"들어가도 돼요? 얘기 좀 할 수 있어요?"

"그러고 싶겠지." 힐라리어스가 말했다.

"난 아무런 무기도 없어요. 뒤져도 좋아요."

"당신이 가라테 한 방으로 내 척추를 부러뜨릴지도, 사양하겠소."

"왜 내 제안을 모두 거절하는 거지요?"

"잘 들어 봐요." 힐라리어스가 잠시 후에 말을 이었다. "당신에겐 내가 프로이트 학설의 충실한 신봉자로 보였소? 내가 언제 심하게 이상해 보인 적이 있었소?"

"때때로 얼굴을 찌푸린 적은 있었어요. 하지만 별일 아니었어요." 에디파가 말했다.

그는 길고 쓰디쓴 웃음으로 답했다. 에디파는 그가 말하길 기다렸다. "나도 노력해 보았소." 문 뒤에 움츠리고 있던 그가 말했다. "나 자신을 그 사람에게, 그러니까 그 심술궂은 유태인의 망령에게 맡겨 보려고 말이오. 그가 집필한 모든 것, 심지어는 백치 같은 소리와 말도 안 되는 소리까지도 진실한 것으로 믿으려 노력했소. 그것은 내가 할 수 있는 최소한의 것이었소. 안 그렇소? 일종의 속죄라고나 할까. 마음 한구석으론 마치 어린아이가 안전한 상황에서 무서운 이야기를 듣는 것같이, 무의식이라는 것도 일단 빛이 비춰지면 다른 방과 다를 바가 없는 것이라고 믿고 싶었소. 무서운 형상도 단지 장난감 말들과 비더마이어 양식의 가구 같은 것으로 변해 버릴 거라고. 또 치료를 하다 보면 결국엔 무의식을 길들여 언젠가는 그것이 다시 원래대로 돌아갈 거라는 걱정 없이 그것을 사회에 내놓을 수 있을 것이라 믿고 싶었소. 내 삶은 그러한 믿음을 허락하지 않았지만 나는 그걸 믿고 싶었소. 상상할 수 있겠소?"

물론 그녀는 상상할 수 없었다. 그녀는 힐라리어스가 키 너릿 어몽 더 파인스에 오기 전에 어디서 무슨 일을 했는지 전혀 몰랐으므로. 멀리서 순찰차의 사이렌 소리 같은 것이 들려왔다. 마치 확성기 시스템과 연결된 슬라이드가 바뀌는 소리 같았다. 그 소리는 강하고 끈질기게 더욱더 커져 갔다.

"그래, 나도 그 소리가 들려." 힐라리어스가 말했다. "누군가가 이 광신자들로부터 나를 보호해 줄 거라고 생각하시오? 그들은 벽을 그냥 통과하고 당신의 행동을 그대로 모방하기도 하지. 그들에게서 달아나 골목길을 돌아서면, 어느새 그들이 기다리고 있다가 다가온다오."

"부탁 좀 하나 들어 줄래요?" 에디파가 말했다. "경찰한테 총을 쏘지 말아요. 그들은 당신 편이에요."

"당신네 이스라엘인들이란 경찰이나 군인들과 한통속이오." 힐라리어스가 말했다. "난 경찰이 안심할 수 있는 존재라고 믿지 않소. 만약 내가 그들에게서 피신처를 구한다 하더라도 당신 역시 그들이 나를 어디로 데려갈지는 알 수 없을 거야."

그녀는 그가 사무실 안에서 왔다 갔다 하고 있음을 알 수 있었다. 지상의 것이 아닌 듯한 사이렌 소리가 밤의 적막을 뚫고 사방에서 밀려왔다. "내가 만들 수 있는 얼굴이 하나 있지." 힐라리어스가 말했다. "당신은 결코 본 적 없는 얼굴이지. 아니 이 나라의 어느 누구도 본 적이 없는 얼굴이야. 나는 내 인생을 통해 단 한 번 그런 얼굴을 만들어 냈소. 그리고 아마 오늘날 동유럽에는 보잘것없는 폐허 속에서 그 얼굴을 본 젊은이가 아직도 살아 있을 거요. 지금쯤 아마 당신 나이 정도 됐을 거야. 완전히 미쳐 있겠지. 그의 이름은 즈비였소. 경찰, 그들이 스스로를 뭐라고 부르든지 간에, 그들에게 오늘 밤 내가 그런 얼굴을 다시 만들어 낼 수 있을 거라고 말해 주겠소? 90미터 밖까지 아주 강렬한 방사선을 방출하며, 운 나쁘게도 그걸 본 사람은 도저히 열 수 없는 어두컴컴한 지하 감옥에 영원히 갇혀 무시무시한 형상들과 함께 지내야 한다는 것을 그들에게 말해 주시오."

마침내 사이렌 소리가 진료소 앞까지 다가왔다. 차 문이 덜컥 열리고 경찰이 고함을 지르며 돌진해 들어오면서 갑자기 뭔가가 깨지는 소리를 들었다. 그 순간 사무실 문이 열렸다. 힐라리어스가 손목을 낚아채더니 그녀를 끌고 들어갔다. 그리고 곧바로 문을 다시 닫았다.

"이제 내가 인질인 셈인가요?" 에디파가 말했다.

"아! 누군가 했더니 바로 당신이었군." 힐라리어스가 말했다.

"그럼 도대체 당신은 누구하고 ……."

"지금까지 당신하고 내 증세를 토론하고 있었단 말이오? 다른 사람인 줄 알았는데. 하긴 당신도 알다시피 LSD를 먹으면 분별력이 사라지니까. 자아의 날카로운 경계선이 없어지지. 그러나 난 결코 그 약을 먹지 않았소. 난 최소한 내가 누구이며 다른 사람들이 누구인지 정도는 알 수 있는 그런 약한 편집증을 선택했소. 아마 당신 역시 바로 그런 이유 때문에 실험에 참여하길 거절했겠지." 그는 장총을 어깨 위에 올려놓았다. 그러고는 그녀를 향해 밝게 미소 지었다. "내게 뭔가 하고 싶은 말이 있는 것 같은데 무슨 말을 하려는 거요?"

에디파는 어깨를 으쓱했다. "당신의 사회적 책임을 받아들이라고요." 그녀가 충고했다. "현실원칙을 받아들여요. 수적으로도 불리한 데다 그들은 보다 우세한 화력을 갖고 있으니 말예요."

"수적으로 불리하다고? 우리는 거기서도 수적인 열세에 처해 있었소." 그는 짐짓 부끄러운 척하는 표정으로 그녀를 바라보았다.

"어디서 말이에요?"

"내가 그 얼굴을 만들어 냈던 바로 그곳에서. 내가 인턴 과정을 마쳤던 곳에서 말이오."

그가 지금 무엇을 말하고 있는지 그녀는 어느 정도 짐작할 수 있었다. 그러나 좀 더 확실히 하기 위해 다시 물었다. "어디서 말이에요?"

"부켄발트 수용소 말이오." 힐라리어스가 대답했다. 경찰들이 큰 망치로 문을 두들기기 시작했다.

"그는 총을 가지고 있어요. 난 여기 갇혀 있단 말이에요." 에디파가 소리쳤다.

"당신은 누굽니까?" 그녀는 경찰관에게 자신의 이름을 말해 주었다. "성은 어떻게 되지요?" 경찰은 신문이나 방송에 나갈 뉴스에 내보내기 위해 그녀의 주소와 나이, 전화번호, 가까운 친척의 이름, 남편의 직업 등을 적었다. 힐라리어스는 그동안 탄약을 더 확보하기 위해 서랍을 열심히 뒤졌다. "그를 설득해서 나오게 할 수 있습니까?" 경찰관은 그 점을 알고 싶어 했다. "방송국 사람들이 창문으로 촬영을 하고 싶어 하는데요. 그렇게 하도록 그를 설득할 수 있겠습니까?"

"그럼 아무 행동도 하지 말고 가만히 있어 봐요. 알아볼 테니까요." 에디파가 말했다.

"연기가 아주 훌륭한데." 힐라리어스가 고개를 끄덕였다.

"그렇다면 그들이 당신을 이스라엘로 데리고 가서 아이히만에게 했던 것처럼 재판하려 한다고 당신은 생각한단 말인가요?" 그는 계속해서 고개를 끄덕였다. "왜죠? 당신은 도대체 부켄발트 수용소에서 무슨 일을 했나요?"

"나는 정신착란을 유발하는 실험과 관계된 일을 했소. 긴장병을 앓던 유대인들은 사실 죽은 거나 마찬가지였소. 나치 친위대 중 자유주의적 성향의 사람들은 그러한 실험이 차라리 더 인간적이라고 느꼈던 것 같소." 힐라리어스가 말했다. 그래서 그들은 실험 재료로 전락한 유대인들에게 메트로놈, 뱀, 한밤중에 상연되는 브레히트 연극의 소품, 환각을 일으키는 마술 램프, 새로 제조한 마약, 눈에 띄지 않게 숨어 큰 소리로 반복하며 가하는 위협, 최면술, 거꾸로 가는 시계, 인공적으로 제작한 얼굴 등을 동원해 갖가지 기괴한 짓을 자행했다. 거기에서 힐라리어스는 인공 얼굴 제작을 담당했다. 그는 옛 기억을 회상하며 말을 계속했다. "불행히도 우리가 충분한 자료를 모으기도 전에 연합군들이 진군해 왔소. 즈비의 경우와 같이 아주 대담한 성공품을 제외하고는 통계 수치상 우리가 내세울 만한 것은 사실 별로 없었소." 그는 에디파의 얼굴에 떠오르는 표정을 보며 미소 지었다. "물론 당신은 나를 증오하겠지. 그러나 난 나름대로 속죄하려고 무척 노력했소. 만약 내가 정말로 나치의 신봉자였다면 아마 융을 택했을 거요. 그러나 난 유대인인 프로이트를 택했소. 세계에 대한 프로이트의 비전에는 부켄발트 같은 게 없거든. 프로이트를 따르자면, 부켄발트는 일단 빛이 통하게만 되면 축구장이 될 것이고 뚱뚱한 어린아이들은 질식할 것 같은 방에서도 꽂꽂이와 발성법을 배우게 된다고 하니까. 아우슈비츠에선 오븐이 소형 케이크와 결혼식용 케이크를 굽는 곳으로, V-2 미사일들은 꼬마 수호정령들이 사는 공공 주택으로 변해 버릴 테니까. 난 그것들을 전부 믿으려 애썼소. 밤에 꿈을 꾸지 않으려고 세 시간밖에 자지 않았소. 나머지 스물한 시간은 튼튼한 건강을 얻는 데에 바쳤지. 물론 나의 속죄는 아직도 충분하지 않겠지. 내가 이처럼 애를 써도 그들은 죽음의 천사들처럼 나를 데려가려고 오곤 하니까 말이야."

"어떻게 돼 가고 있습니까?" 경찰관이 물었다.

"잘 되어 가고 있어요." 에디파가 말했다. "일이 잘 안 되면 알려드릴게요." 그때 힐라리어스가 책상 뒤에 장총을 내려놓고 서류 보관용 캐비닛을 열기 위해 방을 가로질러 갔다. 에디파는 재빨리 그 장총을 집어 들었다. 그리고 그에게 총구를 겨냥하면서 말했다. "당신을 죽여야겠어요." 자신이 그 무기를 집어 들기를 힐라리어스가 원했음을 에디파는 알고 있었다.

"당신은 바로 이런 일을 하도록 보내진 것이 아니오?" 그는 잠시 그녀와 시선을 마주쳤다. 그러고는 혀를 비죽 내밀었다.

"내가 여기 온 것은 환상에서 벗어나도록 당신이 날 도와주길 바랐기 때문이었어요." 그녀가 말했다.

"그 환상을 소중히 간직해요." 힐라리어스가 격렬하게 외쳤다. "달리 당신이 가진 게 없지 않소? 환상의 작은 촉수를 꼭 움켜잡아요. 프로이트의 추종자들이 당신을 꾀어 그것을 없애 버리거나 약사들이 독약으로 그것을 제거하게 하지 말아요. 그것이 무엇이든지 소중히 간직해요. 왜냐하면 그것을 잃어버릴 때 당신은 그만큼 더 다른 사람에게 넘어가기 쉬우니까 말이오. 당신은 그 순간부터 아마 존재하지 않게 될 거요."

"들어와서 도와줘요." 에디파가 고함을 쳤다.

힐라리어스의 눈에선 눈물이 마구 쏟아졌다. "왜 쏘지 않는 거요?"

경찰이 문을 열어젖히려 했다. "문이 잠겨 있어요." 경찰이 말했다.

"부숴 버려요." 에디파는 소리를 질렀다. "히틀러 힐라리어스가 문 값 정도는 책임질 테니까요."

필요 없게 된 구속복과 경찰봉을 들고, 신경을 곤두세운 수많은 경관들이 힐라리어스에게 다가갔을 때, 경쟁이라도 하듯 앰뷸런스 세 대가 적당한 자리를 잡으려고 잔디밭으로 요란하게 들어오자 헬가 블람이 울음을 터뜨리고, 중간 중간 운전사들에게 욕을 퍼부을 때, 밖으로 나온 에디파는 눈부신 서치라이트 불빛과 자신을 뚫어져라 바라보는 군중들 속에서 KCUF 방송국의 중계차와 그 안에서 마이크로 뭔가를 떠벌리고 있는 무초를 발견했다. 그녀는 사방에서 터져 나오는 카메라 플래시 불빛 사이를 지나 천천히 걸어가서는, 방송국 중계차의 창문 안으로 머리를 들이밀었다. "이봐요."

무초는 마이크를 잠깐 끈 다음 말없이 미소를 지어 보였다. 에디파에게는 그것이 상당히 기묘해 보였다. 사람들이 미소를 들을 수 있는 것도 아닌데 말이다. 에디파는 소리를 내지 않으려 조심하면서 차에 올라탔다. 무초는 그녀 앞에 마이크를 내밀었다. "지금 방송 중이야. 하던 대로 하면 돼."라고 중얼거리며 그는 진지한 방송용 목소리로 마이크에 대고 말했다. "지금 기분이 어떠신지요?"

"끔찍해요." 에디파가 말했다.

"예, 좋습니다." 무초가 말했다. 무초는 청취자들을 위해 그녀가 사무실 안에서 일어났던 일을 간략히 요약하게했다. "고맙습니다. 에드나 모쉬 부인." 그는 에디파가 아닌 다른 이름을 말했다. "힐라리어스 정신과 진료소에서 일어난 이 극적인 사건의 목격자로서 증언을 해 주셔서 감사합니다. 지금까지 KCUF 방송국 중계차에서 보내드렸습니다. 스튜디오의 래빗 워런 나와 주세요." 그는 전원을 껐다. 무언가 이상했다.

"에드나 모쉬라니?" 에디파가 말했다.

"당신 이름은 제대로 나올 거야." 무초가 말했다. "이 기계장치에다 말할 때하고 나중에 테이프에 옮길 때는 좀 달라질 수 있거든."

"그를 어디로 데려가는 거지?"

"아마 시립 병원이겠지. 그를 면밀히 알아보기 위해서. 하지만 그들이 뭔가를 알아낼 수 있을지는 의문이야." 무초가 말했다.

"이스라엘인들. 창문 안으로 들어오려 하는 이스라엘인들 말이야. 만약 그런 사람들이 없었다면 그는 미친 거예요." 경찰들이 와서 잠시 동안 떠들어 댔다. 그들은 그녀에게 법적인 조치가 있을 때까지 키너릿 어몽 더 파인스 주변에 머물러 줄 것을 요청했다. 마침내 그녀는 자신이 몰고 온 렌터카를 타고 스튜디오로 돌아가는 무초를 뒤따랐다. 오늘 밤 그는 다른 다섯 사람과 교대로 맡고 있는 방송을 해야 했다.

무초가 사무실 이 층에서 취재한 내용을 타이핑하는 동안, 에디파는 기기 소리가 요란한 텔레타이프실 바깥의 복도에서 프로그램 편성부장인 시저 펀치와 마주쳤다. "당신이 돌아와 대단히 기쁩니다." 펀치가 그녀에게 인사를 건넸다. 분명 그는 그녀의 이름을 잊은 듯 했다.

"예? 그건 또 무슨 말인가요?" 에디파가 말했다.

"솔직히 말해, 당신이 떠난 이후 무초는 전혀 딴사람이 돼 버렸어요." 펀치가 털어놓았다.

"그가 다른 사람처럼 행동했단 말이에요?" 에디파는 펀치의 말이 맞다는 생각에 스스로 화가 나서 말했다. "링고 스타처럼 행동했나요?" 펀치는 아무 말도 못했다. "아니면 처비 체커?" 그녀는 현관까지 그를 추적하듯 따라갔다. "그것도 아니면, 라이터스 브라더스*처럼? 당신은 도대체 왜 내게 그런 말을 하는 거지요?"

"무엇보다도, 마스 부인." 얼굴을 감추며 펀치가 대답했다.

"아니, 에드나라고 부르세요. 그건 그렇고 당신은 좀 전에 무슨 말을 하려 했나요?"

"사람들은 그의 등 뒤에서 그를 '브라더스 N'이라고 부르고 있습니다. 그는 자신의 정체성을 상실해 가고 있어요. 에드나, 내가 그것을 달리 어떻게 표현할 수 있겠소? 그는 날마다 점점 더 자기 자신이 아니라, 다중적인 인간으로 변해 가고 있어요. 그가 간부 회의에 들어오기만 하

---

* 모두 1960년대 대중 음악가들이다.

면, 그 방은 갑자기 무수히 많은 사람들로 가득 차 버립니다. 무슨 말인지 알겠지요? 말하자면 그는 걸어다니는 인간 집합이라고 할 수 있을 겁니다." 펀치는 애처로운 목소리로 푸념을 늘어놓았다.

"당신이 지어낸 얘기겠지요. 그런데 당신이 피우는 담배에는 회사명이 없군요."* 에디파가 말했다.

"부인도 곧 알게 될 겁니다. 내 말을 빈정거리지 마세요. 우리는 서로 협조해야만 합니다. 혹시 그에게 걱정거리를 제공하는 사람이라도 있습니까?"

이런 말을 주고 받은 뒤 무초의 동료 래빗 워런이 레코드판을 돌리는 소리를 들으며, 에디파는 A 스튜디오 바깥에 놓여 있는 벤치에 혼자 앉아 있었다. 무초는 복사본을 들고 아래층으로 내려왔다. 그의 얼굴에는 그녀가 지금까지 보지 못했던 고요한 평온이 감돌았다. 이전에 그는 어깨를 구부리고 다니며 무언가에 항상 쫓기는 사람처럼 허둥대곤 했다. 그러나 이제 그러한 습관은 사라지고 없었다. "잠깐만 기다려." 그는 미소를 지어 보였다. 그러고는 계단 아래로 점차 멀어져 갔다. 그녀는 그의 뒷모습에서 무지개 빛깔이나 오로라 같은 기운이 나오는 것은 아닌지 찬찬히 살펴보았다.

방송 시간까지는 여유가 있었다. 그들은 중심가에 있는 간이주점으로 차를 몰았다. 세로로 파인 주름이 금빛 렌즈처럼 보이는 맥주병을 사이에 두고 서로를 마주 보았다.

---

* 대마초라는 뜻이다.

"메츠거와는 잘 지내고 있나?" 그가 물었다.

"별 다른 일은 없어." 그녀가 말했다.

"최소한 '더 이상은 없다.' 라는 뜻이군. 하긴 난 당신이 마이크에다 대고 말할 때부터 이미 알 수 있었지만." 무초가 말했다.

"잘 알고 있군." 에디파가 말했다. 그의 얼굴에 나타난 표정이 무엇을 뜻하는지 그녀는 알아차릴 수가 없었다.

"정말 이상한 일이야. 모든 것이 말이야. 잠깐만, 저 소리를 잘 들어봐." 무초가 말했다. 그러나 그녀는 아무 소리도 듣지 못했다. "지금 무대 아래쪽에는 바이올린 연주자가 열일곱 명 있어." 무초가 말했다. "그중 한 사람이, 빌어먹을, 이곳은 모노로 들리게 돼 있어서 어디에 있는지 잘 알 수는 없지만." 그녀는 그가 지금 주점에서 흘러나오는 음악 이야기를 하고 있다고 얼핏 생각했다. 그 음악은 그들이 이곳에 들어온 이후 계속해서 잠재의식을 통해, 확인할 수 없는 방식으로 스며 나오고 있었다. 현악기와 리드 악기, 약음기가 달린 금관악기가 한데 어우러진 채.

"도대체 지금 무슨 말을 하고 있는 거야?" 그녀는 불안한 기운을 느끼며 말했다.

"그가 연주하는 E선은 몇 주파나 더 날카로운 소리를 내고 있어. 스튜디오 연주자가 아니야. 에디파, 악기의 현 하나만 가지고도 공룡의 뼈까지 산산조각 낼 수 있다고 생각해 본 적이 있어? 단지 지금 무대 밑에서 연주하는 음정만을 가지고서 말이야. 그의 귀가 어떻게 생겼을지 마음속에 떠올려 봐. 그 다음엔 그의 손과 팔의 근육조직을, 마지막으로 그 사람 전체를. 정말 경이롭지 않아?"

"지금 무슨 말을 하고 싶은 거야?"

"그는 진짜 음악가야. 저건 결코 인공적인 소리가 아니거든. 사람들은 원한다면, 라이브로 연주하는 음악가들 없이도 살아갈 수 있어. 모든 정확한 음조들을 정확한 자리에서 결합해 봐. 그러면 그것은 마치 바이올린과 같은 소리를 낼 거야. 내가……." 그는 잠깐 머뭇거린 뒤 빛나는 미소를 지어 보였다. "당신은 내가 미쳤다고 생각하겠지, 에디파. 그러나 나는 역으로 똑같은 것을 해 낼 수 있어. 일단 어떤 것이든 귀 기울여 듣지. 그러고 나선 그것을 다시 분해하는 거야. 그러면 내 머릿속에는 마치 스펙트럼의 분해와도 같은 것이 일어나. 각각의 화음, 음색, 가사, 그것들이 제각기 내는 시끄러운 소리에서도 기본적인 진동수와 배음을 구분해 낼 수 있어. 그 각각의 순수한 음조에 개별적으로, 또한 동시에 귀 기울일 수도 있지."

"어떻게 그런 일을 할 수 있다는 거지?"

"내가 각각의 음조를 수용할 개별적인 채널들을 가지고 있다는 말이야." 무초가 흥분해서 말했다. "더 필요하다면, 단지 채널을 확장하기만 하면 돼. 필요한 것을 덧붙이면 되는 거지. 그것이 어떻게 작용하는지는 몰라. 그런데도 최근에는 사람들의 대화를 가지고도 그런 일을 해 낼 수 있게 됐어. '풍요롭고, 초콜릿과도 같은 선(善)'이라고 말해 봐."

"풍요롭고, 초콜릿과도 같은 선." 에디파가 말했다.

"그래." 무초가 말했다. 그러고는 침묵을 지켰다.

"그런데, 그게 어쨌다는 거지?" 잠시 후에 에디파가 날카로운 목소리로 물었다.

"나는 전날 밤 래빗이 광고 방송을 하는 걸 들으면서 그것에 주목했지. 말하는 사람이 누구인가는 아무 상관이 없어. 각기 다른 힘에서 나오더라도 결국 스펙트럼은 모두 동일한 거니까. 주는 위치에 있느냐, 받는 위치에 있느냐 하는 것은 근소한 차이에 불과해. 이제 당신과 래빗도 뭔가를 공유한다고 할 수 있어. 동일한 단어를 말하는 사람은 동일한 사람이거든. 스펙트럼들이 똑같고, 단지 일어난 시간만 다르다면 말이야. 하긴 시간이란 것도 임의적이지. 그러나 당신이 원하는 대로 기준점을 아무 데서나 잡은 뒤에, 각자의 시간 선(線)이 우연히 일치할 때까지 옆쪽으로 이리저리 움직여 볼 수 있을 거야. 그런 다음에야 비로소 당신은 수천만 명 정도로 이루어진 거대한 합창단이 함께 '풍요롭고, 초콜릿과도 같은 선'이라고 말하는 소리를 듣게 될 거야. 그것은 결국 모두 동일한 목소리일 테니까."

"무초." 에디파는 더 이상 참을 수 없다는 듯 말했다. 그러면서도 한편으로는 터무니없이 엉뚱하게 의심하며 장난치고 싶은 기분이 들었다. "이래서 당신이 마치 무수히 많은 사람들로 가득 찬 방과 같다고 펀치가 말한 건가?"

"맞아. 그게 바로 나야. 모든 사람으로서의 나." 무초가 말했다. 그는 에디파를 뚫어지게 바라보았다. 성적 쾌감의 절정에 다다른 사람들처럼 일체감에 대한 비전을 경험한 그는 이제 평화로운 상태 속에서 부드럽고 온화한 얼굴로 그녀를 바라보았다. 그녀의 머릿속 어두컴컴한 구석에서 공포가 스며 나오기 시작했다. 그가 계속 말을 했다. "이젠 헤드폰을 낄 때마다 거기서 발견하는 것들을 정말로 이해할 수 있게 됐어. 아이들이 「그녀는 당신을 사랑해」라는 노래를 부를 때, 여기서 '그녀'는 모든 사람 그 자체야. 세계 전역에서 피부색, 나이, 외모, 죽음으로부터의 거리를 초월해서 그 누구라도 그녀가 될 수 있지. 사랑을 하고 있다면 말이야. '당신' 역시 모든 사람이야. 또한 그녀이고. 에디파, 당신도 알다시피 인간의 목소리란 사람에게 반응을 일으키는 기적과도 같은 것이야." 그의 눈은 탁자 위에 놓인 맥주 색깔로 빛나며 흘러넘칠 것만 같았다.

"여보." 이러한 상황에서 어떻게 해야 할지 알 수 없는 무력감과 함께 두려움을 느끼며 에디파가 말했다.

그는 작고 투명한 플라스틱 병을 탁자 위에 놓았다. 에디파는 그 안에 담긴 알약들을 보았다. 그제야 비로소 이해할 수 있었다. "그건 LSD잖아. 어디서 난 거야?" 무초는 미소를 지었다. 그녀는 그의 대답을 짐작하고 있었지만 묻지 않을 수 없었다.

"힐라리어스. 그는 실험 대상자들의 남편들에게까지 자신의 계획을 확대한 셈이야."

"그렇다면, 이 약을 복용한 지는 얼마나 된 거지?" 에디파는 사무적인 태도를 유지하려고 애쓰며 말했다.

솔직히 그는 정확한 날짜를 기억할 수 없었다.

"하지만 이렇게까지 중독되지 않을 수도 있었을 텐데."

그가 당혹한 표정으로 그녀를 바라보며 말했다. "에디파, 난 마약에 중독된 게 아니야. 난 마약중독자와는 달

라. 다만 그게 좋기 때문에 복용하는 거지. 전에는 불가능했던 것들을 보고 들을 수 있으니까 말이야. 냄새도 맡고 맛볼 수도 있으니까. 또 세상이 풍요로워지니까 말이야. 그래서 그만두지 않은 거야. 우리는 하룻밤에 우리 자신의 패턴을 수십만 가지의 삶들에게 내보낼 수 있는 하나의 안테나야. 그들의 삶이 바로 우리 자신의 삶이기도 하고." 이제 그는 인내심 많고 자애로운 어머니의 표정을 짓고 있었다. 에디파는 그의 입을 후려갈기고 싶었다. "노래들은 사실 무엇인가를 말해 주는 게 아니라 그것들 자체가 바로 그 무엇인가야. 그 순수한 소리만으로도 말이야. 뭔가 새로운 것이지. 내가 꾸는 꿈도 이젠 변했어."

"오, 맙소사." 화가 치밀어 머리칼을 치며 에디파가 외쳤다. "더 이상 악몽을 꾸지 않는다고? 좋아. 당신이 최근에 사귄다는 그 작은 계집애가 결국 같이 자 주기 때문이겠지. 걔가 누구든지 간에 그 나이엔, 당신도 알다시피, 가능한 많이 자야 하니까."

"여자는 이 일과 전혀 상관이 없어, 에디파. 내 말 좀 들어 봐. 내가 중고차 판매장에 관한 그 나쁜 꿈에 내내 시달려 왔던 걸 당신도 기억하지? 나는 이제껏 그것에 대해 당신에게 말한 적이 없었어. 그러나 이젠 말할 수 있어. 더 이상 나를 괴롭히지 않으니까. 나를 위협하며 놀라게 했던 것, 그것은 바로 중고차 판매장에 있던 표지였어. 꿈속에서, 내가 평상시의 업무를 잘하고 있을 때, 갑자기 아무런 경고도 없이 그 표지가 나타나는 거야. 우리는 NADA*의 회원이었어. 단지 삐거덕거리는 금속 표지에 불과한 것이

192

그 푸르디푸른 하늘을 배경으로 무, 무**라고 외쳐 대는 거야. 그럴 때마다 난 비명을 지르며 깨어나곤 했지."

에디파는 그 시절을 기억해 낼 수 있었다. 이제 그는 다시는 두려움에 떨지 않을 것이다. 그 약을 계속 먹는 한 말이다. 에디파는 샌나르시소로 가기 위해 떠났던 바로 그날이 무초를 마지막으로 봤던 날이라는 것을 도저히 인정할 수가 없었다. 무초라는 존재 안에 살고 있던 많은 부분들은 이미 사라져 버리고 없었다.

"귀를 기울여 봐." 그는 말하고 있었다. "에디, 음악에서 뭔가를 찾아내려고 애를 좀 써 봐." 그러나 그녀는 그 선율이 무엇인지조차 알 수 없었다.

방송국으로 돌아가야 할 시간이 되자 그는 알약을 바라보며 고개를 끄덕였다. "당신이 가져가도 좋아."

그녀는 필요 없다는 표시로 머리를 가로저었다.

"샌나르시소로 돌아갈 거야?"

"그래, 오늘 밤에."

"경찰들은 어쩌고?"

"도망자가 되는 거지." 서로 또 다른 말을 주고받았는지 그녀는 기억할 수 없었다. 방송국에서 그들은 작별의 키스를 나눴다. 그녀와 헤어져 걸어가면서 무초는 뭔가 복잡한 열두 개의 음조로 이루어진 가락을 휘파람으로 불었다. 에디파는 자동차 핸들에 이마를 댄 채 앉아 있었다. 그녀는

---

* the National Automobile Dealers' Association. 전국 자동차 취급상 조합.
** nada는 스페인어로 무(無)를 뜻한다.

무초가 보낸 편지에 찍혀 있던 트리스테로 소인에 관해 물어 보지 않았음을 떠올렸다. 그러나 이미 그때쯤엔 그것을 알아낸다고 해서 크게 달라질 것도 없었다.

6장

에코 모텔로 돌아왔을 때, 에디파는 수영장 끝에 있는 다이빙대 위와 그 주변에 마일스, 딘, 서지, 레너드가 악기들을 가지고 모여 있는 걸 보았다. 그들은 꼼작도 않고 너무나 숙연하게 서 있어서 마치 어떤 사진작가가 에디파가 볼 수 없는 곳에서 그들의 앨범 사진을 찍기라도 하는 것만 같았다.

"무슨 일이라도 있나요?" 에디파가 물었다.

"당신의 애인 메츠거가 우리의 카운터 테너인 서지를 저렇게 만들었어요. 저 친구는 슬픔으로 머리가 돌아 버렸죠." 마일스가 대답했다. "맞아요, 부인. 나는 그걸로 노래까지 하나 작곡했는걸요. 나를 주인공으로 편곡한 것인데 한번 불러 보죠." 서지가 말했다.

서지의 노래

　고독한 서핑 보이가 서핑하는 소녀의 사랑을 어떻게 얻
을 수 있을까?
　수많은 험버트 험버트* 같은 호색한 재즈광들이
　좋은 조건으로 열렬히 유혹해 오는데.
　내게 그녀는 여자였지만
　유혹자에게 그녀는 단지 데리고 놀 님프였지.
　왜 그들은 바람을 피웠고, 왜 그녀는 나를 버렸을까,
　왜 나를 화나게 했을까?
　그녀가 떠나 버린 후
　난 다른 여자를 찾아야만 했지.
　그리고 옛 세대는 내게 무엇을 해야 하는지 가르쳐 주었네.
　그래서 어젯밤 여덟 살 난 여자 애와 데이트를 한 거야.
　그녀는 나만큼 춤을 잘 추었지.
　그대들은 매일 밤 축구 경기장에서 우리를 볼 수 있을
거야.
　제33 공립학교 뒤쪽에 있는 그곳에서 말이야. (오, 그래)
　그것은 최고로 신나는 일이었지.

　"내게 무언가를 말하려고 하는군요." 에디파가 말했다.
　그러자 그들은 그녀에게 노래가 아닌 평범한 이야기체로
풀어 주었다. 메츠거와 서지의 애인이 결혼하기 위해 함께

---

* 나보코프의 소설 『롤리타』의 주인공.

네바다로 도망쳐 버렸다고. 자세히 물어본 결과 여덟 살짜리 여자 아이 얘기는 단지 서지의 공상일 뿐임이 드러났지만, 그가 여기저기 놀이터를 찾아다니면서 그들의 소식을 알아낸 것은 사실이었다. 메츠거는 에디파의 방에 있는 텔레비전 위에 메모를 남겼는데, 거기에는 유산 집행에 대해 걱정하지 말라는 것, 자신의 집행권은 '와프·위스트풀·큐비셰크·맥밍거스 법률사무소'의 누군가에게 넘겼다는 것, 그들이 그녀에게 연락을 취할 것이며 유언 검인 법원과도 이야기가 되었다는 것 등이 쓰여 있었다. 에디파와 메츠거가 공동 유산 관리인이라는 것 외에 다른 관계를 상기할 만한 구절은 단 한 군데도 없었다.

결국 둘의 관계란 이런 것이었을 뿐이라고 에디파는 생각했다. 자신이 너무나 뻔한 방식으로 모욕받았다고 느꼈지만, 곧 다른 생각에 빠져 들었다. 짐을 푼 다음에 처음 한 일은 화핑거의 연극을 연출했던 랜돌프 드리블레트에게 전화를 거는 것이었다. 열 번쯤 벨이 울리고 나서야 나이가 많은 듯한 여자의 목소리가 들려왔다. "미안하지만 아무것도 말씀드릴 수 없습니다."

"누구신지요?" 에디파는 물었다.

한숨 소리가 났다. "그의 엄마입니다. 내일 정오에 발표가 있을 겁니다. 우리 변호사가 발표할 거예요." 그러고는 전화를 끊었다. 이런 빌어먹을, 도대체 무슨 일이 드리블레트에게 일어났단 말인가, 에디파는 생각했다. 그녀는 나중에 다시 전화해 보리라 결심했다. 그녀는 전화번호부에서 에모리 보츠 교수의 번호를 찾았는데 이번에는 운이 좋왔다. 한 무리의 어린아이들이 떠드는 소리가 나는 가운데, 그레이스라는 그의 아내가 전화를 받았다. "그는 안뜰에 시멘트를 쏟아 붓고 있어요." 그녀가 에디파에게 말했다. "이 말은 지난 4월쯤부터 우리가 쓰는 농담이랍니다. 그 사람은 그때부터 날마다 햇볕을 쬐면서 학생들과 술을 마시며 맥주병을 갈매기한테 던지곤 했어요. 상태가 심해지기 전에 그와 이야기하는 게 좋을 거예요. 야, 맥신, 그걸 왜 나한테 던지니? 동작 빠른 네 오빠에게 던지지. 에모리가 화핑거의 작품을 새로운 판으로 다시 내놓는 작업을 끝낸 것 아세요? 그 책은 곧 나올……." 그러나 무언가 깨지는 커다란 소리와 어린아이들의 미친 듯한 웃음소리, 날카롭게 외치는 소리 때문에 그녀가 말하는 출판 일자는 잘 들리지 않았다. "오, 맙소사. 유아 살해의 현장을 본 적이 있나요? 이리로 오세요. 유일한 기회가 될 거예요."

에디파는 샤워를 하고 스웨터와 스커트를 입고 스니커즈를 신은 뒤, 머리를 학생처럼 비틀어 땋고 화장을 시작했다. 문제가 되는 것은 보츠나 그레이스의 반응이 아니라 트리스테로의 반응이라는 데 막연한 두려움을 느끼면서.

그녀는 차를 타고 자프의 헌책방 앞을 지나면서, 일주일 전만 해도 책방이었던 그곳에 새까맣게 탄 돌 더미만 쌓여 있는 것을 보고 놀랐다. 아직도 가죽 타는 냄새가 났다. 에디파는 차를 세우고 이웃해 있던 정부 물품 할인 매장에 들어갔다. 주인은 바보 같은 자프가 보험금을 타 내려고 자기 책방에 불을 지른 것이라고 말했다. "바람이 한 줄기만 불었어도 내 상점까지 타 버릴 뻔했어요. 어쨌든 그들은 이곳 건물을 오 년밖에 못 버티게 지었어요. 하지만 자프가 기다릴 수 있었겠어요? 책밖에 가진 게 없었는데." 그가 씩씩거리며 말했다. 침이라도 뱉을 기세였지만 그가 받은 가정교육 때문에 겨우 참는 것처럼 보일 정도로 화가 나 있었다. "만일 헌것을 파는 장사를 하려면 잘 팔리는 것을 선택하세요. 지금은 총이 잘 팔리지요. 오늘 아침엔 어떤 친구가 와서 자기 팀 훈련용으로 200자루나 사 가더군요. 그 녀석에게 나치 친위대의 만자 무늬를 그린 완장도 200개 팔 수 있었는데, 제기랄, 물건이 부족했어요." 그는 에디파에게 충고했다.

"정부 물품 중에 나치스의 만자도 있어요?" 에디파는 물었다.

"아니지요." 그는 내막을 아는 사람처럼 윙크를 했다. "난 샌디에고 외곽에 작은 공장을 하나 갖고 있어요. 열두 명의 검둥이들이 이 옛날 완장을 생산해 내지요. 그 작은 물건이 얼마나 잘 팔리는지 알면 놀랄 겁니다. 여성 잡지 두 권에 조그맣게 광고를 냈는데 주문 편지만 처리하기 위해서 따로 검둥이 둘을 채용해야만 했어요."

"당신 이름이 뭔가요?" 에디파는 물었다.

"윈스럽 트레메인입니다." 그가 신이 나서 대답했다. "줄여서 위너*라고들 부르지요. 이번에는 올가을에 나치 친위대의 군복이 얼마나 잘 팔릴지 가늠해 보려고 로스앤젤레스에 있는 대규모 기성복 업체와 거래를 하는 중입니

---

* Winner. 승리자.

다. 개학 철에 그 군복을 팔려고 합니다. 십대들을 겨냥해 37인치 사이즈를 대량 제작할 예정이에요. 다음번엔 좀 변형시켜서 여성용 군복을 만들까 하는데 어떻게 생각해요?"

"나중에 말씀드릴게요. 기억하고 있겠어요." 에디파는 대답했다. 그녀는 그자에게 욕을 퍼붓거나 주위에 보이는 수십 개의 무겁고 투박한 물품을 닥치는 대로 집어 들고 던졌어야 했던 게 아닌가 생각하며 그곳을 나갔다. 상점 안에는 증인이 될 만한 사람이 하나도 없었으니까. 그런데 왜 그녀는 그렇게 하지 않았을까?

넌 겁쟁이야. 그녀는 안전벨트를 매면서 혼자 중얼거렸다. 여긴 미국이고, 넌 여기에 살고 있어. 그런데도 그런 일이 일어나는 걸 방관하고 있어. 그것들이 퍼지도록 내버려 두고 있다고. 에디파는 폭스바겐의 뒤를 쫓아 거칠게 프리웨이를 달렸다. 팬고소 호처럼 생긴 강변에 자리 잡은 보츠 교수의 집 앞에 차를 세웠을 때, 그녀는 오한이 들면서 약간의 구토증을 느꼈다.

얼굴에 푸른색의 무엇인가를 잔뜩 바른 조그맣고 뚱뚱한 여자 아이가 그녀를 맞았다. "얘, 네가 맥신이구나." 에디파가 말했다.

"맥신은 침실에 있어요. 그 애가 아빠의 맥주 깡통을 찰스에게 던졌는데 그게 그만 창문을 깨뜨려서 엄마한테 매를 맞았거든요. 만일 내 딸이라면 난 그 애를 물에 빠뜨려 죽여 버렸을 거예요."

"그런 방법을 미처 생각 못했군." 그레이스가 어둑한 거실에서 나와 모습을 드러내며 말했다. "들어오세요." 그녀는 젖은 물수건으로 딸의 얼굴을 닦아 주었다. "오늘은 어떻게 아이들로부터 빠져나올 수 있었나요?"

"나는 애가 없어요." 에디파가 그녀를 따라 부엌으로 들어가며 말했다.

그레이스는 놀란 것 같았다. "금방 알아볼 수 있는, 괴로움을 당하고 있다고 말하는 표정이 있지요." 그녀는 말했다. "나는 아이들만이 그런 괴로움을 준다고 생각했는데 그게 아닌 모양이군요."

에모리 보츠는 전부 취한 듯 보이는 대학원생 세 명에게 둘러싸여, 주위에 빈 맥주병을 수없이 쌓아 놓은 채 그물 침대에 누워 있었다. 대학원생 중 둘은 남학생이었고 나머지 하나는 여학생이었다. 에디파는 새 술병을 하나 찾아내어서는 풀밭에 앉았다.

"나는 역사적 인물로서 화핑거가 어떤 사람인지 알고 싶어요. 그의 언어에 대한 것보다는 말입니다." 그녀는 단도직입적으로 말했다.

"역사적 인물로서의 셰익스피어라." 대학원생 가운데 하나가 술병을 새로 따면서 긴 턱수염 사이로 으르렁거리는 목소리로 말했다. "역사적 인물로서의 마르크스, 역사적 인물로서의 예수."

"저 학생 말이 맞아요. 그들은 모두 죽었어요. 이제 남은 게 뭐가 있나요?" 보츠가 어깨를 으쓱했다.

"그들의 언어지요."

"그들의 말 중 아무거나 하나 골라 봐요. 그러면 그것들에 대해 이야기해 볼 수 있겠지요." 보츠가 말했다.

"'그 어떤 신성한 별인들 지켜 줄 수 있으랴. 한때나마 트리스테로와 밀약을 맺은 그 사람을.'「전령의 비극」, 4막 8장." 에디파는 화핑거의 구절을 인용했다.

보츠는 그녀를 향해 눈을 깜박이며 물었다. "어떻게 바티칸 도서관에 들어갈 수 있었지요?"

에디파는 밑줄을 그은 보급판 책을 그에게 보여 주었다. 보츠는 그 페이지를 얼핏 보더니 손을 더듬어 맥주병을 찾았다. "맙소사. 해적질을 당했군. 누군가 나와 화핑거의 작품에 무단으로 외설 문구를 삽입한 거야." 그는 첫 장을 펼치고는 누가 자신이 편집한 화핑거의 책을 재편집했는지 찾아보았다. "양심은 있는지 서명은 못했군, 빌어먹을. 출판사에 편지를 써야겠어. 케이 다 칭가도 출판사라고? 들어 본 적 있어요? 뉴욕이라고 써 있는데." 그는 한두 페이지를 햇빛에 비추어 보았다. "오프셋 인쇄군." 그러고는 얼굴을 책에 가까이 대고 검사했다. "철자 인쇄가 잘못돼 있어. 원본과 다른 개악판이야." 그는 책을 풀밭에 떨어뜨리고는 증오하는 듯한 눈빛으로 책을 바라보았다. "그렇다면 그들이 어떻게 바티칸에 들어갈 수 있었을까?"

"바티칸에 뭐가 있는데요?" 에디파는 물었다.

"외설본「전령의 비극」이 있지요. 나도 1961년까지는 볼 수 없었어요. 만일 볼 수 있었다면 내가 옛날에 편집한 책에 언급을 했겠지요."

"내가 탱크 극장에서 본 연극은 외설본이 아니었나요?"

"랜돌프 드리블레트가 연출한 것 말이오? 아니요. 내 생각에 그것은 전형적으로 품위를 갖춘 작품이오." 그는 그녀 뒤로 펼쳐진 하늘을 슬프게 바라보았다. "그는 좀 독특한 방식으로 도덕적인 인물이었지요. 그는 희곡의 언어에 대해 어떤 책임감을 느끼지는 않았어요. 하지만 연극을 둘러싼 보이지 않는 영역이나 그 연극의 정신적인 면에 대해서는 언제나 충실했지요. 만일 당신에게 역사적인 인물로서의 화펭거가 누구인지 알려 줄 수 있는 사람이 있었다면 그건 랜디였을 거요. 화펭거의 생생한 정신을 둘러싼 하나의 소우주로서 그 작품에 대해 랜디처럼 자세히 알던 사람도 없었으니까요."

"왜 과거 시제를 쓰시는 거죠?" 에디파는 드리블레트에게 전화를 걸었을 때 들었던 늙은 여인의 말을 떠올리자, 가슴이 두근거리는 것을 느끼며 물었다.

"아직 모르고 있었어요?" 모두 그녀를 바라보았다. 그림자조차 없는 죽음이 풀밭 사이로 미끄러져 나가고 있었다.

"이틀 전, 밤중에 랜디는 태평양으로 걸어 들어갔어요." 여학생이 드디어 말을 꺼냈다. 그녀의 눈은 벌써 빨갛게 충혈되어 있었다. "제나로의 의상을 입은 채 말입니다. 그는 죽었습니다. 지금 우리는 그를 추모하며 밤을 지새는 중이에요."

"오늘 아침 그에게 전화를 하려고 했어요." 이것이 에디파가 생각할 수 있는 말의 전부였다.

"그들이 「전령의 비극」의 세트를 부순 직후 그렇게 된 것입니다." 보츠가 말했다.

불과 한 달 전만 하더라도 에디파의 다음 질문은 당연히 "왜?"였을 것이다. 그러나 지금 그녀는 그저 침묵을 지키며 진실을 깨달을 때까지 기다렸다.

그들은 내 모든 것을 빼앗아 가고 있어. 그녀는 속으로 중얼거렸다. 자신이 마치 높은 창문에 걸려 끝없는 혼돈 위로 펄럭이는 커튼 같다고 느끼면서.

나와 관련된 남자들을 하나둘씩 빼앗아 가고 있는 거야. 내 정신과 의사는 이스라엘인들에게 쫓기다가 미쳐 버렸고, 내 남편은 LSD에 빠져서 이전에 내가 끊임없이 사랑을 갈구했다는 것을 완전히 잊은 채, 어린아이처럼 사탕 가게의 끝없는 방 속으로 점점 더 빠져 들고 있어. 관계를 가졌던 애인은 타락한 열다섯 살짜리 여자 아이와 도망을 가 버렸고, 트리스테로로 나를 끌고 온 최상의 안내자는 투신자살을 해 버렸다. 도대체 나는 지금 어디에 있는가?

"참 안됐습니다." 보츠는 그녀를 유심히 바라보며 덧붙였다. 에디파는 태연한 척 아무 말도 하지 않았다.

"그가 사용한 대본은 저것뿐인가요?" 그녀는 보급판 책을 가리키며 물었다.

"아니에요. 그는 내가 편집한 양장본도 사용했지요." 보츠는 얼굴을 찌푸렸다. "하지만 당신이 연극을 본 날 밤엔 그걸 사용했어요." 그들 주위로 쏟아지는 햇빛이 술병들에 반사되어 조용히 빛났다. 그러자 에디파가 물었다. "4막은 어떻게 끝났나요? 그 불가사의한 일이 있고 나서 모두 호수 주위에 서 있었을 때에 그의 대사는, 드리블레트의 대사는, 아니 제나로의 대사는 무엇이었나요?"

"'우리가 툰과 탁시스의 마지막 사람으로 알고 있던 그는 이제 단검의 가시 외에는 어떠한 군주도 개의치 않는다. 한 번 매듭지어진 그 황금 나팔은 말없이 놓여 있다.'"
라고 보츠는 대답했다.

"맞아요. 그게 마지막 구절이었어요." 대학원생들이 말
했다.

"그게 전부인가요? 나머지는 어떻게 됐어요? 거기에 대
한 대구(對句)는요?"

"나는 개인적으로, 그 책 속에서 대구가 마지막 연의 의
미를 감추도록 만들었습니다. 바티칸에 있는 책은 외설적
인 패러디일 뿐입니다. 마지막 구절인 '안젤로의 탐욕을
한때라도 거스른 자'는 1687년 사절판을 작업한 인쇄공이
삽입한 것이고요. 화이트채플판은 변조된 것입니다. 랜디
가 훌륭한 선택을 한 거지요. 그는 의심스러운 부분을 모
두 삭제했습니다." 보츠가 말했다.

"하지만 내가 갔던 날 밤엔 바티칸 판본의 구절을 사용
했어요. 드리블레트가 트리스테로란 말을 했어요."

보츠의 표정에는 아무런 변화가 없었다. "그거야 그 사
람 마음이지요. 스스로 감독에다가 배우였으니까요. 안 그
래요?"

"하지만 그것이 그저 변덕 때문이었을까요? 아무에게도
말하지 않고 다른 구절을 그렇게 사용하는 것 말이에요."
그녀는 손으로 원을 그리며 말했다.

"랜디는 자신의 마음을 괴롭히는 것이면 무엇이든 대개
무대 위에서 표현했어요. 꼭 대사 때문만이 아니라 연극의
생동감을 위해서 각기 다른 판본들을 검토했을 겁니다. 그
러다가 변조된 당신의 보급판을 보게 됐을 거예요." 땅딸

막하고 뿔테 안경을 쓴 세 번째 대학원생이 자신의 생각을 이야기했다.

"그렇다면 그의 개인 생활에 어떤 변화가 일어났음이 틀림없군요. 어떤 일이 그날 밤 그를 갑자기 바꿔 놓은 거예요. 그래서 그 구절을 삽입한 것이 틀림없어요." 에디파가 결론을 내렸다.

"그럴지도 모르지요. 안 그럴지도 모르고. 당신은 남자의 마음이 이리저리 공이 튀는 당구대라도 되는 줄 아시오?" 보츠가 말했다.

"그렇지 않기를 바랍니다."

"자, 들어가서 음란한 그림들이나 봅시다." 보츠는 그물 침대에서 내려와서 그녀를 집 안으로 초대했다. 학생들은 남아서 맥주를 마셨다. "바티칸 판본에 있는 그림들을 불법으로 찍은 마이크로필름이 있어요. 1961년에 몰래 찍어 빼낸 것이지요. 그때 그레이스와 나는 연구비를 얻어 그곳에 갔거든요."

그들은 보츠가 작업실 겸 서재로 쓰는 방으로 들어갔다. 복도 한쪽에서는 아이들이 소리를 지르는데다 진공청소기까지 웅웅 소리를 내며 돌아가고 있었다. 보츠는 블라인드를 내리고 상자를 뒤적이더니 슬라이드 몇 장을 꺼내 환등기를 켜고 벽에다 비추었다.

아마추어가 서투른 솜씨로 성급히 만든 조잡한 그림들이었다. 진정한 포르노그래피는 언제나 침착한 전문가에 의해 만들어지는 법이다.

"그린 사람이 누군지는 모릅니다." 보츠가 말했다. "그

희곡을 다시 쓴 엉터리 작가가 누구인지도 모릅니다. 이 판본에서는 악한 파스콸레가 자기 어머니와 진짜로 결혼합니다. 그들의 결혼식 날 밤을 묘사하는 장면도 나옵니다." 그는 다른 슬라이드를 비추었다. "이 판본이 어떤 건지 대충 짐작하겠지요. 배경에 얼마나 자주 죽음의 그림자가 배회하는지 잘 보세요. 이건 도덕적인 관점에서 분노를 유발하고 있습니다. 다시 옛날로 되돌아가는 거지요. 중세식입니다. 청교도들은 아무도 저런 폭력을 자행하지 못했어요. 스커브햄을 제외하고는요. 다미코는 이 판이 스커브햄 파의 짓이었다고 말하고 있습니다."

"스커브햄이라니요?"

로버트 스커브햄은 찰스 1세 때 가장 순수한 청교도들로 구성된 종파를 창설했다. 그들의 주요 신조는 운명 예정설이었다. 이들에 따르면 사람은 두 종류로 나눌 수 있었다. 스커브햄 파에게 우연히 이루어지는 것은 아무것도 없으며 창조란 거대하고 복잡한 기계의 활동이었다. 하지만 그중 한 종류의 인간, 다시 말해 스커브햄 파는 자신들을 주관하는 신이 선택한 사람들이고, 나머지는 자동적으로 신의 섭리와 대치되는, 맹목적이고 영혼 없는 어떤 '법칙'을 따라 영원한 죽음으로 향하는 잔인한 저주를 받았다고 생각했다. 이러한 생각은 하느님을 섬기며 하나의 목표를 향한 강한 연대감으로 뭉친 스커브햄 파로 개종자들을 데려오기 위한 것이었다. 그러나 그 소수의 구원받은 스커브햄 파는 나머지 저주받은 사람들에게 예정되어 있는 운명을 혐오감과 황홀한 공포감을 지닌 채 바라보았는데, 그것은 치명적인 결과를 가져왔다. 차츰차츰 파멸이라는 치명적인 가능성이 그들을 유혹하여 결국 이 종파에는 한 사람도 남지 않게 되었고, 마치 침몰하는 배의 선장처럼 로버트 스커브햄조차 해체되는 이 종파와 운명을 같이 했다.

"리처드 화펑거와 그들은 무슨 상관이 있나요? 왜 스커브햄 파는 그 희곡의 외설판을 만들었을까요?" 에디파가 물었다.

"도덕적인 예로 이용하기 위해서지요. 그들은 연극을 좋아하지 않았어요. 외설판을 만드는 것은 그 연극을 지옥으로 보내 자신들과 완전히 멀어지게 하기 위해서였습니다. 영원한 저주를 내리는 데 실제 언어를 바꾸는 것보다 더 좋은 방법은 없으니까요. 청교도들도 비평가들처럼 '말씀'에 헌신적인 사람들이라는 것을 기억하겠지요."

"하지만 트리스테로에 관한 구절은 외설적이지 않습니다."

그는 머리를 긁적였다. "정말 그럴까요? '신성한 별'은 신의 선택을 가리키지요. 하지만 그것조차도 트리스테로와 밀약을 맺은 사람을 보호해 주거나 지켜 줄 수는 없습니다. 안젤로의 탐욕을 거스른다고 말하지만, 그런 것에서 벗어나는 데는 수많은 방법이 있다는 겁니다. 예컨대 나라를 떠날 수도 있지요. 안젤로도 결국은 인간이니까요. 하지만 스커브햄 파가 아닌 사람들의 세계를 정확하게 운행하고 있는 야성적인 다른 것, 그것은 경우가 다릅니다. 분명 그들은 트리스테로가 다른 어떤 것을 상징하고 있다고 느꼈던 것 같습니다."

그녀는 더 이상 주저할 것이 없었다. 다시 한 번 빛과 함께 혼돈 위를 퍼덕이는 어지러움을 느끼며, 그를 찾아온 진짜 의도가 담긴 질문을 했다. "트리스테로란 무엇인가요?"

"1957년에 첫 판을 낸 후 발견된 새로운 분야이지요. 그후 우리는 흥미를 끄는 오래된 자료들을 우연히 발견하게 되었어요. 내 최신판은 내년쯤 나온다더군요. 그건 그렇고." 보츠는 고서들로 가득 찬 유리 책장 속을 들여다보았다. 그는 진갈색 책을 한 권을 꺼내 송아지 가죽 덮개를 벗겼다. "이 화핑거 책은 아이들이 손대지 못하게 여기 보관하고 있습니다. 아들 찰스는 내가 노인들처럼 여유 있게 대답할 수 없는 당혹스러운 질문들을 끝없이 계속해 대니까요." 그 책의 제목은 『디오클레션 블럽의 이상한 이탈리아 편력기 : 기이하고도 괴상한 인종의 진짜 역사에 기초한 대표적 이야기 모음집』이었다.

"다행스럽게도 화핑거는 밀턴처럼 비망록이 한 권 있었는데, 거기에다 자신이 읽은 것들을 써 놓았어요. 그래서 우리가 블럽의 편력기를 알게 된 거지요."

그 책은 e로 끝나는 단어들, f처럼 보이는 s, 대문자로 쓰인 명사들, i 대신 y가 들어간 단어들로 가득 차 있었다. "이건 읽을 수가 없군요." 에디파는 말했다.

"한번 읽어 보세요." 보츠가 말했다. "저 아이들을 바래다주어야겠어요. 7장엔가 찾는 것이 있을 겁니다." 그는 에디파를 신전에 혼자 남겨 두고 나갔다. 에디파가 찾았던, 트리스테로와 저자의 만남은 8장에 기록되어 있었다. 디오클레션 블럽은 툰과 탁시스의 이탈리아어로 보이는 '토레와 타시스' 소속의 우편 마차를 타고 황량한 산길을 가로지른다. 블럽이 '신심의 호수'라고 부른 해안에서 일행은 갑자기 나타난 검은 외투를 입은 스무 명의 사람들에 포위당한 채, 호수에서 불어오는 얼음 같은 바람 속에서 고요하면서도 격렬하게 전투를 벌였다. 그 약탈자들은 곤봉, 화승총, 칼, 단검 등을 썼고 마지막엔 아직 숨이 남아 있는 사람들을 처리하기 위해 실크 스카프로 목을 졸랐다. 처음부터 그 난투에 참가하지 않았던 블럽 박사와 그의 시종만이 겨우 살아남았는데, 그들은 큰 소리로 자기들이 영국인이라고 부르짖으며 때때로 "찬송가를 몇 구절 부르기도 했다." 보안을 중시하는 트리스테로의 태도에 비추어 볼 때, 그들이 이 두 사람을 살려 주었다는 사실이 놀라웠다.

"트리스테로가 영국에도 지부를 차리려 했던 모양이지요?" 며칠 후에 보츠가 말했다.

에디파는 알 수 없었다. "하지만 왜 디오클레션 블럽같이 지독한 속물을 살려 주었을까요?"

"그런 입을 가진 사람은 1킬로미터 밖에서도 알아볼 수 있을 겁니다. 냉정하게 있을 때나 흥분해 있을 때나 상관없이 말이지요. 만일 내가 영국에 말을 전하려고 한다면 블럽보다 더 완벽한 적임자를 찾을 수 없을 겁니다. 트리스테로는 당시 반혁명을 즐기고 있었습니다. 영국에서는 왕의 목이 날아갈 판이었고요. 음모가 진행 중이었어요." 보츠가 말했다.

그 검은 무리의 우두머리는 우편 행낭을 모은 후에 블럽을 마차에서 끌어내린 다음 완벽한 영어로 말했다. "당신은 트리스테로의 분노를 목격했소. 우리가 자비심이 없는 것만은 아니라는 걸 알아주시오. 당신의 왕과 의회에 우리가 한 일을 보고하시오. 우리가 우세하게 될 것이라고 그들에게 말하시오. 태풍도, 투쟁도, 사나운 야수도, 사막의 고독도, 우리의 정당한 소유물을 가로챈 불법적인 찬탈자들도 우리의 전령들을 방해하지는 못할 것이라고 말이오." 그 노상강도들은 블럽 일행의 돈주머니엔 손도 대지 않고 검은 돛 같은 외투를 펄럭이며 어슴푸레한 산속으로 표표히 사라져 갔다.

블럽은 트리스테로 조직에 대해 가능한 한 여기저기 알아보았으나 모두들 입을 다무는 것이었다. 하지만 단편적인 정보는 모을 수 있었다. 에디파 역시 지난 며칠 동안 단편적인 정보는 모을 수 있었다. 젱기스 코헨이 건네준 우표 수집가들의 이상한 잡지, 모틀리의 『네덜란드 공화국의 발흥』이라는 책의 각주, 현대 무정부주의의 기원에 관한 팔십 년 묵은 소책자, 보츠가 소장하고 있던 화핑거의 자료에서 찾아낸 블럽의 형제 어거스틴의 설교, 블럽 자신이 암시해 주는 실마리, 이들로부터 에디파는 트리스테로가 어떻게 시작되었는지를 연결해 볼 수 있었다.

1577년, 프로테스탄트 귀족인 오렌지 공 윌리엄이 지배하던 북서부 유럽*은 가톨릭을 수호하는 스페인과 신성로마제국으로부터 독립하기 위해 구 년 동안이나 투쟁하고 있었다. 12월 말, 명실 공히 서유럽의 주인이었던 오렌지 공은 18인 위원회의 초대를 받아 브뤼셀에 승리의 입성을 했

---

* 벨기에, 룩셈부르크, 네덜란드를 가리킨다.

다. 18인 위원회란, 특권 계급에 의해 조종받는 삼부회*가 더 이상 숙련 노동자들을 대변하지 못하고 민중과의 유대를 상실했다고 느낀 칼뱅주의 광신도들이 세운 혁명 위원회였다. 이 위원회는 일종의 브뤼셀 코뮌을 창설한 뒤, 경찰권을 장악하고 삼부회의 모든 결정을 조종하며 브뤼셀의 수많은 고급 관리들을 몰아냈다. 그중에는 레오나르드 1세가 있었는데, 그는 탁시스 가문의 남작이자 궁중의 사실(私室) 관리였으며, 바이싱헨의 남작이자 서유럽의 세습 우정 장관이었으며, 툰과 탁시스라는 체신 업무 독점 기관의 집행인이었다. 그의 후임으로는 오하인의 영주이자 오렌지 공의 충복인 얀 힝카트가 임명되었다. 바로 그때 이 모든 것의 시초를 제공하는 인물이 등장했다. 그는 헤르난도 후아킨 드 트리스테로 이 칼라베라라는 사람으로, 미친 사람 같기도 하고 진실한 반역자 같기도 했으며, 몇몇 사람들은 사기꾼 예술가라 부르기도 했다. 트리스테로는 자신이 얀 힝카트의 사촌이자 스페인 혈통의 합법적인 가문의 일원으로서 오하인의 진정한 영주이며, 따라서 최근의 우정 장관 자리를 포함해 얀 힝카트가 소유하고 있는 모든 것의 합법적 후계자라고 주장했다.

1578년부터 알렉산더 파니스가 신성로마제국 황제의 지배권을 되찾고자 다시 브뤼셀을 탈환한 1585년 3월까지, 트리스테로는 자기 사촌인 힝카트에 대항하여 게릴라전을 벌였다. 힝카트가 진짜 사촌인지 아닌지는 알 수 없었지만.

---

* 혁명 전의 프랑스 국회.

트리스테로는 스페인 사람이었기 때문에 아무런 지지도 받지 못했다. 그의 인생 대부분은 이곳저곳 옮겨 다녀야만 하는 끝없는 위험의 연속이었다. 이번에도 그는 오렌지 공의 우정 장관인 힝카트를 네 차례나 암살하려다 실패했다.

결국 얀 힝카트는 파니스에 의해 쫓겨나고 우정 장관 자리에는 툰과 탁시스의 우두머리인 레오나르드 1세가 복권되었다. 하지만 툰과 탁시스가 독점하던 우편 업무는 이미 불안정한 사업이 되어 버렸다. 보헤미아 출신으로 프로테스탄트에 우호적이었던 황제 루돌프 2세는 지원을 당분간 중단했다. 우편 업무는 커다란 적자에 허덕이게 되었다.

힝카트가 넘겨받을 수도 있었을, 그러나 지금은 잠시 힘을 잃고 비틀거리는 유럽 대륙의 권력 구조에 대한 어떤 전망이 자신만의 우편 체계를 설립하도록 트리스테로를 자극했던 것 같다. 그는 늘 여기저기 떠돌아다니다가 공식 의례에 불쑥 나타나 연설을 하곤 했는데 주제는 언제나 '상속권의 박탈'이었다. 우편 업무 독점은 그 지역을 정복한 자의 권한에 의해 오하인 지역에 속하게 되었는데 오하인의 원래 상속권자는 트리스테로였다. 그는 엘 데시리다도, 즉 상속권 박탈자로 자처하며, 망명 중인 자신에게 진정으로 속한 것은 밤이라는 것을 상징하기 위해 자신의 추종자들에게 검은 제복을 입게 했다. 또한 그는 저항을 뜻하는 검은색 외에 약음기가 달린 우편 나팔과 네 발을 공중에 쳐들고 있는 죽은 오소리를 문장으로 사용했다. (어떤 사람은 탁시스라는 이름이 이탈리아어인 타소, 즉 오소리라는 단어에서 비롯되었다고 한다. 초기의 버가마스캔* 전령들이 썼던 오소리 털 모자에서 유래했다는 것이다.) 그는 툰과 탁시스의 우편 마차가 다니는 길을 따라 방해 공작, 테러, 약탈을 은밀히 자행하기 시작했다.

에디파는 그 후 며칠 동안 도서관을 들락거리며 에모리 보츠나 젱기스 코헨과 진지하게 토론을 했다. 그녀는 주변 사람들에게 일어난 일들을 떠올리며 그들의 안전을 걱정했다. 블럽의 편력기를 읽은 다음 날, 그녀는 보츠와 그레이스, 대학원생들과 함께 랜돌프 드리블레트의 장례식에 참석하여 망자의 남동생이 슬픔에 잠겨 읊는 조사를 들었고, 그의 모친이 오후의 스모그 속에서 유령처럼 우는 것을 보았으며, 밤에 무덤가로 다시 돌아와 그곳에 앉아 드리블레트가 생전에 몇 통을 따로 보관해 놓았던 내퍼 밸리산 포도주를 마셨다. 달도 뜨지 않고 스모그가 별마저 덮어 버렸으며 모든 것은 트리스테로의 전령들처럼 검은색이었다. 에디파는 흙 위에 앉아 엉덩이가 싸늘해 오는 것을 느끼며, 드리블레트가 그날 밤 샤워를 하면서 말했듯이 그녀의 어떤 부분이 그와 함께 사라진 것은 아닌지 생각해 보았다. 아마도 에디파는 더 이상 존재하지 않는 관절을 상상 속에서 계속해서 움직이고 있는 상태인지도 몰랐다. 또는 실재하지도 않는 자신의 자아에 의해 조롱당하거나 배반당하고 있는 것인지도 몰랐다. 마치 사지가 절단된 사람이 관절이 붙어 있는 것 같은 착각에 조롱당하듯이. 언젠가는

---

* 1300년경부터 유럽의 우편배달을 맡았으며, 1867년 비스마르크가 인수했다.

그녀도 사라져 버린 자신의 일부를 의수나 의족, 특정 색상의 드레스나 편지의 한 구절, 혹은 새로운 연인 같은 것으로 대신할 수 있을지 모른다. 에디파는 땅 속 2미터 아래 묻힌 채 부패되기를 거부하고 있는 그가 갖고 있을지도 모르는 비밀 암호로 연락을 취하고 싶었다. 아마도 에디파는 최후의 파멸을 위해 그리고 최후의 혼란을 위해 모여 있는 이 완고한 정지 상태와 최후의 힘으로 희미하게 빛나는 덧없는 날개, 온화한 보살핌 아래 지금 자리를 잡지 못하면 어둠 속으로 영원히 사라져 버릴 그 어떤 것을 붙잡으려고 노력했다. 에디파는 기도했다. 만일 내게로 오려거든 지난 밤의 기억을 가지고 오라. 만일 죽어야 한다면, 마지막 오분 동안의 기억이라도 가져다준다면, 그것으로 충분할 것이다. 그리하여 만일 당신이 바다 속으로 걸어 들어간 것이 트리스테로와 무슨 연관이 있다면 내가 알 수 있도록 말이다. 만일 그들이 힐라리어스, 무초, 메츠거를 제거한 것과 같은 이유로 당신을 제거했다면, 그건 아마도 내게 더 이상 당신이 필요하지 않다고 생각했기 때문일 거야. 하지만 틀렸어. 난 당신이 필요해. 단지 그날 밤의 기억만을 내게 가져다주는 것으로, 당신은 나와 영원히 함께 살수 있는 거야. 샤워장 위로 머리를 내밀며, 당신은 나와 사랑에 빠질 수도 있어요, 라고 말하던 드리블레트의 모습을 그녀는 기억했다. 하지만 에디파가 과연 그를 구할 수 있었던가? 그녀는 그의 죽음을 알려 준 여자 아이를 생각했다. 그들은 서로 사랑하는 사이였을까? 그 여자 아이는 드리블레트가 왜 그날 밤 두 구절을 일부러 삽입했는지 알고 있을까? 그 자신은 그 이유를 알고 있었을까? 아무도 그 이유를 추적할 수 없었다. 수많은 고민이, 섹스, 돈, 병, 그가 살던 시대의 역사에 대한 절망 등이 뒤죽박죽 섞여 있기 때문이다. 대본을 수정한 것은 그의 자살만큼이나 그 동기가 분명치 않았다. 둘 다 기묘한 짓이었다. 에디파는 마치 빛나는 날개가 달린 어떤 존재가 그녀 마음의 성단에 도착한 것처럼, 무엇인가가 자신의 내부로 스며들어 온 것처럼 느꼈다. 어쩌면 그가 결코 설명할 수 없는 방식으로, 그 교묘한 미궁에서 뛰쳐나와 두 구절을 대본에 첨가했던 이유는, 결국 밤중에 원초적 피와도 같은 태평양 속으로 걸어 들어가 맞게 될 죽음을 연습한 것이었는지도 모른다. 그녀는 날개 달린 광채가 내려와 그가 무사히 도착했노라고 이야기해 주기를 기다렸다. 그러나 남은 것은 오직 침묵뿐이었다. 드리블레트, 하고 그녀는 불러 보았다. 그 신호는 수 킬로미터의 구불구불한 뇌파를 따라 메아리쳤다. 드리블레트!

그러나 이제는 맥스웰의 수호정령이 그렇듯이, 그녀가 소통에 실패한 것이거나 아니면 그가 존재하지 않는 것이거나 둘 중 하나인 상황이었다.

트리스테로의 기원 외에 그녀가 도서관에서 알아낼 수 있는 것은 더 이상 없었다. 알 수 있는 것이라고는 트리스테로가 네덜란드 독립 운동 이후에는 자취를 감추었다는 것뿐이었다. 그 나머지를 추적하기 위해서는 툰과 탁시스의 편에서 접근해야만 했다. 그것은 위험을 수반하는 일이었다. 에모리 보츠는 이를 재미있는 게임처럼 생각했다.

예컨대 그는 거울 이미지 이론을 주장했는데, 툰과 탁시스가 불안정한 시기는 언제나 트리스테로의 보이지 않는 세계에 반영된다는 것이다. 그는 그 이론을, 왜 그 공포의 이름이 17세기 중엽에만 활자화되었는지 의문을 품었다. '이 트리스테로의 최후의 심판'에 대한 동음이의어로 말장난을 한 저자는 어떻게 겁도 없이 그런 일을 할 수 있었는가? 어떻게 그 바티칸 판본의 대구는 트리스테로라는 단어를 포함하는 마지막 구절 대신 이절판에 들어가게 되었는가? 툰과 탁시스의 맞수에 대한 언급은 언제부터 시작되었는가? 보츠는 트리스테로 내부에 위기가 생겨서 반격을 할 수 없는 상황에 처했던 것이라고 주장했다. 아마도 그러한 위기가 바로 블럽 박사를 살려 둔 이유였는지 모른다.

그러나 보츠가 단순한 말들을 너무나 화려하게 다듬어 부자연스러운 장미들로 만들자, 그 안의 붉고 향기 나는 그늘 속에 감춰진 어두운 역사는 슬그머니 사라져 버린 것 아니었을까? 1628년 툰과 탁시스 가의 백작이었던 프란시스 레오나르드 2세가 죽자 라이 출신의 아내 알렉산드린은, 비록 공식적으로 인정받지는 못했지만, 우정 장관의 자리를 계승했다. 그녀는 1645년에 은퇴했다. 하지만 그 독점사업의 실권 소재지는 1650년 남자인 클로드 프란시스 라모랄 2세가 계승할 때까지 모호했다. 한편 브뤼셀과 앤트워프의 툰과 탁시스 조직에서는 부패의 흔적이 보이기 시작했다. 지방 사립 우체국들이 제국의 공식 우체국의 영역을 침범하더니 급기야는 두 도시에서 툰과 탁시스의 우체국을 폐쇄하기에 이르렀다.

이에 트리스테로는 어떻게 반응했을까? 보츠가 물었다.
호전적인 당원들은 드디어 위대한 순간이 목전에 다다랐다
고 주장하면서 적이 약해진 틈을 타서 무력으로 정복하자
고 주장했을 것이다. 하지만 보수적인 진영에서는 이에 반
대하며 지난 칠십 년 동안 그래 왔듯, 다만 반대 세력으로
만 남자는 의견을 고수했을 것이다. 물론 트리스테로에는
환상을 좇는 사람들, 자신의 시대를 초월하여 역사적으로
생각하는 사람들이 있었을 것이다. 적어도 그들 중 한 사
람은 삼십년전쟁의 종식과 베스트팔렌의 평화, 제국의 멸
망과 배타주의의 도래를 예견했을 것이다.

"이 사람은 커크 더글러스*같이 생겼군요." 보츠가 소리
질렀다. "칼을 차고, 이름은 콘래드처럼 용기 있어 보이는
데요. 그들은 술집 뒷방에서 회합 중인데, 자수를 놓은 블
라우스를 입은 여자들이 맥주 컵을 나르고, 모두 기분이
좋아 소리를 지르고 있어요. 갑자기 콘래드가 식탁 위로
뛰어 올라갔고 사람들은 조용해졌습니다. 이어 콘래드가
말하기 시작했지요. '유럽의 구원은 소통에 달렸습니다.
우리는 질투심에 불타는 독일 군주들이 일으킨 소요 사태
에 직면해 있습니다. 수백 명에 달하는 그들은 음모와 반
음모, 내부 분열을 일으키며 제국의 모든 힘을 쓸데없는
언쟁으로 탕진하고 있습니다. 이 군주들 사이의 소통을 조
종할 수 있는 사람이 그들 모두를 조종할 수 있는 사람입
니다. 이 통신망이 언젠가 유럽 대륙을 통일할 것입니다.

---

* 미국 영화배우.

따라서 나는 우리의 숙적인 툰과 탁시스와 우리가 합쳐져야 한다고 생각 합니다.' 안 돼. 절대 안 돼. 저 배신자를 쫓아내라. 하고 외치는 소리가 여기저기서 들립니다. 바로 그때 콘래드에게 다감하게 굴던 술집의 예쁘장한 여급이 가장 크게 떠들어 대던 반대자에게 맥주를 부어 버립니다. 콘래드가 다시 말을 이어 갑니다. '함께 힘을 합하면 우리 두 조직은 무적이 될 것입니다. 우리는 제국을 위한 것 외에 다른 일은 거부할 수 있습니다. 우리 없이는 아무도 군대를 움직이거나 농작물을 이동시키거나 할 수 없습니다. 어떤 군주가 자신만의 연락 체계를 세우려고 하면 우리는 이를 저지할 수 있습니다. 너무나 오랫동안 상속권을 빼앗겼던 우리는 이제 유럽의 상속자가 되는 겁니다.' 오랫동안 박수가 이어집니다."

"하지만 그들은 제국이 붕괴되는 것을 막지 않았어요." 에디파가 지적했다.

"그래요. 호전파와 보수파들은 조금의 양보도 없이 싸웠지요. 콘래드와 환상을 좇던 소수의 추종자들은 그 싸움을 중재하려 했어요. 상황이 다시 순조롭게 되었을 때엔 사람들이 모두 쫓겨나고 제국이 다시 세력을 장악했지요. 툰과 탁시스는 그들과 어떤 거래도 원하지 않았습니다."

그리고 신성로마제국의 멸망과 함께 툰과 탁시스의 합법성도 다른 화려한 망상들처럼 영원히 사라져 버렸다. 편집증에 빠질 가능성은 점점 더 높아져 갔다. 트리스테로가 비밀을 유지해 왔다고 해도, 툰과 탁시스가 자기들의 적이 누군지를 정확히 알지 못했다거나 그 영향력이 얼마나 널리 퍼져 있었는지를 잘 몰랐다고 해도, 그들 중 대다수가 스커브햄 파처럼 맹목적이고 타성적인 반신(反神)적 존재를 믿게 되었다는 것만은 틀림없다. 그것은 정체가 무엇이든 지 간에 툰과 탁시스의 우편배달부들을 죽이고, 바위를 굴려 그들이 지나는 길목을 막고, 지방에 새로운 경쟁 조직을 만들고, 심지어는 국가의 우편 업무까지 독점하여 제국을 붕괴시킬 수 있는 힘이 있었다. 툰과 탁시스가 추방된 것은 당시의 요청이었다.

그러나 이어지는 한 세기 반 동안 툰과 탁시스가 비종교적인 트리스테로를 발견하게 되면서 편집증은 둔감해져 갔다. 권력, 전지전능, 무자비한 원수, 역사적 원칙이나 시대정신이라고 생각했던 그들의 적은 신이 아닌 인간임이 밝혀졌다. 1795년까지는 트리스테로가 프랑스 혁명을 일으킨 것이라는 견해도 있었다. 프랑스 혁명은 단지, 프랑스와 서유럽에서 툰과 탁시스가 독점해 온 우편 업무가 종식되었음을 인준하는 '프랑스 공화력* 프리메르 9일'을 선언하기 위해 그들이 꾸민 일이라는 것이다.

"그건 누구의 견해인가요? 어디에서 읽은 것인가요?" 에디파가 물었다.

"누군가가 그렇게 말하지 않았나요? 아마 안 했는지도 모르지요." 보츠가 말했다.

그녀는 더 이상 그것을 두고 논쟁하지 않았다. 그 어떤

---

* 공화정을 선언한 1792년 9월 22일을 원년 1월 1일로 정한 역법. 프리메르는 세번째 달로, 태양력 기준으로 11월 22일부터 12월 21일까지 해당된다.

것도 추적하기가 꺼려졌기 때문이었다. 예컨대 젱기스 코헨에게 그가 보낸 우표에 대해 그의 전문가 위원회가 어떤 답신을 보내왔는지도 묻지 않았다. 토트 씨의 할아버지에 대한 정보를 알아내기 위해 베스퍼헤이븐 하우스로 다시 돌아간다 해도 토트 씨는 이미 죽어 있으리라는 것도 알고 있었다. 그녀는 「전령의 비극」 보급판을 출간한 케이 다칭가도 앞으로 편지를 써야 한다고 생각했지만 그렇게 하지도 않았을 뿐더러 보츠에게도 편지를 썼냐고 물어보지 않았다. 가장 심한 예는 그녀 자신이 랜돌프 드리블레트에 대해 이야기하는 것을 오랫동안 피해 왔다는 사실이었다. 장례식 경야에 왔던 그 여자를 볼 때마다 에디파는 핑계를 대고 자리를 피했다. 에디파는 자신이 드리블레트와 스스로를 배반하고 있다고 느꼈다. 하지만 이러한 자각이 어떤 한계점을 넘어 더 확장되는 것이 두려워서 그대로 내버려 두었다. 가능하다면 그것이 그녀 자신보다 더 커지지 않고, 그녀를 좌지우지하지 않도록 하기 위해서였다. 보츠가 어느 날 저녁 그녀에게, 뉴욕 대학에 있는 다미코를 데려올까요, 하고 묻자 에디파는 단번에 매우 신경질적으로 싫다고 답했다. 보츠는 그에 대해 다시는 언급하지 않았고 에디파 역시 그러했다.

그러던 어느 날 밤 에디파는 스코프로 돌아갔다. 그곳에서 자신이 찾아낼지도 모를 어떤 것을 경계하며 초조함과 외로움에 몸을 떨면서. 그녀는 마이크 펄로피언을 만났다. 그는 지난 몇 주 동안 턱수염을 기르고, 단추로 채우는 올리브색 셔츠를 입고, 커프스와 허리띠 매는 곳이 없는 주름 잡힌 작업복 바지에 단추가 두 개 달린 작업복 재킷을 입고 있었으며 모자는 쓰지 않고 있었다. 그는 에디파를 보자 활짝 웃더니 손짓을 했다.

"멋져요. 무슨 행동가 같기도 하고 산속에서 훈련 중인 반란군 같기도 하군요." 에디파의 말에 필로피언을 둘러싸고 있던 여자들이 적의에 찬 눈초리를 보냈다.

"그건 혁명과 관련된 비밀이지요." 그는 웃으며, 팔을 들어 주위에 있던 여자들 몇을 쫓아 보냈다. "자, 모두 가 봐요. 나는 이분하고 할 얘기가 있어요." 그들이 말소리가 들리지 않는 곳으로 물러나자 그는 동정하는 듯하면서도 당혹스러운 듯한, 약간은 에로틱한 시선을 그녀에게 던졌다. "탐색은 어떻게 되고 있죠?"

에디파는 그에게 간략하게 이야기해 주었다. 그녀가 이야기하는 동안 그는 조용히 듣고 있었지만, 표정은 점차 그녀가 이해할 수 없는 것으로 바뀌었다. 그것이 그녀를 괴롭혔다. 그를 약간 자극하기 위해 그녀가 말했다. "당신네들조차도 그 시스템을 사용하지 않는 데에 놀랐어요."

"우리가 지하조직의 일원인가요? 우리가 거부당한 사람들인가요?" 그는 온화하게 대꾸했다.

"내 말은 그런 뜻이 아니라……."

"아마 우리는 아직 그런 사람들을 찾지 못했는지도 모르지요. 아니면 그들이 아직 우리에게 접근해 오지 않았거나. 혹은, 어쩌면 우리가 W.A.S.T.E. 시스템을 사용하고 있는지도 모르지요. 다만 그것이 비밀일 뿐." 필로피언이 말했다. 전자음악이 실내에 진동하며 울리기 시작했다.

"하지만 다른 각도에서 살펴볼 수도 있어요." 에디파는 그가 무슨 말을 하려고 하는지 알아차리고 반사적으로 어금니를 갈기 시작했다. 그것은 지난 며칠 동안 그녀에게 생긴 신경질적인 습관이었다. "에디파, 누군가가 당신을 놀리고 있다고 생각해 본 적은 없나요? 이 모든 것이 인버라리티가 죽기 전에 꾸며 놓은 속임수라고 말이에요."

물론 그런 생각도 해 보았다. 하지만 자신 역시 언젠가 죽으리라는 생각을 회피해 온 것처럼, 에디파는 그런 가능성을 직시하거나 우연 이상으로 심각하게 받아들이는 일을 완고히 거부해 왔다. "아니에요. 그건 말도 안 돼요." 그녀는 말했다.

필로피언은 동정 어린 눈빛으로 그녀를 바라보며 조용히 말했다. "정말이지, 당신은 그런 식으로도 생각해 봐야 합니다. 우선 당신이 부정할 수 없는 사실들을 기록해 보세요. 당신의 견고한 지성에서 나온 것들 말입니다. 그런 다음에 당신의 상상과 추측에 불과한 것도 써 보세요. 그리고 무엇이 남는지 보세요. 적어도 이렇게는 해 봐야 합니다."

"계속하세요." 에디파는 싸늘하게 말했다. "적어도 그렇게 해 보라고요? 그다음엔 무엇이 있는데요?"

그는 소리 없이 부서지고 있는 어떤 것을 구하려는 듯이, 보이지 않는 틈으로 바람이 여유 있게 넘나드는 그물을 다시 꿰매려는 듯이, 미소 지었다. "제발 화내지 말아요."

"내 정보의 근원을 밝히라는 거죠? 그렇죠?" 에디파는 유쾌하게 말했다.

그는 더 이상 말이 없었다.

그녀는 자신의 머리가 단정한지, 자신이 이 남자에게 거절당한 것처럼 보이거나 히스테릭하게 보이지는 않는지, 그들이 싸운 것처럼 보이지는 않는지 걱정하며 일어섰다. "당신도 달라질 줄은 알았어요, 마이크. 모두가 내 앞에서 변해 버렸으니까요. 하지만 그 사람들은 나를 미워할 정도로 변하지는 않았어요."

"당신을 미워한다고요." 그는 머리를 가로저으며 웃었다. "완장이나 무기가 더 필요하다면 프리웨이 너머에 있는 윈스롭 트레메인에게 가 보세요. 나치의 문장을 파는 트레메인의 상점에 말이에요. 가서 내 이름을 대세요."

"이미 만났어요. 고마워요." 자신이 편곡한 쿠바 앙상블이 흘러나오는 것을 들으며, 바닥을 내려다보면서 여자들이 다시 돌아오기만을 기다리는 그를 떠났다.

과연 그녀가 가진 정보의 근원은 무엇이었던가? 에디파는 그 질문을 피하고 있었다. 하루는 젱기스 코헨이 흥분한 목소리로 전화를 걸어 자신이 미합중국 우편으로 받은 것을 보러 오라고 했다. 그것은 오래된 미국 우표였는데, 약음기가 달린 나팔과 배가 하늘로 향한 채 뒤집혀 있는 오소리가 그려져 있었고 '우리는 조용한 트리스테로 제국을 기다린다.(We Await Silent Tristero's Empire.)'라는 문구가 쓰여 있었다.

"그래 바로 이것의 약자였군. 이거 어디서 났어요?"

"친구가 주었지요. 샌프란시스코에 사는 친구가요." 코헨은 너덜거리는 스콧 세계 우표 도감을 뒤적이며 말했다. 그녀는 여느 때처럼 이름이나 주소를 묻지 않았다. "이상해요. 그 친구는 이 우표가 목록에 없다고 했어요. 그런데 여기 있거든요. 여기 부록을 보세요." 도감의 앞 장에 종이 한 장이 붙어 있었다. 163L1로 분류된 그 우표는 '트리스테로 속달우편, 샌프란시스코, 캘리포니아'라는 제목 아래 인쇄되어, 지역별 목록 139번(뉴욕 3번가 우체국)과 140번(뉴욕 유니언 우체국) 사이에 삽입되어 있었다. 에디파는 특유의 섬세한 직관으로 재빨리 책의 맨 뒷장을 넘겨 보고는 거기에 자프의 헌책방 스티커가 붙어 있는 것을 보았다.

"그래요." 코헨이 항변했다. "난 당신이 북쪽에 가 있을 때 메츠거 씨를 만나러 거기에 갔었어요. 이것은 보다시피 미국 우표만을 따로 모아 놓은 특별판 스콧 도감인데, 최근 것을 계속해서 모으는 건 아니에요. 내 분야는 유럽과 식민지 쪽이거든요. 하지만 호기심이 일어났지요. 그래서⋯⋯."

"그렇겠지요." 에디파는 말했다. 누구든지 부록을 붙여 놓을 수는 있었다. 인버라리티의 재산 목록을 다시 한 번 살펴보기 위해 그녀는 샌나르시소로 차를 몰았다. 자프의 헌책방과 트레메인의 상점이 있던 쇼핑센터 건물 전체가 분명히 피어스의 소유였다. 탱크 극장까지도.

그래, 좋아. 에디파는 방을 서성거리면서 혼자 중얼거렸다. 어쩐지 공허한 느낌이 파고들면서 끔찍한 일이 다가오는 것만 같았다. 그래, 좋아. 이건 피할 수 없는 거야, 안 그래? 트리스테로에 접근할 수 있는 길은 결국 모두 인버라리티의 유산으로 돌아오고 있었다. 심지어는 블럽의 편력기를 갖고 있던 보츠 역시(만일 그녀가 물어보았다면 그는 분명 그것을 자프의 헌책방에서 샀다고 했을 것이다.) 죽은 인버라리티가 거액을 기부한 샌나르시소 대학에서 가르치고 있다.

그것은 무엇을 의미하는가? 보츠나 메츠거나 코헨, 드리블레트, 코텍스, 문신이 새겨진 샌프란시스코의 선원, 그녀가 본 W.A.S.T.E. 우편배달부들까지, 이들 모두가 피어스 인버라리티의 부하들이었단 말인가? 그에게 매수된 부하들일까? 아니면 대가 없이 또는 재미로 그녀를 당황하게 하거나 공포에 떨게 하려고, 아니면 도덕적으로 깨우치려고 인버라리티가 꾸민 거대한 장난을 충실히 수행한 것이었을까?

네 이름을 마일스나 딘, 서지나 레너드로 바꾸어라. 그녀는 그날 오후 화장대 거울에 어슴푸레 비친 자신을 바라보며 충고했다. 네가 이름을 바꾸든 안 바꾸든 그들은 너를 편집증 환자라고 부를 것이다. 그들이 말이야. 어쩌면 너는 LSD나 다른 마약의 도움이 없이도 꿈의 풍요로운 은밀함이나 감추어진 강렬함 속으로 비틀거리며 빠져 들어간 것인지도 몰라. 아니면, 정부의 공식 우편제도 속에서 반복되는 거짓과 무미건조한 일상에 노출된 정신적 빈곤 속에 사는 듯 보이는 익명의 무수한 미국인들이 사실은 서로 진정한 소통을 하고 있던 연락망을 네가 우연히 발견한 것인지도 몰라. 모든 미국인들의 정신을 괴롭히는 출구 없는 상황과 자극 없는 인생에 대한 대응책을 네가 우연히 찾아낸 것인지도 모르지. 아니면 그저 환상을 보고 있는 것인지도 몰라. 혹은 너를 쓰러뜨리려는 어떤 음모가 점점 더 불어난 것인지도 몰라. 거액을 들여 아주 교묘하게, 우표와 고서를 위조하고, 끊임없이 감시하고, 샌프란시스코 전역에 우편 나팔을 뿌리고, 도서관 직원들을 매수하고, 전문 배우와 피어스 인버라리티만이 아는 모든 다른 전문가들을 고용하는 일 등이 계획적으로 준비된 것이었는지도 몰라. 비록 네가 공동 집행인이긴 하지만 법률 비전문인으로서는 알 수 없을 정도로 은밀하게 혹은 공공연히 인버라리티의 재산에서 그 경비가 지출된 것인지도 몰라. 하지만 그것은 너무 복잡한 미로 같아서 단순한 농담을 넘어 어떤 의미가 있는 게 틀림없어. 아니면 에디파, 너는 그 속에서 네가 바보가 되고 있다는 음모를 스스로 공상하고 있는지도 몰라.

여러 가능성들을 바라보면서 이제는 그것들이 또 다른 선택의 여지라고 생각했다. 서로 대칭을 이루는 네 가지 가능한 선택들. 그러나 그녀는 그중 어느 하나도 마음에 들지 않았으며 다만 자신의 정신이 이상한 것이기를 바랐다. 그것이 전부였다. 그날 밤 그녀는 몇 시간 동안 그저 앉아 있었다. 극도로 마비된 상태에서 그녀는 술도 마실 수 없었다. 진공상태에서 스스로 숨을 쉬는 법만을 연습했을 뿐이다. 이 모든 상황이 공허 그 자체였다. 그녀를 도와줄 사람은 하나도 없었다. 이 세상에 단 한 사람도. 모두가 미쳤거나, 적일지도 모르고, 아니면 죽어 버렸기에.

오래전에 땜질한 치아가 다시 아파 오기 시작했다. 에디파는 며칠씩 샌나르시소 하늘의 분홍빛 여명이 비쳐 오는 천장을 노려보며 밤을 지새우곤 했다. 그렇지 않은 밤엔 수면제를 먹고 열여덟 시간씩 잠을 잤고, 힘이 빠져 깨어난 다음에는 일어설 기력조차 없었다. 유산 관리인으로 새로 임명된, 날카로운 인상에 말을 빨리하는 늙은이와 이야기할 때면 몇 초도 집중하지 못한 채 말없이 초조한 웃음을 짓곤 했다. 오 분 내지 십 분 동안 계속되는 구토증이 느닷없이 엄습해서 괴롭히다가는 흔적도 없이 사라지곤 했다. 그 외에도 두통, 악몽, 생리통 같은 것이 그녀를 괴롭혔다. 어느 날 그녀는 로스앤젤레스로 차를 타고 갔다. 전화번호부에서 아무 의사나 찾아낸 다음, 찾아가 임신한 것 같다고 말했다. 병원에서 임신 여부 검진을 받게 하자 에디파는 자신의 이름을 그레이스 보츠라고 대고는 정작 검진일에는 나타나지 않았다.

낯가림이 심했던 젱기스 코헨은 지금 이틀에 한 번씩 새로운 정보들을 찾아다니는 것 같았다. 그는 낡은 줌스타인 도감의 목록을 찾아보고 1923년 드레스덴에서 열린 경매 목록에서 약음기 달린 우편 나팔을 보았다고 희미하나마 기억하는 왕립 우표 수집 학회 소속의 친구들을 찾아다녔다. 어느 날 뉴욕에 있는 한 친구가 원고 하나를 그에게 보내왔다. 1865년 판 장 밥티스트 모엔스의 유명한 『우표 애호가들의 장서』에 나오는 글을 번역한 것이었다. 보츠의 역사극처럼, 프랑스 혁명 중에 벌어진 트리스테로 계급 사이의 커다란 분열을 다룬 것이었다. 최근에 발굴된 투르와 타시스 가의 제후 라울 앙투안 드 부지에 백작이 기록한 일기에 따르면, 트리스테로의 일부는 신성로마제국의 멸망을 결코 받아들이지 않은 채, 프랑스 혁명을 일시적인 광기로 생각했다. 같은 귀족으로서 툰과 탁시스의 어려움을 도와주어야 한다는 생각에 그들은 툰과 탁시스가 자금 원조를 받을 의사가 있는지 알아보았다. 이러한 움직임은 트리스테로를 크게 분열시켰다. 밀라노에서 열린 한 회의에서는 몇 주일 동안이나 논쟁이 계속되었고 평생 원수가 생겨났으며 가족들이 갈라서고 유혈 사태가 벌어졌다. 급기야 툰과 탁시스를 지원하려던 결정은 취소되고 말았다. 많은 보수주의자들은 이러한 분란을 자신들에 대한 최후의 심판으로 받아들이고 트리스테로에 더 이상 가담하지 않았다. 백작의 일기는 이렇게 결론짓고 있다.

그리하여 트리스테로는 역사의 암흑 속으로 들어갔다. 아우스터리츠 전투에서 1848년 혁명에 이르기까지 트리스테로는 귀족들의 후원을 거의 모두 잃고 방황하다가, 결국에는 무정부주의자들의 통신 연락만을 취급하면서 주변적인 일에만 관여하게 되었다. 그들은 독일에서는 불운했던 프랑크푸르트 의회에서, 부다페스트에서는 방어벽이 쳐진 곳에서, 심지어는 쥐라 지방*의 시계 수리공들의 조합에서, 바쿠닌의 사상을 퍼뜨리는 것 같은 잡다한 일에 참여했다. 대부분은 1849년에서 1850년 사이에 미국으로 이주했는데 그곳에서 그들은 오늘날까지도 '혁명'**의 불꽃을 진압하고자 하는 이들을 위해 봉사하고 있을 것이다.

---

 * 스위스와 프랑스의 국경에 있는 지역.
** 트리스테로는 현 체제를 혁명 집단으로 보고 자기네들은 반혁명 투사로 생각한다.

일주일 전보다 에디파는 덜 흥분했다. 에디파는 백작의 일기를 보츠에게 보여 주었다. "1849년부터 트리스테로 난민들은 희망에 가득 차 모두 미국에 도착합니다. 하지만 그들은 미국에서 무엇을 발견했을까요?" 그는 에디파의 대답을 기다리지 않았다. 그가 벌이는 게임의 일부였을 뿐이었다. "어려움뿐이었습니다." 1845년경 미국 정부는 대대적인 우편 개혁을 시행하면서 우편요금을 내리고 민영 우편 통로를 모두 파산시켰다. 그래서 1870년대와 1880년대까지는 정부와 경쟁하려 하는 민영 우편 연락망이 모두 분쇄되었다. 사실 그보다 훨씬 전인 1849년부터 1850년까지만 해도 미국으로 이주한 트리스테로 일원들은 모두 유럽에서 하던 일을 해 볼 엄두도 내지 못했다.

"그래서 그들은 다만 음모를 꾸미며 숨어 있었지요." 보츠가 말했다. "미국에 온 다른 이민자들은 독재로부터 자유를 찾아, 미국 문화에 흡수되고 동화되기 위해 미국이라는 '끓는 가마솥'에 빠져 들었지요. 남북전쟁이 일어나자 진보주의자였던 이민자들은 대부분 북부를 위해 참전했습니다. 그러나 트리스테로는 그러지 않았어요. 그들은 적대의 대상을 바꾸었을 뿐이었습니다. 1861년까지는 그들 조직에 문제가 없었고 억압받지도 않았습니다. 포니 익스프레스 우편제도가 사막, 야만인, 방울뱀의 위협 속에서 분투하는 동안, 트리스테로는 단원들에게 수 족과 아사파스칸 족의 방언으로 집중 훈련을 시켰지요. 인디언으로 변장한 트리스테로의 전령들은 서부를 향해 떠났어요. 그들은 손실이나 상처 하나 없이 서부 해안에 도착했습니다. 그들은 충성을 가장한 적대 행위, 변장, 침묵을 강조했지요."

"코헨의 우표는 어떻게 된 건가요? '우리는 조용한 트리스테로 제국을 기다린다.(W.A.S.T.E.)'라고 쓰여 있던 것 말이에요."

"그들은 초기에 좀 더 공공연하게 행동했어요. 하지만 나중에 연방주의자들이 세력을 잃고 쓰러지자, 그들은 거의 진짜같이 보이는 위조 우표를 만드는 사업으로 옮겨 갔지요."

에디파는 그 우표들 모양을 다 외우고 있었다. 15센트짜리 진녹색 1893년 콜럼버스 탐험 기념우표('콜럼버스가 신대륙 발견을 선언하다.'라는 문구를 새긴)에는, 우표의 오른쪽에서 그 선언을 듣고 있는 세 각료들의 표정이 형언할 수 없는 두려움이 드러난 표정으로 바뀌어 있었다. 1934년 어머니날에 나온 3센트짜리 미국의 어머니 기념우표에서는 휘슬러의 어머니 그림의 왼편에 있던 꽃들이 파리지옥, 유독 식물인 벨라도나와 옻나무, 에디파가 한 번도 보지 못한 것들로 바뀌어 있었다. 민영 우편제도의 종식을 의미하는 대개혁을 기념하는 1917년 발행 백주년 기념우표에는, 왼쪽 아랫부분에 그려진 포니 익스프레스 배달부의 머리가 산 사람이라고는 볼 수 없을 만큼 이상한 각도로 떨어져 나와 있었다. 진한 보라색 3센트짜리 1954년 정규 우표에는 자유의 여신상 얼굴에 희미하지만 위협적인 미소가 삽입되어 있었다. 1958년에 나온 브뤼셀 박람회 기념우표에는 박람회에 설치된 미국관을 공중에서 찍은 사진이 있었는데, 그곳으로 향하는 조그만 사람들을 배경으로 말과 기수의 실루엣이 분명히 나타나 있었다. 또한 처음 코헨을 찾아갔을 때 그가 보여 준 포니 익스프레스 우표와 링컨을 그린 4센트짜리 미합중국 우표, 샌프란시스코에서 만난 문신을 새긴 선원의 편지에서 보았던 이상한 8센트짜리 항공 우표도 기억하고 있었다.

"만일 이 기록이 맞다면 재미있는 일인데요." 에디파가 말했다.

"그건 쉽게 확인해 볼 수 있을 겁니다." 보츠가 그녀의 눈을 똑바로 바라보며 말했다. "왜 확인해 보지 않지요?"

에디파는 치통이 격렬하게 심해짐을 느꼈다. 격렬한 악의를 품고 있어 무덤덤한 듯 호소력이 없고 영혼이 없는 목소리, 무엇인가 걸어 나오려고 하는 거울의 부드러운 음영, 자기를 기다리고 있는 텅 빈 방이 나오는 꿈을 꾸었다. 산부인과 의사는 그녀가 무엇을 임신했는지 테스트하지 않았다.

어느 날 코헨이 인버라리티의 수집 우표들을 경매에 붙이기로 최종 결정이 났다고 전화해 왔다. 트리스테로의 위조 우표들은 제49번째 품목으로 팔릴 것이었다. "마스 부인. 좀 신경 쓰이는 일이 한 가지 있어요. 저나 회사 사람들도 전혀 모르는 새로운 북비더 경매 신청자가 나타났어요. 이런 일은 좀처럼 없는데요."

"그게 뭔데요?"

경매에 참석하는 사람을 플로어비더라고 부르며 우편으로 신청하여 경매에 참여하는 사람을 북비더라고 부른다고 코헨은 설명해 주었다. 우편으로 오는 경매 신청은 경매

회사의 특별 장부에 기록되고, 신청자의 이름이 필요하지만 공개는 되지 않는 것이 상례였다.

"그렇다면 그 신청자가 모르는 사람이라는 것을 어떻게 알지요?"

"소문이란 게 있잖습니까. 그 사람은 매우 은밀하게 자신의 신분을 밝히지 않고 C. 모리스 슈리프트라는 아주 믿을 만한 대리인을 통해 신청을 해 왔어요. 모리스는 어제 경매인에게 연락해서 자기 고객이 제49호 품목을 미리 한 번 보고 싶어 한다고 말해 왔습니다. 대개는 보려는 사람의 신분이 분명하고 그가 우표 값과 보험료를 부담하며, 스물네 시간 이내에 반환한다고 할 때 가능한 일이지요. 하지만 모리스는 평소와는 다르게 아주 이상하게 굴면서 자기 고객의 이름이나 그에 대한 어떤 정보도 밝히려 하지 않았습니다. 다만 모리스가 알기에 그는 외부인이라는 것입니다. 그래서 보수적인 경매 주최 측은 당연히 양해를 구하며 거절했지요.

"당신 생각은 어때요?" 이미 많은 것을 알고 있는 에디파가 물었다.

"이 이상한 경매 신청자는 트리스테로 쪽 사람일 겁니다." 코헨이 말했다. "그 품목에 대한 설명을 경매 목록에서 보았을 거고, 트리스테로가 존재한다는 증거인 우표를 외부인의 수중에서 되찾아 오기를 원하는 것 같습니다. 그들이 얼마나 지불하고 그걸 사갈지 궁금하군요."

에디파는 에코 모텔로 돌아가서 해가 질 때까지 버번위스키를 마셨다. 그러고 나서 그녀는 밖으로 나가 차를 타고 헤드라이트를 끈 채 프리웨이를 달리며 어떤 일이 일어나는지 보았다. 하지만 천사들이 그녀를 지켜보고 있었다. 자정이 조금 지났을 때 그녀는 샌나르시소의 외지고 낯선, 어두운 곳 어딘가에 있는 공중전화 박스 안에 있었다. 샌프란시스코에 있는 그럭웨이에 전화를 걸자 노래하는 듯한 목소리를 지닌 사람이 전화를 받았다. 에디파는 자기가 찾는 그 여드름이 나고 곱슬머리를 한 '이름 없는 연인'의 인상착의를 말한 다음 기다렸다. 순간 그녀의 눈 주위로 이유도 없이 눈물이 흘렀다. 삼십 초 동안 술잔이 부딪치는 소리, 웃음소리, 주크박스 소리가 나더니 그가 전화를 받았다.

"아널드 스납이에요." 그녀는 그럭웨이에서 자신이 가슴에 달고 있었던 배지의 이름을 말했다. 목이 메어 왔다.

"유아용 화장실에 갔다 왔어요. 신사용이 만원이어서요." 그가 말했다. 그녀는 일 분도 채 안 되는 시간 동안 트리스테로에 대해 자신이 알아낸 것과, 힐라리어스, 무초, 메츠거, 드리블레트, 펄로피언에게 일어난 일들을 재빨리 이야기했다. "그래요. 당신이 내게 남은 유일한 사람이에요. 난 당신의 진짜 이름도 모르고 알고 싶지도 않아요. 하지만 그들과 당신이 서로 짰는지는 알아야 되겠어요. 우연히 내게 접근한 것처럼 해서는 우편 나팔에 대해서 이야기해 주려고 말이에요. 당신에게는 농담이었는지 몰라도 몇 시간 전만 해도 내겐 생사와 관련된 일이었으니까요. 나는 취한 채 프리웨이를 달렸어요. 다음번엔 더 심한 짓을 할지도 몰라요. 신을 사랑한다면, 생명을 사랑한다면, 무엇이라도 당신이 가치 있게 여기는 것이 있다면 도와주세요."

"아널드." 그가 말했다. 전화를 타고 술집의 소음이 길게 들려왔다.

에디파가 말했다. "이젠 끝났어요. 이 모든 일 때문에 나는 완전히 포화 상태예요. 지금부터는 다만 그것들을 하나씩 버릴 거예요. 당신은 자유예요. 풀려났어요. 정말이에요."

"너무 늦었어요." 그가 말했다.

"내가요?" 에디파가 물었다.

"아니요. 내가 말입니다." 그게 무슨 말인지 그녀가 묻기도 전에 그는 전화를 끊었다. 그녀에게는 더 이상 동전이 없었다. 다른 곳에 가서 동전을 바꾸는 동안 그는 가버리고 말 것이다. 에디파는 공중전화 박스와 렌터카 사이에 서 있었다. 깊은 밤 속에서 그녀는 완벽하게 고립되었다. 그녀는 바다 쪽을 바라보려고 애썼다. 그러나 더 이상 자신을 지탱할 수 없었다. 한쪽 구두 굽을 중심으로 몸을 돌렸으나 산도 보이지 않았다. 마치 그녀와 대지 사이를 가로막는 어떠한 장벽도 존재하지 않는다는 듯이. 그 순간 샌나르시소는 그녀에게 있어서 모든 의미를 상실했다.(순수하고 즉각적이며 원형적인 상실이었다. 또한 오케스트라가 별 사이에서 연주하는 영롱한 종소리를 상실한 것이었다.) 그것은 다시 하나의 이름이 되어 버렸고 다시금 표면과 껍질뿐인 일상적인 미국의 한 흐름으로 돌아가 버렸다. 피어스 인버라리티는 정말로 죽은 것이었다.

그녀는 프리웨이 옆으로 쭉 뻗은 철길을 따라 걸어 내려 갔다. 울퉁불퉁한 것들이 공장 부지의 여기저기에 흩어져 있었다. 피어스는 이 공장들도 소유하고 있으리라. 하지만 그가 샌나르시소 전부를 다 소유하고 있다고 해도 무엇이 문제란 말인가? 샌나르시소는 하나의 이름일 뿐이다. 우리 시대의 꿈속에서 일어난 한 사건이자, 우리의 축적된 오후 의 햇빛 속에 나타난 꿈의 모습일 뿐이다. 혹은 더 대륙적 이고 더 고차원적인 기원의 제의, 즉 풍요의 바람보다 더 거센 집단적 고통과 궁핍의 폭풍이 일어 한순간, 회오리바 람이나 돌풍이 몰아쳤던 것뿐인지도 모른다. 진정한 연속 성은 바로 여기에 있는 것이다. 샌나르시소에는 경계가 없 다. 아직 아무도 그 경계선을 그을 줄 모르는 것이다. 일 주일 전 그녀는 인버라리티가 남긴 것의 의미를 찾는 데 전념했다. 그 유산이 사실은 미국이라는 것은 꿈에도 생각 하지 못한 채.

에디파 마스는 어쩌면 인버라리티의 상속자인지도 모른 다. 피어스 자신도 모르게 그의 유언 속에 암호로 쓰여 있 는지도 모른다. 당시 그는 자신의 영역을 확장하는 일과 어딘가를 방문하고 명료한 지시를 내리는 일에 온통 정신 이 팔려 있었기 때문에 이러한 사실을 알아채지 못했을 것 이다. 이미 죽은 사람이 정장하고 포즈를 취하고 말하고 대답하는 모습을 다시 불러낼 수는 없지만, 에디파는 그가 빠져나가려 애쓰던 막다른 골목과 그가 공들여 꾸며 놓은 수수께끼에 대해 느끼는 새로운 연민의 감정을 잃지도 않 을 것이었다.

비록 그가 그녀에게 사업 애기를 한 적은 없었지만, 그녀는 그의 사업이라는 것이 소수점 이하로 셀 수 없을 정도로 끝없이 계속되며 나누어지지 않는 그 자신만의 숫자와 같다는 것을 알고 있었다. 그녀의 사랑 역시 땅을 소유하고 개조하며 새로운 스카이라인을 만들고 사적인 적대감과 높은 성장률을 이끌어 내려는 그의 욕구와는 거리가 먼 것이었다. 언젠가 그가 말했다. "계속 도약하는 것. 그것이 바로 비결이지. 계속해서 도약하는 것." 그는 유령을 마주한 채 유언을 쓰면서, 그 도약이 어떻게 끝날지 알고 있었을 것이다. 그는 자신이 사라져 버릴 것을 스스로 빈정거리며 굳게 확신한 나머지, 모든 희망을 포기하고 한때 만났던 애인을 괴롭히기 위해 유언을 썼을 수도 있다. 과연 신랄함이 그의 내면 깊숙이 흐르고 있었는지도 모른다. 그녀는 아무것도 몰랐다. 그는 트리스테로를 발견했고 그녀가 그것을 발견하리라 확신하며 유언 속에 암호로 집어넣었는지도 모른다. 혹은 어떤 편집증에 사로잡힘으로써 혹은 자신이 사랑한 누군가를 두고 순수한 음모를 꾸밈으로써 죽음을 극복하고자 애썼던 것인지도 모른다. 너무나 괴팍했던 그에겐 죽음조차 당해 낼 수 없었던 것 아닐까? 결국 피어스는 유머 감각이라고는 조금도 없는 자신의 부사장 생각을 빌려, 암흑의 천사도 한눈에 파악하기 어려울 정도로 너무도 교묘하게 꾸며진 음모를 꾸며 냈던 것이 아닐까? 그는 자신을 비집고 들어온 그 무엇으로 죽음을 패배시킬 수 있었던 것이 아닐까?

하지만 그녀는 머리를 숙이고 철길 침목 위를 비틀거리

며 걸어가는 내내, 또 다른 가능성이 있음을 알고 있었다. 즉 이 모든 것이 사실일 가능성 말이다. 인버라리티가 죽었을 뿐 그 이상은 아니라는 것 말이다. 하지만 트리스테로가 정말 존재하고 있으며 그녀가 우연히 그것을 발견한 것이라면, 만일 샌나르시소와 인버라리티의 소유지들이 다른 도시나 다른 주와 크게 다를 것이 없다면, 그녀는 바로 그러한 연속성에 의해 미합중국 어디에서나 트리스테로를 발견할 수 있을 것이었다. 그녀가 찾으려고만 한다면, 한눈에 들어오는 수많은 진입로들과 수많은 정신이상자들을 통해 트리스테로를 발견할 것이었다. 에디파는 철로 사이에 잠시 멈추어 서서 공기를 마시듯 고개를 들었다. 견고하게 쭉 뻗어 있는 철로의 존재를 의식하면서 거기에 서 있었다. 마치 그녀를 위해 지도가 하늘에 잠시 반짝하고 나타나 이 철길이 어떻게 다른 철길들과 서로 만나는지를 알려 주는 것처럼, 바로 이러한 것들이 그녀를 둘러싼 거대한 밤을 장식하고 깊게 하며 진실하게 해 주는 것처럼. 다만 그녀가 찾으려고 한다면 말이다. 이제, 돈이 다 떨어졌거나 승객들이 사라져 버린 곳, 빨래들이 널려 있고 굴뚝에서는 한가로이 연기가 피어오르는 푸른 평원의 한가운데 버려진 침대차들을 떠올렸다. 그 침대차에 살던 무단거주자들은 트리스테로를 통해 다른 사람들과 연락을 취하고 있었을까? 그들은 과연 300년 동안이나 상속권을 박탈당한 이 단체가 계속되도록 도와주고 있었을까? 이제 그들은 한때 트리스테로가 상속하려고 했던 것을 분명 잊어 버렸을 것이다. 언젠가는 에디파도 마찬가지일 것이었다. 상속할 무엇이 지금 남아 있단 말인가? 인버라리티의 유언 속에 암호로 숨겨진 미국, 그것은 누구의 것인가? 그녀는, 움직이지 않는 화물열차 칸에서 어린아이들이 판자를 깔고 앉아 어머니의 휴대용 라디오에서 흘러나오는 노래를 행복하게 따라 부르던 모습을 생각했다. 프리웨이를 따라 미소 짓고 있는 입간판 뒤에서 판잣집을 만들기 위해 지붕으로 덮을 천막을 펼치는 무단 거주자들을 생각했다. 또한 폐차장에 버려진 플리머스* 속이나 전봇대 위에 지은 전화 가설공의 임시 텐트 속에서, 마치 구리선을 따라 인간들이 행하는 기적 같은 소통과 들리지 않는 수많은 메시지 속에서 수 킬로미터를 깜박이는 둔중한 전압에 개의치 않고 살고 있는 벌레들처럼, 거미줄 같은 전화선에 흔들리면서 겁 없이 밤을 보내는 사람들을 생각했다. 그녀는 자신이 귀 기울였던 떠돌이들, 그녀가 살고 있는 격려의 땅인 미국과 조화를 이루며 살면서도, 마치 보이지 않는 곳에서 온 망명객처럼 자기네 나라 말을 조심스럽게 학문적으로 말하는 미국인들을 기억했다. 헤드라이트가 비치는데도 고개를 들지 않고 밤길을 따라 걸어가던, 마을과도 멀리 떨어진 곳을 걷고 있어 진정한 목적지가 없어 보이던 사람들을 기억했다. 피어스가 죽기 전과 후 가장 어둡고 느리게 흘러가는 시간에 각각 걸려 왔던 전화 속의 두 목소리도 떠올렸다. 그 목소리들은 가능한 천만 개의 다이얼을 돌려 가며, 모욕적인 말과 더러운 욕을 내뱉고 공상과 사랑을 기도하는 일

---

* 크라이슬러사에서 나온 차종의 이름.

을 단조롭게 번갈아 가며 전화를 받는 사람들 중에서, 언젠가는 자신을 드러내 보일 그 불가사의한 타자(他者)를 찾아 끊임없이 헤매고 있었다. 그들은 그러한 맹목적인 기도를 반복하면 언젠가는 이름 붙일 수 없는 행위나 인식, 또는 진리의 언어를 찾는 도화선이 되리라는 생각에서 끊임없이 타자를 부르고 있었다.

얼마나 많은 사람들이 트리스테로의 비밀과 망명을 공유했던 것일까? 유산의 일부를 이름조차 없는 그들 모두에게 첫 회분으로 분배해 준다면 유언 검인 판사는 과연 뭐라고 할까? 오, 맙소사. 그 판사는 눈 깜짝할 새에 에디파를 난처한 상황에 밀어 넣고 그녀를 유산 관리인으로 임명한 편지를 무효화하고 비난하면서, 오렌지카운티* 전역에 그녀가 재산 재분배자요 적색분자라고 선언할 것이다. 대신 '와프 · 위스트풀 · 큐비셰크 · 맥밍거스 법률사무소'의 늙은 이를 정식 유산 처리 관리인으로 밀어 넣고, 암호니 천체니 하는 것들과 명목뿐인 유산 관리인들을 무시해 버릴 것이었다. 그 누가 알겠는가? 트리스테로가 정말로 존재한다면, 그것의 미명과 고독과 기다림에 동참하는 한, 그녀 자신도 박해받는 몸이 될는지? 만일 아무런 반동이나 절규도 없이 샌나르시소 같은 곳을 가장 부드러운 속살 속에 받아들이도록 이 땅을 조건 지은 것들을 대체할 또 다른 가능성을 기다리는 것이 아니라면, 적어도 좌절하거나 빗나갈 선택의 대칭을 기다리는 일에 동참하는 것 때문에 그녀는

---

* 로스앤젤레스 교외의 부유한 보수적 도시.

박해받을 수도 있을 것이었다. 그녀는 양쪽 모두로부터 배제되고 소외당한 자들의 모든 것에 대해 들었다. 그들은 더러운 놈들이고 상대할 가치도 없다는 말들을 말이다. 사실 얼마나 많은 다양한 기회들이 이 땅에서 말살되어 왔는가? 지금은 마치 거대한 디지털 컴퓨터의 매트릭스 사이를 걷고 있는 셈이 되어 버렸다. 머리 위로는 0과 1이 균형이 좌우로 잘 잡힌 모빌처럼 끝없이 매달려 있을 그런 매트릭스 사이를 말이다. 상형문자와도 같은 그곳 너머에는 초월적인 의미가 숨어 있거나 아니면, 그저 이 세상이 있을 뿐인지도 모른다. 마일스나 딘, 서지와 레너드는 진리의 영적 아름다움에 관한 단편들을 노래한 것인지도 모르고(무초가 지금 믿고 있는 것처럼), 아니면 단지 전자음악의 시끄러운 음향만을 분출했던 것인지도 모른다. 완장을 파는 트레메인이 화재에서 살아남은 것은 하늘이 불공평한 탓인지도 모르고, 아니면 단지 그때 바람이 불지 않은 탓인지도 모른다. 인버라리티 호수 바닥에 가라앉아 있는 그 뼈들은 세상의 일과 관련하여 거기에 있는 것인지도 모르고, 아니면 스킨스쿠버나 애연가들을 위해 있는 것인지도 모른다. 0과 1, 연인들 또한 이런 식으로 짝을 이룬다. 베스퍼헤이븐 하우스에서 노인들은 품위를 잃지 않고 죽음의 천사와 화해하는지도 모르고, 아니면 단지 죽음을 위한 지루한 준비만을 하는지도 모른다. 명백한 것들 뒤에는 또 다른 형태의 의미가 있는지도 모르고 아니면 아무것도 없는지도 모른다. 에디파가 진정한 편집증의 빙글빙글 도는 희열 속에 빠져 있는지도 모르고, 아니면 진짜 트리스테로가 존재하는지도 모른다. 유산으로 물려받은 미국의 외형 뒤에 트리스테로가 있는지도 모르고, 사실은 그저 미국만이 있는지도 모르기 때문에, 만일 그저 미국만이 있을 뿐이라면, 트리스테로와 관계를 유지할 유일한 방법은 소외된 사람으로서 편집증 속으로 주저 없이 들어가는 것이었다.

다음 날, 에디파는 더 이상 잃을 것이 없을 때 오히려 용기가 난다고 느끼며, 경매 대리인인 C. 모리스 슈리프트에게 연락해서는 그 이상한 고객에 대해 물었다.

"그가 직접 와서 경매에 참여하기로 했습니다." 이것이 슈리프트가 그녀에게 해 준 말의 전부였다. "경매장에서 그를 만날 수 있을 겁니다." 그래, 그럴지도 모르지.

경매는 어느 일요일 오후, 아마도 2차 세계대전 이전에 세워졌을 샌나르시소에서 가장 오래된 건물에서 제시간에 열렸다. 에디파는 혼자 몇 분 일찍 도착해서, 번쩍거리는 갈색 나무판자가 깔린 서늘한 로비에서 왁스와 벽지 냄새를 맡고 있었다. 그녀는 자신을 보고 정말로 당황하는 듯한 젱기스 코헨을 만났다.

"당신과 경쟁하려고 여기 온 것은 아닙니다. 꼭 사고 싶은 모잠비크 세모꼴 우표가 있거든요. 마스 부인께서도 입찰하러 오셨는지요?" 그가 진지한 어조로 느릿느릿 말했다. "아닙니다." 에디파는 대답했다. "난 다만 여기저기 바쁘게 돌아다니는 사람이지요."

"우리는 운이 좋은 겁니다. 서부에서 가장 뛰어난 경매인인 로렌 패서린이 오늘 절규할 것입니다."

"절규한다고요?"

"우리는 경매인이 입찰 가격을 흥정하는 것을 절규한다고 표현하지요."

"당신 바지 지퍼가 열려 있어요." 에디파는 속삭였다. 그녀는 막상 입찰자가 나타난다면 어떻게 해야 좋을지 몰랐다. 분란을 일으켜 경찰이 출동하면, 그가 누구인지 알아낼 수 있으리라는 막연한 생각만을 하고 있었다. 그녀는 먼지가 오르내리는 햇빛 조각 아래 서서 자신이 과연 그러한 일을 겪게 되는지 생각했다.

"이제 시작할 시간입니다." 젱기스 코헨이 팔을 내밀며 말했다. 경매장 안에 있는 사람들은 검은색 모헤어로 된 옷을 입고 창백하고 잔인한 얼굴들을 하고 있었다. 그들은 모두 각자의 의도를 숨기려고 노력하며 에디파가 들어오는 것을 바라보았다. 로렌 패서린은 연단 위에서 마치 인형극을 연출하는 사람처럼 이리저리 움직였다. 그의 눈은 빛났으며 미소는 냉정하고 가식적이었다. 그는 마치 당신이 진짜 여기 오다니 놀랐소, 라고 말하는 듯 미소를 지으며 그녀를 주시했다. 에디파는 뒤쪽에 혼자 앉아서 사람들의 목덜미를 바라보며 그중에 누가 그녀의 목표물, 그녀의 적, 또는 그녀의 증거가 될지를 생각하고 있었다. 그곳 직원 한 명이 로비의 육중한 창문을 닫아 햇빛을 차단했다. 그녀는 찰깍하고 문이 잠기는 소리를 들었다. 잠시 그 소리가 메아리쳤다. 패서린은 어떤 머나먼 이국 문명의 제사장 같은 제스처로, 마치 하강하는 천사처럼 두 팔을 뻗었다. 경매인은 목소리를 가다듬었다. 에디파는 의자 뒤로 기대앉았다. 제49호 품목의 경매를 기다리며.

작품 해설

토머스 핀천의 작품 세계와 중요성

1 토머스 핀천의 중요성

토머스 핀천의 『제49호 품목의 경매』는 진보주의 운동이 한창이던 1960년대 미국 대학생들을 매료시켰던 대표적인 소설이다. 거의 매해마다 노벨 문학상 수상 후보로 오르고 있는 핀천은 20세기 후반에 등장한 미국 출신의 세계적 작가 중 하나로 꼽히고 있으며, 매트릭스 이론, 정보시스템 이론, 포스트휴머니즘, 포스트모더니즘 소설의 원조로 알려진 중요한 작가이다.

예컨대 최근 부상하고 있는 포스트휴머니즘은 인간 중심의 르네상스 휴머니즘을 반성하고, 인간의 유한성을 인정하며 인간의 한계를 초월하자는 문예사조로서, 생태주의 및 인간과 기계의 조화인 사이보그에 관심을 갖는데, 핀천은 이미 1960년대 초에 쓴 소설인 『브이를 찾아서(V.)』에서 그 문제를 예시한 선구자적 작가이다.

　『제49호 품목의 경매』가 발표된 후, 미국 대학생들 사이에서는 이 작품을 들고 다니거나 책상과 화장실에 약음기가 달린 나팔을 그리는 것이 유행이었다. 『제49호 품목의 경매』에서 이 기호는 소외 계층의 억눌린 목소리와 세계의 파멸을 경고하는 상징이다. 학생들은 이 소설을 모방해 벽에 W.A.S.T.E.라는 낙서를 하기도 했는데, 이는 '우리는 조용한 트리스테로 제국을 기다린다.(We Await Silent Tristero's Empire.)'라는 뜻이다. 여기에는 지배 문화가 폐기물로 취급하는 소외 계층이 새로운 세상의 도래를 기다린다는 의미도 있고, 이 소설에서 논의되고 있는 엔트로피 이론(어느 체계나 다양성을 상실하면 운동이 정지되어 비가역적인 과정을 따라 사멸한다는 이론)과 관련해 인류 문명의 절멸을 경고하는 의미도 들어 있다. 핀천은 현대사회를 인간 사이의 교류가 단절되어 엔트로피가 극에 달한 닫힌 체계로 보고, 파멸을 피하기 위해서는 열린 체계로 전환해야 한다고 주장한다. 핀천은 인간 교류가 단절된 이유를 이것 아니면 저것(either/or)의 이분법적 선택을 강요하는 닫힌 사회의 풍토 때문이라고 보고, 이것과 저것(both/and) 모두를 허용하는 열린 사회의 건설을 주창한다.(핀천은 이 소설에서 산업자본주의와 마르크스주의 둘 다 엄습해 오는 공포일 뿐이라고 말하면서 양극을 피할 것을 권고하는데, 이는 이분법적 가치판단을 유보하는 포스트모던적 인식의 표출이다.) 그렇기 때문에 핀천의 소설은 이분법적 사고방식에서 벗어나지 못하고 있는 오늘날의 한국 사회를 향해서도 의미 있는 메시지를 전한다고 할 수 있다.

『제49호 품목의 경매』는 트리스테로*라는 단어를 유행시키기도 했다. 슬픔과 비밀을 뜻하는 이 단어는 소설이 나온 이후, 지배 문화에서 소외당하고 상속권을 박탈당한 계층을 지칭하는 대명사가 되었다. 이 작품에서 트리스테로는 정부의 공식적인 우편제도를 거부하고 자신들만의 은밀한 우편제도를 통해 교류하며 공식적인 우표가 아닌 위조 우표를 사용한다. 미국 대학생들이 트리스테로라는 용어를 여기저기 낙서처럼 써 놓았던 것도 바로 진정한 소통을 위한 상징적 행동이었던 것이다.

『북회귀선』의 작가 헨리 밀러는 오랜 망명 생활에서 돌아와 미국을 일주한 후, 미국을 '냉방된 악몽'이라 부른 바 있다. 시원하고 안락하지만 무엇인가 잘못되었다는 것이다. 『제49호 품목의 경매』의 주인공 에디파 역시 자신이 몸담고 있는 미국 사회가 외부 세계와 교류하지 않는 닫힌 체계라는 사실을 깨닫는다. 그녀는 빈민, 병든 선원, 흑인 여자, 용접공, 야경꾼, 동성애자, 창녀와의 만남을 통해 이 세상에는 공식적인 아메리칸 드림에서 소외된 계층이 있음을 알게 된다.

자신을 포함한 대부분의 미국인들은 그들의 존재도 모른 채 자아의 성 안에 숨어 안락하게 살지만, 마음의 문을 열

---

* 원서에는 Trystero(트라이스테로) 또는 Tristero(트리스테로)로 표기되어 있다. 본서에서는 '제3의 가능성'이라는 의미와 '슬픔'을 뜻하는 프랑스어 및 이탈리아어를 살려 트리스테로로 옮긴다.

지 않으면 엔트로피가 극에 달한 닫힌 체계 속에서 조만간 파멸을 맞을 것이라 경고한다. 열역학 제2법칙인 엔트로피 이론에 의하면, 외부 세계와 교류하지 않는 닫힌 체계는 모든 것이 동질화되어 운동이 정지되고 결국 파멸하게 된다.

원래 공학을 전공했고 보잉 사에서도 근무했던 핀천은 이렇듯 과학 이론을 소설에 도입하여 적절한 은유로 사용하며 뛰어난 통찰력을 보여 준다. 1966년에 쓰인 이 소설에서 이미, 우리가 거대한 매트릭스 속에 살고 있으며 이 마취 상태에서 벗어나 현실을 직시해야 한다고 말하는 핀천의 인식이 놀랍다. 이는 1990년대 후반에 나온 영화 「매트릭스」가 제시하는 것과 똑같은 상황이다. 에디파는 지금까지 자신이 알고 믿어 온 것들이 사실은 허구였고 진실은 따로 존재하며 자신은 다만 마약에 취한 사람처럼 아무 생각 없이 살아왔다는 사실을 깨닫는데, 이것은 「매트릭스」의 주인공 네오가 자신이 현실이라 생각했던 것이 사실은 가상현실의 컴퓨터 프로그램이었고, 진실은 따로 있다는 사실을 발견하는 것과 긴밀하게 병치된다. 핀천은 또한 이 소설에서 컴퓨터의 기본 조합인 0과 1의 이분법적 사고에서 벗어나 0과 1 사이의 또 다른 가능성에 주목해, 제3의 선택을 탐색해야 한다고 주장하며 시대를 앞서 가는 선구자적 모습을 보이고 있다.

또한 토머스 핀천의 『제49호 품목의 경매』는 움베르토 에코의 『장미의 이름』이나 매튜 펄의 『단테클럽』, 댄 브라운의 『다빈치 코드』 등에도 많은 영향을 끼쳤다. 예컨대 『장미의 이름』에 등장하는 열림과 닫힘의 모티프, 원전과 복사본 문제, 금단의 지식, 성녀와 창녀의 구분, 해체 등은 모두 핀천의 소설 『브이를 찾아서』와 『제49호 품목의 경매』 등과 맥을 같이한다. 에코 역시 자신의 소설이 보르헤스와 핀천에 빚지고 있다고 밝힌 바 있다.

2 열림과 닫힘의 모티프

토머스 핀천의 소설 『제49호 품목의 경매』는 다층적 의미를 지닌 특이한 텍스트라 할 수 있다. 예컨대 이 소설은 포스트모더니즘의 주요 명제들, 즉 중심과 주변, 정통과 비정통성, 진실과 허위, 다양성과 획일성, 포용과 배제, 보수주의와 진보주의, 자본주의와 공산주의, 원본의 부재, 이분법의 타파, 커뮤니케이션 이론, 엔트로피 이론, 과거로의 여행 모티프 등 거의 모든 측면에서 접근이 가능한 작품이다. 그러나 이 작품이 함축하고 있는 그와 같은 주제들은 궁극적으로 열림과 닫힘이라는 모티프로 집약할 수 있다.

포스트모더니즘 소설에서 열림과 닫힘의 모티프는 대단히 중요한 의미를 띤다. 우선 포스트모더니즘 계열의 작가들은 모더니즘 소설을 '닫힌 결말을 지닌 닫힌 소설'로 파악하고, 포스트모더니즘 소설의 특징을 '열린 결말을 지닌 열린 소설'로 생각한다. 열린 결말을 지닌 열린 소설이란, 작품의 결론을 유보하거나 아예 아무런 결론도 제시하지 않고 끝나는 텍스트를 지칭한다. 이는 곧 저자가 독점적으로 결론을 내리거나 독자를 계도하는 시대가 끝났음을 의미한다. 롤랑 바르트나 미셸 푸코가 말하듯이 저자는 이제 특권적인 단상에서 내려와 독자와 같은 탁자에 앉아야만 한다. 그러므로 해석은 독자의 몫이며, 독자는 각자의 독특한 경험이나 교육, 배경 등을 통해 각기 다른 결말을 텍스트에서 유추하게 된다.

중심보다는 주변을, 전통보다는 혁신을, 획일성보다는 다양성을, 단성보다는 다성을, 절대보다는 상대를, 억압보다는 해방을 추구하는 포스트모더니즘은 기본적으로 열림의 미학을 지향한다. 그러므로 포스트모더니즘 소설에서 닫힘은 곧 죽음을, 열림은 곧 삶을 의미한다. 물론 열림은 혼란을 일으킨다. 그러나 그 혼란은 일시적일 뿐, 곧 나름대로의 질서와 리듬이 생겨난다. 더욱 중요한 것은 열림이 궁극적으로 우리의 생존에 필수적이고 삶을 풍요롭게 하는 다양성을 가져다준다는 점이다. 토머스 핀천은 열림과 닫힘의 미학을 탐색한 포스트모더니즘 계열의 대표적인 작가이다. 그는 특히 두 번째 소설인 『제49호 품목의 경매』에서 열림과 닫힘에 대한 성찰을 다각도로 시도하며, 그 과정에서 우리가 당면하고 있는 가장 시급한 문제점이 무엇인가를 첨예하고 정치하게 제시하고 있다.

3 여성적 원리와 열림의 미학

『제49호 품목의 경매』의 주인공은 에디파 마스라는 여자이다. 남성 작가의 작품 속에서 주인공이 여자인 경우가 드물다는 점에서 주목할 만하다. 핀천은 왜 여자를 주인공으로 내세웠을까? 그 대답은 바로 열림과 닫힘의 모티프에서 찾을 수 있다. 남성이 경직되고 닫힌 체계를 상징한다면 여성은 유연하고 열린 체계를 상징한다. 그러므로 열림과 눈뜸의 과정을 겪는 주인공의 역할에 여성이 더 적합한 것이다.

여성은 새로운 생명을 배태하고 탄생시킬 수 있는, 남성에게는 없는 능력과 가능성이 있는 존재이다. 가임 능력이 있는 여성은 생리 현상을 겪는다. 그리고 생리 기간에는 임신이 되지 않는다. 에디파가 여행 중에 만나는 남자들의 이름이 '펄로피언(나팔관)'과 '코텍스(세계 최초의 일회용 생리대)'라는 사실은 에디파의 정신적 수태 과정을 상징한다. 에디파(Oedipa)라는 이름은 물론 테베의 눈먼 왕 오이디푸스(Oedipus)의 여성 이름이다. 그것은 곧 에디파 역시 눈은 있으나 보지는 못함을 의미한다. 또한 '마스(Maas)'라는 그녀의 성은 '정형이 없는 덩어리(mass)'를 의미한다. 이는 곧 그녀가 어떤 형태로도 빚어질 수 있는 유연한 상태에 있음을 나타낸다.

에디파는 제1장의 마지막 부분에서 자신을 마법의 탑 속에 갇힌 동화 속 라푼첼에 비유하며, 고립 상태에서 벗어나 열린 세상으로 나아가고 싶어 한다. 에디파를 자아의 탑에 가둔 외부의 사악한 마술은 나중에 1950년대의 반공 이데올로기와 냉전 이데올로기가 초래한 이분법적 가치관과 배타주의로 밝혀진다. 중요한 것은, 핀천이 '여성적 영민함과 두려움'을 통해 그 실체를 탐색할 수 있다고 본다는 점이다. 이 유연한 여성적 원리의 가능성이 이 소설의 주인공을 여성으로 설정한 이유라고 볼 수 있을 것이다.

『제49호 품목의 경매』는 에디파가 터퍼웨어 파티에 다녀오면서 시작된다. 터퍼웨어는 두 가지 특성이 있는데, 첫째는 완벽한 밀폐 용기라는 것이고, 둘째는 외부와 온도의 전이가 철저하게 차단된 단열 용기라는 것이다. 그러므로 터퍼웨어는 닫힌 체계를 상징하며, 곧 에디파의 일상이 닫힌 체계 속에서 이루어지고 있음을 암시한다. 또 한 가지 중요한 사실은, 터퍼웨어 파티 역시 경매와 마찬가지로 폐쇄된 장소에서 이루어지는 닫힌 상행위라는 점이다. 이 소설의 마지막 부분에서 에디파는 경매장에 가는데 경매가 시작되기 직전, 그곳 직원은 로비의 육중한 창문을 닫아 햇빛을 차단한다. 터퍼웨어 파티 역시 가정집이라는 닫힌 공간에서 열린다는 점에서 경매와 다르지 않다.

그러나 터퍼웨어 파티가 닫힌 상행위만을 뜻하는 것은 아니다. 영국의 저명한 비평가 프랭크 커모드는 터퍼웨어 파티가 경매와 더불어, 슈퍼마켓이나 백화점을 통한 정규 상행위가 아닌 비정규 상행위임을 지적한다. 그렇다면 터퍼웨어 파티나 경매는 이 소설이 주요한 소재로 삼고 있는 소외된 자들의 은밀한 비공식적 모임을 상징할 수도 있다. 그것을 깨닫는 순간, 우리는 열림과 닫힘의 문제까지도 단순한 이분법적 가치판단을 유보하는 핀천의 복합적이고도 이중적인 비전을 발견하게 된다.

『제49호 품목의 경매』는 미국 캘리포니아 주에서 터퍼웨어 파티와 슈퍼마켓을 오가며 살던 전형적인 1960년대 중산층 가정주부 에디파에게 어느 날, 옛 애인이자 거대 재벌인 피어스 인버라리티의 부음과 함께 그녀가 그의 유산 관리인으로 임명되었음을 알리는 편지가 날아들면서 시작된다. 그녀는 남편인 무초 마스와 상의한 후, 유언 집행을 위해 피어스의 기업 본부가 있는 샌나르시소로 떠난다.

제2장에서 에디파는 샌나르시소가 내려다보이는 언덕에 잠시 차를 세우고 도시의 전경을 내려다본다. 그녀에게 샌나르시소는 마치 덮개를 열어 놓은 트랜지스터라디오의 질서 정연한 폐쇄 회로처럼 보인다. 샌나르시소는 닫힌 체계이다. 의사소통을 원하는 것처럼 보이지만 실제로는 차단되어 있고, 주파수가 달라 다양한 정보의 교신이 불가능한 폐쇄 회로일 뿐이다. 프리웨이가 마치 라디오의 전기회로처럼 질서 정연하게 뻗어 있는 캘리포니아 주 역시 마찬가지이다. 에디파는 진정으로 열린 체계를 발견하기 위해 우선, 완벽한 질서가 구현된 것처럼 보이지만 실제로는 닫힌 체계에 불과한 샌나르시소로 들어간다.

샌나르시소에서 그녀는 '에코'라는 이름의 모텔에 머문다. 도시 이름에 들어 있는 '나르시소'는 자신의 이미지 안에 유폐되어 살다가 죽은 그리스 신화의 나르시소스를 가리킨다. 그렇다면 나르시소스 역시 닫힌 체계 속에서 살다가 죽은 자라 할 수 있다. 나르시소스를 사모하다가 목소리만 남아 메아리가 된 에코 역시 닫힌 체계 속에서 사는 존재이다. 나르시소스가 시각적 이미지에 갇혀 죽음을 맞이한 존재라면, 에코는 청각적인 목소리로만 살아남은 존재이기 때문이다. 에코가 원래 수다쟁이였다는 사실과 에코와 나르시스 모두 목소리와 이미지의 '반영'과 연관이 있다는 사실을 생각하면 보다 더 명확해진다.

에코 모텔에서 에디파는 자신과 함께 피어스 인버라리티의 공동 유산 관리인으로 위촉된 메츠거라는 미남 변호사를 만난다. 텔레비전에서는 마침 메츠거가 어린 시절 배우로 출연했던 영화가 방영되는데, 메츠거는 역사적인 사실을 들어 영화 내용 중 틀린 부분을 에디파에게 지적해 준다. 메츠거와 만나면서 에디파는 사실이라고 알려진 것들을 회의하는 것이 중요함을 깨닫는다. 이제 그녀는 확고한 진리라고 믿어 온 역사적 사실도 편집과 삭제를 통해 얼마든지 왜곡될 수 있음을 깨닫는다. 또한 텔레비전의 화면에 나오는 배우와 현실에서 같이 지내면서, 그녀는 현실과 허구 사이의 자리바꿈을 경험한다. 텔레비전에서는 에디파가 현실에서 처리해야 하는 피어스 인버라리티의 기업을 광고하고 있고 에디파는 술에 취해서 그것을 바라보고 있다. 그렇다면 과연 어떤 것이 현실이고 어떤 것이 허구인가? 이 장면에서 에디파는 현실과 허구 사이의 경계가 점점 더 모호해짐을 느낀다.

인식의 근원이 흔들리는 새로운 경험에 에디파는 점점 더 불안해진다. 그때 메츠거는 에디파에게 텔레비전에서 나오는 내용을 제대로 맞추지 못하면 하나씩 옷을 벗는 스트립 보티첼리라는 게임을 하자고 제안한다. 에디파는 그 게임에 대비해 화장실에 들어가 겹겹이 옷을 껴입는다. 이 장면은 자신을 열어 놓기를 거부하고 닫힌 체계 속에 안주하고 싶어 하는 에디파의 심리 상태를 잘 나타낸다. 그러나 자신을 열어 놓기를 망설였던 에디파는 결국 옷을 다벗고 메츠거와 정사를 벌인다. 이제 에디파는 자유롭게 열린 체계 속으로의 탐색을 시작한다.

4 절대적 진리의 해체

제3장에 들어서면서 에디파는 일련의 이상한 경험을 겪는다. 메츠거와 같이 간 스코프라는 술집에서 그녀는 마이크 펄로피언이라는 기이한 남자를 만나고, 이상한 지하 우편제도를 통해 사람들이 편지를 주고받는 것을 목격한다. 의아해하는 그녀에게 펄로피언은 그것이 인버라리티 소유의 대기업인 우주 항공사 요요다인의 내부 우편제도라고 말해 준다. 이와 같은 사건들은 평생 미합중국 우편제도만을 사용하도록 교육받아 온 에디파에게 이 세상에는 또 다른 제도, 또 다른 진리가 있을 수 있다는 사실을 깨닫게 한다. 나중에 에디파는 다만 그렇게 하는 것이라고 배웠기 때문에 미합중국 우편제도를 사용해 왔다고 말한다. 그녀는 그동안 지배 문화의 교육과 제도 및 관습에 세뇌되었던 것이다. 그러나 이제 그녀는 그렇지 않을 수도 있다는 것, 자신이 진리로 알아 온 것 외에 또 다른 세계가 있을 수도 있다는 사실을 배운다.

스코프라는 이름은 에디파의 인식 범위가 확대됨을 의미한다. 그녀는 스코프에서 새로운 사실과 조우하며 눈뜸의 과정을 겪는다. 에디파는 술집의 화장실에서 약음기가 달린 이상한 나팔 그림* 낙서를 발견하는데, 그 나팔은 트리스테로라는 지하 우편제도의 상징이다. 이후 리처드 화핑거의 복수극 「전령의 비극(The Courier's Tragedy)」을 보러 간 에디파는, 트리스테로라는 대사를 듣는다. 연극에서 트리스테로는 검은 옷을 입고 출몰하는 공포의 암살단을 지칭하는 말로, 에디파는 그 말에 깃들어 있는 은밀하고도 어두운 그림자를 감지한다.

연극이 끝나고 에디파는 연출자인 랜돌프 드리블레트를 찾아가 트리스테로라는 말이 실린 대본을 보여 달라고 요청한다. 그러나 드리블레트는 원본은 이미 사라졌으며, 자신이 갖고 있는 것은 헌책방에서 구입한 보급판을 다시 복사한 것이라고 말한다. 핀천은 이를 통해 절대적 진리로서의 원본은 없음을 은유적으로 보여 준다.** 에디파는 「전령의 비극」에는 원본 하나만 있는 것이 아니라 각기 다른 수많은 복사본들이 있다는 사실을 깨닫는다. 에디파의 혼란은 이제 극에 달한다.

그러나 동시에 그녀는 신성하고도 절대적인 진리의 존재를 믿고 그것을 추적하는 것이 얼마나 어리석은 일인지를

---

* 약음기가 달린 나팔은, 억압받고 침묵당한 소외 계층의 목소리, 세상의 멸망을 지연시키는 행동 및 유보 상태, 각 시대 지배 문화에 의해 주변부로 밀려난 피지배 문화의 목소리 등으로 해석할 수 있다.
** 움베르토 에코는 『장미의 이름』의 서문에서 자신의 소설이 삼중 번역본이라고 주장하는데, 이 또한 원본에 못지않은 번역본의 중요성과 가치를 알리기 위해서라고 볼 수 있다.

깨닫는다. 그녀가 원본에 대한 정보를 요구하자, 샤워실에 있던 드리블레트는 절대적인 진리(원본)는 일부만 보일 뿐, 나머지는 모두 베일에 가려져 있다는 것을 상징적인 행동으로 보여 준다. "그는 샤워실 밖으로 머리만 불쑥 내밀었다. 다른 부분은 수증기 속에 휘감겨 있었는데 그의 머리가 풍선처럼 섬뜩하게 떠다니고 있었다."* 이어 드리블레트는 원본과 구절에만 매달리는 에디파의 태도가 마치 성경 말씀의 일점일획이라도 바꿀 수 없다는 신념을 품고 있던 청교도들과 같다고 비판하면서, 진리란 결코 그런 글귀 속에 들어 있는 것이 아니라고 깨우쳐 준다.

5 엔트로피와 닫힌 체계의 파멸

이 소설의 제4장에서 에디파는 여전히 어리둥절한 채 피어스의 기업인 요요다인 회사의 주주총회에 참석했다가, 그곳 건물에서 길을 잃는다. 그러다가 그녀는 트리스테로를 상징하는 약음기 달린 나팔 문양과 스탠리 코텍스라는 남자를 만난다. 스탠리 코텍스는 에디파에게 엔트로피와 맥스웰의 수호정령에 대해 설명해 준다. 에디파는 이러한 과학적 이론을 통해 열림과 닫힘의 핵심적인 역학을 배우게 된다.

---

* 불확실성이론과 연관되는 양자론에서 말하는 바와 같이 현대 문예이론에서도 진리란 가까이 다가갈수록 모호해진다고 말한다. 이는 절대적 진리에 대한 회의와 상대적 진리에 대한 조명의 중요성을 시사한다.

그렇다면 핀천이 이 작품에서 차용한 엔트로피 이론이란 무엇인가? 엔트로피는 물리학이나 화학에서 말하는 열역학 제2법칙과 관련된다. 열역학 제1법칙은, 우주의 에너지는 항상 일정하기 때문에 생성되거나 소멸되는 것이 아니라 다만 변형될 뿐이라는 것이고, 열역학 제2법칙은 에너지가 변형되는(사용되는) 과정에서는 언제나 사용 가능한 에너지가 감소하고 그만큼 사용 불가능한 에너지가 증가한다는 것이다. 엔트로피 이론은 바로 열역학 제2법칙을 가리키며, 엔트로피는 그 사용 불가능한 에너지의 양을 재는 척도를 의미한다.

어느 체계나 엔트로피가 증가해 극에 달하면 더 이상 살아남지 못하고 사멸한다. 그런데 엔트로피 이론에 의하면, 한 체계의 엔트로피가 극에 달하는 이유는 그것을 구성하는 분자가 서로 동질화되어 운동을 정지하기 때문이다. 분자들이 동질화되어 운동을 중지하는 이유는 그 체계가 외부 세계의 물질 및 에너지와 교류하지 않는, 즉 외부와 소통이 단절된 닫힌 체계이기 때문이다. 그러므로 엔트로피 이론에 의하면 타자와 교류하지 않는 닫힌 체계는 필연적으로 파멸할 수밖에 없다. 그러므로 닫힌 체계가 살아남기 위해서는 열린 체계로 전환되어야만 한다.

맥스웰의 수호정령은 바로 이러한 닫힌 체계를 열린 체계로 전환하는 가설 속의 존재이다. 1871년 스코틀랜드 물리학자 제임스 클럭 맥스웰은, 작은 체계에 맥스웰의 수호정령이라는 존재가 있고, 그가 체계 내의 분자를 탐지하고 분류한다면 열역학 제2법칙에 위배되는 일이 일어날 수도 있다는 가설을 주장했다. 즉 맥스웰의 수호정령이 분자를 분류해 동질화를 막고 서로 교류하게 하면, 엔트로피가 감소되어 그 체계는 파멸을 면한다는 것이다. 핀천은 이 작품에서 맥스웰의 수호정령과 유사한 역할을 에디파에게 부여하고 있다.

에디파는 요요다인 회사에서 나와 인버라리티가 남긴 우표들을 처리하기 위해 고용된 젱기스 코헨(젱기스는 징기스칸의 패러디이며 코헨은 유대인의 대표적 성이다.)을 찾아, 인버라리티의 유품 중에 이상한 위조 우표가 있다는 말을 듣는다. 그녀는 그 위조 우표에 트리스테로의 표시가 그려 있는 것을 발견하고, 트리스테로와 위조 우표와의 관계를 의심한다. 에디파는 유럽 우편제도의 역사를 연구하여 결국 트리스테로가 툰과 탁시스에게 공식 우편제도의 지위를 빼앗겨 지하로 잠적한 비정규 우편제도의 명칭이었음을 알아낸다. 우표는 인간 교류의 상징이다. 우체국은 미국이나 난국 모두 정부가 독점하고 있는데, 핀천은 이것을 인간 교류의 통제라고 본다. 그러므로 위조 우표를 만들어 교류하는 트리스테로는 자유로운 교류를 원하는 반체제 소외 계층이라고 할 수 있다.

6 주변부와 타자의 포용

제5장에서 에디파는 「전령의 비극」의 원본을 알고 있을 지도 모르는 에모리 보츠 교수를 찾아 버클리 대학으로 간

다. 그곳에서 그녀는 자신의 세계와는 확연히 다른 1960년대의 진보적 분위기를 접하고 놀란다. 에디파는 트루먼, 아이젠하워, 매카시가 극우 반공 이데올로기를 주입하며, 이것 아니면 저것의 선택을 강요하던 1950년대에 대학을 다닌 사람이었다. 그제야 비로소 그녀는 자신이 받았던 세뇌의 막대한 폐해를 절감한다. 그녀의 인생은 단층적이었으며, 이분법적인 가치관을 통해 경직된 어떤 것을 절대적 진리라고 가르치는 닫힌 세계관 속에서 살아왔다. 그러나 개방적인 버클리 대학의 풍경을 보고 에디파는 자신이 받은 교육이 얼마나 스스로를 폐쇄적으로 만들었는지를 절감한다. 에디파는 당시 미국을 이끌던 사람들을 신랄하게 비난한다.

에디파는 바로 그와 같은 무책임한 사람들로 인해, 자신의 세대가 이분법적 가치관을 갖게 되었음을 깨닫는다. 그녀는 그동안 자신과 자신의 세대가 무질서와 혼란이라고 두려워하며 피했던 것들도 사실은 나름대로의 내적 질서에 의해 움직이고 있음을 발견한다. 에디파의 이러한 깨달음은 멕시코 출신의 무정부주의자 헤수스 아라발(이 이름은 예수의 강림(Jesus Arrival)을 뜻한다.)과의 만남을 통해, 체류하던 호텔에서 열린 농아들의 무도회를 통해 이루어진다. 특히 후자의 경험에서 에디파는 음악을 듣지 못하는 사람들이 내적 리듬에 맞추어 전혀 충돌 없이 춤을 추는 것을 보며 놀라고 감격한다.

한편, 트리스테로를 쫓는 에디파의 추적은 계속된다. 트리스테로의 존재를 탐색하며 그녀는 미국의 화려한 꿈 이면에 소외된 사람들이 지하 우편제도를 통해 은밀히 교류하며 살고 있다는 사실을 알게 된다. 이는 중심부에서만 살아온 에디파가 주변부의 존재를 발견하였음을 의미한다. 또한 에디파가 닫힌 체계에서 열린 체계로 옮겨 감을 의미하기도 한다.

트리스테로를 추적하면서 에디파가 발견한 것은 상속권을 박탈당한 주변부 사람들의 삶이다. 에디파가 트리스테로를 추적하는 과정에서 만난 사람들은, 얼굴이 흉하게 뒤틀린 용접공, 밤거리를 배회하는 소년, 유산을 거듭해 온 흑인 여자, 위장병에 걸린 야경꾼, 집이 없어 화물열차나 간이 천막이나 버려진 자동차 속에서 사는 빈민, 병든 선원, 술 취한 사람, 부랑자, 동성애자, 창녀, 정신병자 등이었고, 그들 옆에는 언제나 트리스테로의 나팔이 그려져 있었다. 예전에는 전혀 관심을 기울이지 않았던 그들에게 에디파는 이제 특별한 느낌을 받는다. 오랜 방랑과 탐색 끝에 그녀의 열린 주파수는 비로소 주변부의 신호를 받아들이고 교신할 준비가 된 것이다.

7 기다림과 유보의 단계 '49'

『제49호 품목의 경매』는 제6장에서 끝난다. 완전 숫자 7이 아닌 불완전 숫자 6이 마지막 장의 숫자라는 사실은 이 소설이 열린 형식으로 끝나고 있음을 암시한다. 그것을 완성하는 것은 물론 독자의 몫이다. 에디파는, 마치 콘래드의 소설 『암혹의 핵심』에서 주인공 말로가 진실에 접근해 갈수록 안개가 피어오르듯이, 트리스테로가 존재한다는 증거에 가까이 가면 갈수록 점점 더 미궁에 빠지는 자신을 발견한다. 진리는 가까이 다가갈수록 더욱더 짙은 안개에 가려 보이지 않는 법이다. 여기에서 한 가지 복합적인 역설이 성립된다. 즉 트리스테로의 존재를 발견하는 순간, 에디파는 또 다른 세계에 눈을 뜨고 마음을 열지만, 동시에 트리스테로의 존재 자체조차 회의하게 된다는 것이다. 그것은 또 다른 의미에서 그녀의 마음을 두 배로 넓게 여는 셈이 된다. 왜냐하면 트리스테로의 존재를 확신하는 것조차도 또 다른 진리에 대한 확신으로 굳어질 위험이 있기 때문이다. 트리스테로도 얼마든지 또 하나의 경직된 진리로 변질될 수 있지 않는가? 그러므로 트리스테로의 존재를 의심하는 것은 에디파를 열린 체계 속으로 이끄는 바람직하고 건강한 태도이다.

그렇다면 트리스테로의 존재는 굳이 눈으로 확인하려고 애쓸 필요가 없는, 이미 그곳에 있는 존재라고 할 수 있다. 우리가 찾으려고만 한다면, 비단 샌나르시소뿐만 아니라 미국의 어느 곳에서도 트리스테로를 찾아낼 수 있다. 트리스테로가 샌나르시소에만 있는 것은 아닐 것이기 때문이다. 인버라리티의 근거지인 샌나르시소는 특정한 지역을 가리키는 고유명사라기보다는 미국 전체를 대표하는 하나의 보통명사일 뿐이다.

이 소설의 마지막에 에디파는 젱기스 코헨으로부터 인버라리티의 우표가 경매에 부쳐지며, 그중에는 트리스테로의 위조 우표도 포함되어 있다는 소식을 듣는다. 에디파는 자신들의 존재를 알리고 싶어 하지 않는 트리스테로 단원들이 틀림없이 그 우표를 사러 올 것이라고 생각한다. 만일 누군가가 그 우표를 입찰하러 나타난다면, 이는 곧 트리스테로가 실제로 존재함을 의미한다. 그러나 앞에서 언급했듯, 트리스테로의 존재를 확인하는 일 자체는 사실 불필요한 작업이다. 왜냐하면 트리스테로라는 존재를 인식하고 인정하는 일이 더 중요하기 때문이다.

결국 이 작품은 에디파의 기다림으로 끝난다. 정작 중요한 것은 트리스테로(또 다른 진리)의 현현이 아니라, 다만 '기다림에의 동참'이기 때문이다. 트리스테로 우표는 경매 품목 제49호로 분류된다. 그렇다면 이 소설의 제목에도 들어 있는 49는 무엇의 상징인가? 신약성서에서 예수의 제자들은 예수승천 후 50일째 되는 날 하늘에서 계시와 성령을 받는데, 이날을 오순절이라고 한다. 또한 불교에서도 49일 동안 죽은 이의 안위를 비는 사십구재가 있고, 이집트에서도 죽은 자의 영혼은 사후 50일째 되는 날 그 운명이 결정된다고 믿는다고 한다. 그렇다면 49는 운명이 결정되기 직전의 유보된 상태를 의미하며, 우리는 지금 49일째의 기다림 속에 살고 있다고 할 수 있다. 그러나 50일째 내려올 계시는 인류의 파멸을 경고할 수도 있다. 그리고 그 미래를 바꿀 수 있는 기회는 오직 지금뿐이다. 따라서 49라는 숫자는 기다림과 유보를 뜻하기도 하지만, 동시에 파멸을 지연시키고 바꿀 가능성의 숫자도 된다.*

이러한 점에서 『제49호 품목의 경매』의 열린 결말은 하나의 구원적인 메시지를 담고 있다. 지금이라도 우리가 자아의 패각에서 벗어나 소외된 계층을 포용하고 교류한다면, 우리는 닫힌 체계를 열린 체계로, 임박한 파멸을 영원한 구원으로 바꿀 수 있을 것이다. 그렇지 않으면 파멸은 필연적이다. 이것이 바로 핀천이 이 시대를 사는 우리에게 보내는 엄숙한 경고이자 절실한 호소이다.

핀천은 우리가 지금, 인류의 문명이 파멸할 것인가, 지속될 것인가의 기로, 즉 49의 상태에 놓여 있다고 말한다. 주사위는 던져졌고 선택은 우리의 몫이다. 이 소설의 마지막에서 에디파는 기다린다. 우리 역시 에디파처럼 마음을 열어 놓고 기다려야 할 것이다. 제49호 품목의 경매를. 그리고 우리가 선택한 운명의 결과를.

2007년 봄
김성곤

---

* 한편 49는 1849년 미국의 골드러시를 연상시킨다. 아메리칸 드림을 추구하는 사람들이 금광을 찾아 서부로 몰려간 해를 기념해, 꿈을 추구하는 사람들을 'forty-niners'라고 한다. 또한 1849년은 1848년 유럽에 충만했던 혁명의 기운이 실패로 돌아가자 좌절한 사람들이 대거 미국으로 이주해 온 해이기도 하다.

작가 연보*

1937년 미국 뉴욕 주 롱아일랜드에서 출생.

1953년 오이스터베이 고등학교 우등 졸업. 코넬 대학교 장학생 입학. 공업물리학 전공.

1954년 미 해군 입대. 통신 부대 근무.

1957년 전역. 코넬 대학교 복학. 영문학으로 전공을 바꾸어, 당시 코넬 대학교 교수였던 소설가 나보코프의 수업을 들음.

1959년 첫 단편 「이슬비(The Small Rain)」와 「비엔나에서의 죽음과 자비(Mortality and Mercy in Vienna)」를 발표. 코넬 대학교 최우등 졸업. 뉴욕의 그리니치빌리지에서 작가 수업.

---

* 토머스 핀천은 공식 석상에 나타난 적이 없는 은둔 작가로, 알려진 것이 거의 없다. 이 연보는 작품 출간 목록과 수상 경력을 토대로 작성한 것이다.

1960년   단편 「엔트로피(Entropy)」 발표. (《케니언 리뷰》) 워
         싱턴 주 시애틀에 소재한 보잉 항공사에서 근무.
         컴퓨터를 다룸.
1961년   단편 「비밀(Under the Rose)」 발표.
1962년   보잉사를 그만두고, 캘리포니아와 멕시코에 체류
         하면서 첫 장편 『브이를 찾아서(V.)』 집필.
1963년   『브이를 찾아서』 출간. 그해 최우수 데뷔작에 수여
         하는 윌리엄 포크너 상 수상.
1964년   중편 『은밀한 화합(The Secret Intergration)』 발표.
         (《새터데이 이브닝 포스트》)
1965년   에세이 「와츠의 마음속으로의 여행(A Journey into
         the Mind of Watts)」 발표. (《뉴욕 타임스》)
1966년   장편 『제49호 품목의 경매』 출간. 국립 예술원에서
         수여하는 리처드 앤 힐다 로젠솔 상 수상.
1973년   장편 『중력의 무지개(Gravity Rainbow)』 출간. 전미
         도서상 수상. 미국 학술원이 수여하는 윌리엄 딘
         하우얼스 메달 거부. 퓰리처 상 후보. 《타임》 표지
         모델 제의 거부.
1984년   단편집 『늦게 깨우치는 사람(Slow Learner)』 출간.
1990년   장편 『바인랜드(Vineland)』 출간.
1997년   장편 『메이슨 앤 딕슨(Mason & Dixon)』 출간.
2006년   『어게인스트 더 데이(Against the Day)』 출간.
2007년   현재 미국 뉴욕 시 거주.

세계문학전집 **147**

제49호 품목의 경매

1판 1쇄 펴냄 2007년 6월 25일
1판 26쇄 펴냄 2023년 11월 29일

지은이 토머스 핀천
옮긴이 김성곤
발행인 박근섭, 박상준
펴낸곳 (주)민음사

출판등록 1966. 5. 19. (제 16-490호)
서울특별시 강남구 도산대로1길 62(신사동) 강남출판문화센터 5층 (우편번호 06027)
대표전화 02-515-2000 팩시밀리 02-515-2007
www.minumsa.com

한국어 판 © (주)민음사, 2007, 2020, 2023. Printed in Seoul, Korea

ISBN 978-89-374-6147-7 04800
ISBN 978-89-374-6000-5 (세트)

세계문학전집 목록

세계문학전집은 계속 간행됩니다.